été 2009

Noël 2013

LE SHACK

www.quebecloisirs.com

L'ouvrage original a été publié par Windblown Media, Inc.
sous le titre *The Shack*.

UNE ÉDITION DU CLUB QUÉBEC LOISIRS INC.
© Avec l'autorisation du Groupe Homme inc., faisant affaire sous le nom de
Le Jour, éditeur
© 2007, W. Paul Young
© 2009, Le Jour, éditeur, division du groupe Sogides inc.,
filiale du Groupe Livre Quebecor Media inc. (Montréal, Québec)
Dépôt légal — Bibliothèque et Archives nationales du Québec, 2009
ISBN Q.L. : 978-2-89430-929-2
Publié précédemment sous ISBN : 978-2-89044-778-3

Imprimé au Canada

LE
SHACK

QUAND LA TRAGÉDIE A RENDEZ-VOUS AVEC L'ÉTERNITÉ

W. PAUL YOUNG

Traduit de l'américain par Marie Perron

J'ai écrit cette histoire pour mes enfants :

Chad – doux et profond
Nicholas – tendre et curieux
Andrew – aimant et généreux
Amy – joyeuse et sage
Alexandra (Lexi) – forte et lumineuse
Matthew – une merveille en devenir

Je la dédie avant tout
à Kim, ma bien-aimée ; merci
de m'avoir sauvé la vie.

À nous tous qui trébuchons et croyons au règne
de l'Amour : redressons-nous dans sa lumière.

Avant-propos

Comment ne pas mettre en doute la parole d'un homme qui affirmerait avoir passé tout un week-end en compagnie de Dieu, dans un simple shack au fond des bois ? Dans le shack entre tous les shacks ? Dans le décor même de ce récit ?

J'ai connu Mack il y a un peu plus de vingt ans, le jour où nous nous sommes pointés tous les deux chez un voisin pour l'aider à mettre en balles le foin qu'il destinait à ses deux vaches. Depuis, nous nous voyons souvent pour aller boire un café ensemble – ou, dans mon cas, un thé chai bouillant avec lait de soja. Nos conversations nous procurent un plaisir profond, toujours saupoudré de grands rires et parfois d'une larme ou deux. À vrai dire, plus nous vieillissons, plus nous nous éclatons.

Son nom au complet est Mackenzie Allen Phillips, mais la plupart des gens l'appellent Allen. C'est une coutume familiale : tous les hommes portent le même prénom, mais on les désigne par leur second prénom, vraisemblablement pour éviter les ostentatoires *Untel, père* et *Untel, fils*. C'est aussi très utile lorsqu'il s'agit d'identifier les télévendeurs, surtout quand ils vous parlent comme s'ils faisaient partie du cercle de vos intimes. Or, mon ami et son grand-père, son père et maintenant son fils aîné ont tous reçu le prénom de Mackenzie mais se font appeler par leur second prénom. Il n'y a guère que Nan, l'épouse d'Allen, et ses amis intimes qui l'appellent Mack. Quoique... j'ai aussi entendu de parfaits étrangers l'appeler «Imbécile», comme dans «Dis donc, Imbécile, qui t'a appris à conduire?»

Mack est né quelque part dans le Midwest, dans une famille de fermiers d'origine irlandaise qui attachaient beaucoup de prix aux mains calleuses et à la discipline de fer. Bien que dévot en apparence, son père, un ancien de sa paroisse et un homme sévère à l'excès, buvait en cachette, notamment quand il ne pleuvait pas assez vite, quand il pleuvait trop tôt, et n'importe quand entre ces deux extrêmes. Mack parle rarement de son père, mais quand il le fait, son visage se draine de toute émotion, son regard s'assombrit et semble dépourvu de vie. Je déduis des quelques anecdotes que Mack m'a racontées que son père n'était pas de ces alcooliques qui cuvent béatement leur vin dans un sommeil de plomb, mais plutôt un ivrogne cruel et violent qui battait sa femme pour ensuite en demander pardon à Dieu.

Cette situation a atteint son point critique quand Mackenzie, alors âgé de treize ans, s'est confié presque malgré lui à un membre dirigeant de son groupe confessionnel à l'occasion d'une rencontre revivaliste. Emporté par ses convictions du moment, il s'est accusé en pleurant de n'avoir rien fait pour secourir sa mère chaque fois qu'il avait vu son père ivre la frapper jusqu'à ce qu'elle perde conscience. Oublieux du fait que son confesseur était un collègue professionnel et religieux de son père, Mack est rentré à la maison pour trouver ce dernier qui l'attendait sur le porche en l'absence manifeste de sa mère et de ses sœurs. Il a su ensuite qu'elles avaient été expédiées chez sa tante May pour que son père puisse en toute liberté inculquer une bonne leçon de respect à son fils rebelle. Pendant presque deux jours, attaché au tronc d'un gros chêne à l'arrière de la maison, Mack a encaissé des coups de ceinture et des versets de la Bible chaque fois que son père sortait de sa stupeur et lâchait la bouteille.

Deux semaines plus tard, quand Mack a été assez bien pour mettre un pied devant l'autre, il a tout simplement quitté la maison. Mais avant de partir, il a glissé de la mort-aux-rats dans toutes les bouteilles d'alcool qu'il a pu trouver. Puis il a déterré, près des toilettes extérieures, la petite boîte en fer-blanc qui renfermait la totalité de ses biens terrestres : une photo de sa famille où tout le monde plisse les yeux dans le soleil direct (son père debout, un peu à l'écart), une carte de baseball de la recrue Luke Easter, datant de 1950, une petite bouteille contenant environ une once de Ma Griffe (le seul parfum que sa mère ait jamais porté), une bobine de fil et une ou deux aiguilles, un petit avion à réaction F-86 de la US Air Force en argent matricé, et toutes ses économies – 15,13 $. Il est rentré en catimini dans la maison et il a glissé un mot sous l'oreiller de sa mère pendant que son père cuvait sa dernière cuite en ronflant. Le mot disait seulement « J'espère qu'un jour tu pourras me pardonner ». Il a juré de ne plus jamais regarder en arrière, et il a tenu parole – longtemps.

Treize ans, c'est trop jeune pour devenir adulte, mais Mack n'en avait guère le choix et il a su s'adapter rapidement. Il est peu bavard sur les années qui ont suivi son départ de la maison familiale. Il les a surtout vécues à l'étranger, travaillant de par le monde et expédiant de l'argent à ses grands-parents qui le remettaient ensuite à sa mère. Il se pourrait même que, dans un des pays lointains où il a vécu, il ait été mêlé à un terrible conflit et qu'il se soit servi d'une arme. Pourtant, depuis que je le connais, il a toujours profondément haï la guerre. Quoi qu'il en soit, au début de la vingtaine, il s'est retrouvé dans un séminaire australien. Quand, repu de théologie et de philosophie, Mack est rentré aux États-Unis, il s'est réconcilié avec sa mère et ses sœurs et il s'est installé en Oregon. C'est là qu'il a connu et épousé Nannette A. Samuelson.

Dans une société où la parole est reine, Mack préfère la réflexion et l'action. Il parle peu, à moins qu'on ne lui pose des questions, ce que la plupart des gens ont appris à ne pas faire. Lorsqu'il s'exprime, on croirait entendre un extraterrestre qui observerait le paysage de la pensée et de l'expérience humaines sous un angle radicalement différent du nôtre.

Le fait est qu'il est le plus souvent sensé au point de gêner les gens qui l'écoutent. La plupart aimeraient mieux qu'il leur dise ce qu'ils ont l'habitude d'entendre et qui, souvent, n'a guère de portée. Il s'attire en général la sympathie des personnes qu'il rencontre du moment qu'il ne leur livre pas toujours le fond de sa pensée. Si ces personnes ne cessent pas de l'estimer quand il ouvre la bouche, leur contentement de soi en est néanmoins quelque peu altéré.

Un jour, Mack m'a confié avoir été plus prompt à exprimer son opinion dans sa jeunesse, mais il m'a avoué aussi qu'il s'agissait alors pour lui d'un mécanisme de survie destiné à masquer sa souffrance; il reportait souvent sa douleur sur les autres. Il avait, me dit-il, la manie de leur souligner leurs défauts et de les humilier tout en se croyant à tort parfaitement maître de sa vie. Avouez que ce n'est guère engageant.

En écrivant ces mots, je songe au Mack que j'ai toujours connu – un type banal, qui n'a rien de bien spécial sauf aux yeux de ceux qui en viennent à bien le connaître. C'est un homme de race blanche, pas très grand, âgé de presque cinquante-six ans, au physique ordinaire, en léger surpoids, avec une calvitie naissante : bref, il ressemble à à peu près tout le monde. On ne le remarquerait sans doute pas au milieu d'une foule, on n'éprouverait aucun malaise à être assis à ses côtés dans le métro tandis qu'il cogne des clous en se rendant à une réunion du personnel de vente. Il travaille principalement de son petit bureau à domicile, dans Wildcat Road. Il vend des gadgets de haute technologie auxquels je ne comprends rien : des trucs technos qui font que tout va plus vite, comme si la vie n'allait pas déjà assez vite comme ça.

On ne se rend pas compte de l'immense intelligence de Mack à moins de l'entendre discuter avec un spécialiste. J'ai vécu ça : tout à coup, la langue qu'il parle ne ressemble à rien de connu et j'éprouve beaucoup de difficulté à saisir les concepts qui coulent de sa bouche comme un torrent de pierres précieuses. Il peut discourir intelligemment de presque tout, et même s'il est ancré dans ses certitudes, sa délicatesse vous permet de ne rien changer aux vôtres.

Dieu, la Création et pourquoi les gens croient à ce qu'ils croient : voilà ses sujets de prédilection. Ses yeux s'allument, son sourire lui retrousse le coin des lèvres et, soudain, comme chez un petit garçon émerveillé, toute fatigue en lui s'évanouit, il n'a plus d'âge, il peine à contenir son enthousiasme. Mais en même temps, Mack n'est pas très religieux. Il a une relation d'amour-haine avec la religion, sans doute aussi avec Dieu qu'il soupçonne d'être chagrin, réservé et distant. De petites flèches de sarcasme s'échappent parfois par des fissures dans sa retenue comme des dards pointus

qui auraient trempé dans un poison intérieur. Bien que nous nous retrouvions parfois le dimanche dans une église évangélique baptiste indépendante (nous l'appelons familièrement la 55ᵉ Assemblée indépendante de saint Jean Baptiste), il y est visiblement mal à l'aise.

Mack et Nan sont mariés depuis un peu plus de trente-trois années pour la plupart heureuses. Il dit qu'elle lui a sauvé la vie et qu'elle a dû en payer le prix. Curieusement, je crois que non seulement elle le comprend, mais qu'elle l'aime aujourd'hui plus que jamais. Je devine cependant qu'elle a beaucoup souffert à cause de lui dans leurs premières années de vie commune. Mais je crois que, puisque nos souffrances ont presque toutes leur origine dans nos relations avec les autres, c'est aussi le cas de nos guérisons. Je sais aussi que la grâce n'est pas souvent visible à ceux qui veulent l'observer du dehors.

Quoi qu'il en soit, Mack a fait un bon mariage. Nan est le mortier qui cimente leur famille. Si Mack s'est débattu dans un camaïeu de gris, Nan vit surtout dans un univers en noir et blanc. Le gros bon sens dont elle est dotée coule de source et elle n'y voit rien d'extraordinaire. Elle a renoncé à devenir médecin pour élever ses enfants, mais elle a excellé comme infirmière ; son travail auprès des cancéreux en phase terminale lui a valu de nombreux témoignages de reconnaissance. La relation de Mack avec Dieu est vaste, mais celle qui relie Nan à Dieu est profonde.

Ce couple curieusement assorti a maintenant cinq enfants d'une rare beauté. Mack se plaît à dire que leur beauté provient vient de lui « ...puisque Nan a encore la sienne. » Deux des trois garçons ont quitté la maison : Jon, marié de fraîche date, travaille au service des ventes d'une entreprise locale, et Tyler, qui vient d'obtenir son bac, fait des études de maîtrise. Josh et Katherine (Kate), une des deux filles, habitent encore chez leurs parents et fréquentent un collège communautaire de la région. Quant à la petite dernière, Melissa – ou Missy, comme on aime l'appeler – elle… Non, je n'en dis pas plus. Vous connaîtrez mieux quelques-uns de ces enfants au fil de votre lecture.

Les dernières années ont été… comment dire… remarquablement étranges. Mack a changé. Il est encore plus différent et plus extraordinaire qu'auparavant. Depuis que je le connais, il a toujours été un homme doux et aimable, mais depuis son séjour à l'hôpital il y a trois ans il est devenu encore plus attachant. Il fait maintenant partie de ces êtres rarissimes qui se sentent parfaitement bien dans leur peau. Et je me sens moi-même plus à l'aise à ses côtés qu'auprès de n'importe qui d'autre. Quand nous nous séparons, il me semble avoir eu avec lui la plus formidable conversation de toute ma vie, même si je me suis emparé du crachoir! En ce qui concerne sa relation avec Dieu, elle n'est plus seulement vaste puisque Mack l'a vastement approfondie. Mais cette plongée dans les abysses lui a coûté très cher.

Il y a environ sept ans, les choses étaient très différentes de ce qu'elles sont aujourd'hui. L'entrée du Grand Chagrin dans la vie de Mack avait presque réduit mon ami au silence. À peu près à la même époque et pendant un an ou deux, nous avons cessé de nous voir, on eût dit en vertu d'un accord tacite. Je croisais Mack de temps à autre à l'épicerie, encore plus rarement à l'église, et si nous échangions un salut chaleureux nous ne nous disions rien d'important. Il éprouvait même de la difficulté à soutenir mon regard; sans doute ne voulait-il pas d'une conversation qui risquait de rouvrir sa blessure au cœur.

Mais tout cela a changé à la suite d'un accident qui... Voilà que j'anticipe encore... Nous y viendrons en temps opportun. Disons seulement que ces dernières années semblent avoir donné à Mack un nouveau souffle de vie et l'avoir libéré de son Grand Chagrin. Ce qui s'est passé il y a trois ans a métamorphosé la triste mélodie de sa vie en une chanson que je suis impatient de vous faire entendre.

Bon communicateur lorsqu'il a recours à la parole, Mack n'est pas à l'aise à l'écrit – mais il sait qu'écrire me passionne. Il m'a donc demandé d'être son «prête-plume», d'écrire pour lui cette histoire – son histoire – «pour les enfants et pour Nan». Il souhaitait par le biais d'un récit leur exprimer non seulement toute l'amplitude de son amour, mais aussi les aider à comprendre les causes de son chavirement profond. On connaît les tréfonds de l'être: c'est le lieu où l'on est seul – et parfois seul avec Dieu, pour ceux qui croient en Lui. Bien entendu, Dieu peut être là même si on ne croit pas en Lui, car Il est ainsi fait. Ce n'est pas en vain que d'aucuns le surnomment le Grand Intrus.

Les pages que vous allez lire nous ont coûté, à Mack et à moi, plusieurs mois de labeur intense. Les événements qu'on y relate relèvent un peu... non, ils relèvent *beaucoup* du fantastique. Il ne m'appartient pas de juger de la véracité de certains passages. Je dis seulement qu'une chose scientifiquement indémontrable n'est pas fausse pour autant. J'avoue en toute candeur que ma participation à la rédaction de ce récit m'a beaucoup affecté et qu'elle m'a amené très loin en moi, à des profondeurs où jamais je ne m'étais aventuré et dont je ne soupçonnais sans doute même pas l'existence. J'avoue aussi que je souhaite désespérément que soit vrai tout ce que Mack m'a raconté. La plupart du temps, je l'accompagne dans ses certitudes, mais à d'autres moments, quand le monde visible du béton et des ordinateurs semble le seul vrai univers, je perds pied et je doute.

Enfin, Mack fait cette mise en garde : il se pourrait bien que vous détestiez cette histoire. Si c'est le cas, voici ce qu'il vous dit : « J'en suis désolé, mais ce récit n'a pas été écrit en fonction de vous. » Ce n'est pas impossible non plus qu'il l'ait été… Les pages que vous vous apprêtez à lire renferment tout ce dont Mack a gardé le souvenir. Puisque c'est son histoire à lui et non la mienne, en ces rares occasions où j'apparais, je me désigne à la troisième personne et j'adopte ce point de vue.

La mémoire est parfois trompeuse, surtout après un accident. Il est possible qu'en dépit de tous nos efforts pour relater les faits avec exactitude des erreurs et de faux souvenirs se soient glissés dans ces lignes. Sachez que ce serait à notre insu. Je puis vous assurer que les conversations et les événements rapportés ici reflètent fidèlement les souvenirs de Mack, alors soyez indulgents. Vous constaterez bientôt qu'il peut être très difficile de parler de ces choses.

– WILLIE

1

À LA CROISÉE DES CHEMINS

Il y avait deux chemins au milieu de ma vie,
J'ai entendu un sage dire
J'ai choisi le moins fréquenté
Et cela a fait chaque jour, chaque nuit,
toute la différence.

LARRY NORMAN (AVEC DES EXCUSES À ROBERT FROST)

près un hiver anormalement sec, mars déchaîna des pluies torrentielles. Un front froid descendu du Canada s'arrêta chez nous, retenu par un vent violent de l'est de l'Oregon qui rugissait jusqu'au fond des Gorges. Le printemps était tout proche, mais le vieux bonhomme hiver n'allait pas renoncer sans se battre à sa suprématie durement gagnée. Une neige fraîchement tombée recouvrait la chaîne des Cascades et, devant la maison, la pluie gelait au contact du sol. Mack aurait donc eu toutes les raisons du monde de se pelotonner sous une couverture devant un feu de bois, avec un bon livre et une tasse de cidre chaud.

Au lieu de cela, il passa la majeure partie de la matinée en télétravail avec son terminal du centre-ville. Confortablement installé dans son bureau à domicile, vêtu d'une culotte de pyjama et d'un t-shirt, il fit de la prospection de vente, surtout sur la côte est. Il s'arrêtait souvent pour écouter le bruit cristallin de la pluie sur les vitres et pour observer la lente et régulière accumulation de verglas qui déjà recouvrait tout. Il se sentait de plus en plus inexorablement prisonnier des glaces dans sa propre maison – et il en était heureux.

Les tempêtes qui interrompent la routine ont quelque chose de réjouissant. La neige ou le verglas nous libèrent d'un coup des attentes, des exigences de rendement, de la tyrannie des engagements et des horaires. Et, au contraire de la maladie, c'est beaucoup plus une expérience d'entreprise qu'une expérience personnelle. On entend presque un soupir collectif monter de la ville toute proche et de la campagne environnante où la nature est intervenue pour offrir un répit aux humains fatigués qui besognent en deçà des limites de son influence. Tous ceux que la tempête affecte ainsi sont unis dans une même excuse, et leur cœur tressaille un peu d'une joie inattendue. Ils n'auront pas à expliquer leur absence à tel ou tel rendez-vous. Chacun comprend et partage cette singulière justification, et l'allégement subit du fardeau que représente le besoin de produire les réjouit.

Certes, il est vrai aussi qu'une tempête interrompt le cours des affaires ; si certaines entreprises en profitent un peu, d'autres subissent des pertes de revenus – ce qui veut dire que de telles paralysies provisoires ne réjouissent pas tout le monde. Mais ceux qu'elles déçoivent ne peuvent tenir les autres responsables de leur perte de productivité ou du fait qu'ils ne peuvent se rendre au bureau. Lors de ces interruptions qui pourtant ne durent qu'un jour ou deux, il suffit que de petites gouttes de pluie gèlent en touchant le sol pour que chacun sente qu'il a sa vie en main.

Les activités les plus banales deviennent extraordinaires. Les décisions routinières se transforment en aventures et donnent souvent lieu à un sentiment d'acuité accru. En fin d'après-midi, après s'être bien emmitouflé, Mack sortit et parcourut péniblement les quelque cent mètres qui le séparaient de la boîte aux lettres. Le verglas avait comme par magie transformé cette simple tâche quotidienne en raid contre les éléments : il s'imagina levant le poing contre la force brute de la nature avec un grand rire de défi. Que personne ne soit là pour être témoin de son geste ou pour s'y intéresser le laissa indifférent ; d'y penser suffit à le faire sourire intérieurement.

Les granules de glace le fouettaient aux mains et aux joues tandis qu'il négociait les légères ondulations de l'allée ; il devait ressembler, songea-t-il, à un matelot ivre qui titube jusqu'à la prochaine buvette en essayant de ne pas trébucher. Lorsque vous affrontez une tempête de verglas, vous ne foncez pas en avant avec insouciance. La violence du vent vous meurtrit. Mack tomba à genoux deux fois avant d'enlacer enfin la boîte aux lettres comme s'il s'était agi d'une vieille amie retrouvée.

Il prit le temps d'admirer la beauté du paysage recouvert de cristal. La moindre surface reflétait la lumière et ajoutait à l'éclat accru de cette fin d'après-midi. Dans le champ du voisin, les arbres s'étaient enveloppés de manteaux translucides et tous étaient maintenant à la fois uniques et unifiés. Fût-ce pendant quelques secondes seulement, la splendeur éblouissante du paysage glorieux libéra presque Mack du Grand Chagrin qui pesait sur ses épaules.

Il mit environ une minute à gratter la glace qui l'empêchait d'ouvrir la porte de la boîte aux lettres. Pour toute récompense de ses efforts, il trouva une enveloppe portant son seul prénom tapé à la machine; ni timbre ni oblitération, ni adresse de retour. Curieux, il déchira l'enveloppe – ce qui n'était pas une mince tâche compte tenu de ses doigts gourds. Tournant le dos au vent qui lui coupait le souffle, il finit par tirer un petit bout de papier de son nid. Le message dactylographié disait:

Mackenzie,

Il y a longtemps qu'on ne s'est vus... Tu me manques.

Je serai au shack le week-end prochain si tu as envie de venir m'y retrouver.

– Papa

Mack se raidit contre la nausée qui le prenait d'assaut et qui se transforma aussitôt en torrent de colère. Il s'efforçait depuis longtemps de penser le moins possible au shack dans la forêt, et quand il y pensait, ce n'était ni en mal ni en bien. Si quelqu'un avait voulu lui jouer un vilain tour, il n'avait pas manqué son coup. Et cette signature, «Papa», voilà qui était encore plus sordide.

«Quel idiot», se dit-il en songeant à Tony, le facteur, un Italien bienveillant à l'excès, au grand cœur, mais dépourvu de tact. Pourquoi s'était-il donné la peine de lui livrer une pareille enveloppe? Une enveloppe sans timbre? Mack la fourra rageusement dans sa poche de manteau et se tourna dos au vent pour rentrer à la maison en patinant. Les bourrasques qui avaient ralenti sa marche à l'aller maintenant l'aidaient à franchir rapidement le mini-glacier qui, sous ses pieds, prenait de l'épaisseur.

Tout se passa très bien, merci, jusqu'à ce qu'il parvienne à une légère déclivité là où l'allée obliquait vers la gauche. Il prit malgré lui de la vitesse et dérapa sur ses chaussures dont les semelles offraient autant de traction que les pattes d'un canard sur une mare gelée. Battant des bras dans le vain espoir de ne pas tomber, Mack fonça droit sur le seul gros arbre au bord de l'allée, celui dont il avait coupé les branches basses quelques mois auparavant et qui, maintenant, à moitié dénudé et désireux de prendre sa revanche, attendait de l'accueillir. Sans perdre une seconde, Mack opta pour la solution la moins courageuse : laisser ses pieds quitter le sol – ce qu'ils désiraient faire de toute façon – et tomber à la renverse. Mieux vaut un derrière endolori qu'un visage tuméfié et rempli d'éclisses.

Mais une montée d'adrénaline le fit exagérer le geste, si bien que Mack eut l'impression de voir ses pieds se soulever au ralenti devant ses yeux, comme tirés par un câble de piège. Il atterrit rudement, heurta le sol de sa tête, puis il poursuivit sa glissade et se retrouva en boule au pied de l'arbre étincelant qui semblait maintenant le regarder d'un air où se mêlaient la suffisance, le dégoût et beaucoup de déception.

Tout devint noir – c'est du moins ce qui sembla à Mack. Il resta étendu dans un état second à regarder le ciel en clignant des yeux pendant que la pluie verglaçante rafraîchissait son visage contus. Un bref moment, tout lui parut étonnamment doux et serein, et sa colère apaisée par l'impact. « C'est qui, l'idiot ? » marmonna-t-il en souhaitant que personne ne l'ait vu tomber.

Le froid s'insinuant rapidement sous son manteau et son tricot, Mack comprit qu'il ne supporterait pas longtemps la pluie glaciale qui fondait un peu sous lui avant de geler de nouveau. En se lamentant comme le vieillard qu'il n'était pas, il parvint à se redresser sur les genoux en s'appuyant sur ses mains. À ce moment, il vit la traînée rouge, témoin de son dérapage entre son point de chute et son point d'arrêt. Comme générée par la conscience soudaine de sa blessure, une douleur sourde naquit à l'arrière de son crâne. Il porta spontanément la main à l'endroit où sa tête battait comme un tambour et vit qu'elle était couverte de sang.

Rampant et glissant tour à tour sur la glace et le gravier qui lui tailladaient les mains et les genoux, Mack finit par se rendre en terrain plat. Non sans effort, il put se relever et retracer ses pas jusqu'à la maison dans une soumission humble et pénible aux lois du verglas et de la gravité.

Une fois rentré, de ses doigts à moitié gelés et aussi adroits que des battes de baseball il enleva lentement et méthodiquement ses vêtements d'extérieur. Il les laissa tomber en un tas sanglant et marcha avec peine jusqu'à la salle de bains où il put examiner ses blessures. Aucun doute possible : la victoire allait au chemin verglacé. À l'arrière de sa tête, une coupure profonde suintait autour de quelques cailloux encastrés dans le cuir chevelu. Ainsi qu'il le craignait, il y avait de l'enflure : on eût dit une baleine à bosse fendant la vague de ses cheveux clairsemés.

Mack eut beaucoup de mal à panser lui-même sa blessure en tenant à la main une petite glace qui lui renvoyait une image renversée du miroir de la salle de bains. Au bout de quelques minutes, frustré, incapable de bouger correctement ses mains ou de déceler lequel des deux miroirs lui mentait, il capitula. En fouillant sa plaie à l'aveuglette il parvint à en retirer les débris les plus gros jusqu'à ce que la douleur le force à abandonner la partie. Il y appliqua ensuite du mieux qu'il put un onguent antiseptique, puis il la recouvrit d'une débarbouillette qu'il entoura de gaze dénichée au fond d'un tiroir. Il se regarda dans la glace. Il avait l'air d'un matelot mal dégrossi, droit sorti de *Moby Dick.* Cette image le fit rire d'abord, puis tiquer.

Sa blessure devrait attendre le retour de Nan pour recevoir des soins appropriés ; il y avait des avantages à épouser une infirmière. Plus sa blessure semblerait grave, plus Nan lui offrirait de sympathie, et il ne l'ignorait pas. Toute épreuve a de bons côtés si on les cherche assez longtemps. Il avala un ou deux comprimés analgésiques pour endormir la douleur, puis il se rendit en claudiquant jusqu'à la porte d'entrée.

Il n'avait pas oublié, même une seconde, le message reçu. En fouillant dans la pile de vêtements mouillés et tachés de sang, il le trouva dans la poche de son manteau. Il y jeta un coup d'œil, puis il alla dans son bureau et appela le bureau poste. Comme il s'y attendait, Annie, la digne postière et gardienne des secrets de la collectivité, répondit.

– Allô, fit-il ; est-ce que par hasard Tony serait là ?

– Mack ! J'ai reconnu ta voix.

« Évidemment », songea Mack.

– Désolée, non, poursuivit-elle ; il s'est pas encore ramené. Même que je viens juste de lui parler par radio et il a pas fait la moitié du chemin Wildcat... pas encore rendu chez toi. Veux-tu que je lui dise de t'appeler, ou veux-tu juste que je lui donne ton message ?

– Ah... c'est toi, Annie ? Il n'avait pas pu résister, même si la manière de parler d'Annie ne lui laissait aucun doute. « Excuse-moi, j'étais distrait. Je n'ai pas entendu un mot de ce que tu as dit. »

Elle rit.

– Écoute, Mack, je sais que t'as tout entendu. Essaye pas de ruser avec une plus finaude que toi. Je suis pas née de la dernière pluie... hihi ! Qu'est-ce que tu veux que je lui dise s'il rentre sans s'être cassé le cou ?

– Eh bien, tu as déjà répondu à ma question.

Il y eut un silence à l'autre bout du fil.

– Je me souviens pas que t'aies posé une question, Mack. Qu'est-ce qui te prend ? Tu fumes encore de la dope à longueur de journée ou bien tu le fais juste le dimanche matin pour pouvoir assister au culte jusqu'à la fin ?

Là-dessus, elle éclata de rire, comme prise au dépourvu par la finesse de son sens de l'humour.

– Voyons, Annie, tu sais bien que je ne fume pas de drogue – je n'ai jamais touché à ça et je n'ai pas l'intention de commencer maintenant.

Annie l'ignorait, bien sûr, mais Mack ne tenait pas à ce qu'elle se souvienne de leur conversation tout de travers. Il lui était arrivé à quelques reprises de transformer ses plaisanteries en bonnes histoires, puis en «faits». Il voyait déjà son nom au bas d'une chaîne de prières.

– Ce n'est pas grave, ajouta-t-il. Je parlerai à Tony une autre fois. Ne t'en fais pas.

– OK. Mais sors pas de la maison. C'est plus prudent. Tu sais, un vieux comme toi, c'est pas très stable sur ses pattes. Tu voudrais pas déraper et blesser ton orgueil ! Et du train où ça va, c'est peu probable que Tony se rende chez toi. On livre le courrier dans la neige, la gadoue et la noirceur, mais le verglas, c'est autre chose. En tout cas, c'est pas simple.

– Merci, Annie. Je vais suivre ton conseil. On se reparle. Salut.

Il avait mal à la tête comme jamais, comme si un marteau lui tapait dessus au rythme des battements de son cœur. «Comme c'est curieux, songea-t-il ; qui d'autre pourrait bien avoir déposé un message comme celui-là dans notre boîte aux lettres ? » Les analgésiques n'avaient pas encore fait complètement effet, mais ils apaisaient quelque peu son anxiété naissante. Soudain, il se sentit très las. Il posa la tête sur son bureau et quand le téléphone sonna, il crut qu'il venait tout juste de s'endormir.

– Aagghhh… allô ?

– Salut, mon amour. Tu dormais ?

C'était Nan. Elle lui parut inhabituellement allègre en dépit de la tristesse perceptible sous le vernis de toutes leurs conversations. Elle aimait ce mauvais temps autant que lui l'aimait d'habitude. Il alluma la lampe et, regardant sa montre, il constata avec surprise qu'il avait dormi deux heures.

– Euh… excuse-moi. J'ai dû sommeiller quelques minutes.

– Tu as l'air complètement dans les vapes. Est-ce que tout va bien ?

– Oui, oui.

La nuit était déjà presque totale, mais Mack voyait quand même que la tempête n'avait pas faibli. Au contraire, il y avait encore quelques centimètres de plus de verglas. Les branches des arbres ployaient sous la glace. Le poids en ferait casser plusieurs, il en était sûr, surtout si le vent se mettait de la partie.

– J'ai eu une petite confrontation avec l'allée quand je suis allé chercher le courrier, mais à part ça, tout va bien. Où es-tu ?

– Toujours chez Arlene ; je crois que je vais rester ici avec les enfants cette nuit. Ça fait du bien à Kate de se retrouver en famille… on dirait que ça rétablit l'équilibre.

Arlene, la sœur de Nan, habitait à Washington, de l'autre côté du fleuve.

– De toute façon, c'est beaucoup trop glissant pour sortir. J'espère que tout sera revenu à la normale demain matin. J'aurais bien aimé rentrer à la maison avant que ça n'empire, mais bon…

Silence.

– Comment c'est, à la maison ?

– Eh bien, c'est absolument magnifique et beaucoup moins dangereux de regarder ça de l'intérieur que de sortir marcher, crois-moi. Je ne tiens pas du tout à ce que tu essaies de rentrer par ce temps de chien. Tout est paralysé. Je ne pense même pas que Tony ait pu nous livrer le courrier.

– Mais... ne viens-tu pas de me dire que tu étais allé le chercher, le courrier ?

– Non. En fait, il n'y en avait pas. J'ai cru que Tony était déjà passé, alors je suis allé à la boîte aux lettres, mais...

Il hésita, regarda le bout de papier qui traînait sur le bureau où il l'avait déposé.

– ... il n'y avait rien. J'ai appelé Annie et elle m'a dit que Tony ne pourrait sans doute pas monter jusqu'ici. Je n'ai pas l'intention d'aller voir s'il y est parvenu.

Il changea vite de sujet pour éviter d'autres questions.

– Quoi qu'il en soit, comment ça se passe pour Kate, là-bas ?

D'abord un silence, ensuite un long soupir. Lorsque Nan parla, sa voix n'était plus qu'un murmure et il comprit qu'elle se couvrait la bouche pour ne pas être entendue.

– Mack, j'aimerais pouvoir te le dire... J'ai l'impression, quand je lui parle, de m'adresser à un mur de brique. Quoi que je fasse, je ne parviens pas à la rejoindre. Quand nous sommes en famille, elle sort un peu de sa coquille, mais très vite elle y retourne. Je ne sais absolument pas ce qu'il faut faire. Je prie et je prie pour que Papa nous aide à trouver une façon de la rejoindre, mais...

Elle se tut encore un moment.

– ... mais on dirait qu'il ne m'écoute pas.

Et voilà. Papa. C'est ainsi que Nan appelait Dieu. Ce nom traduisait la joie de sa relation étroite avec lui.

– Ma chérie, Dieu sait sûrement ce qu'il fait. Tout va s'arranger.

Mack ne puisait aucun secours dans ses propres paroles, mais il souhaitait ainsi apaiser l'anxiété que traduisait la voix de Nan.

– Je sais, soupira-t-elle. Seulement, j'aimerais qu'il se hâte un peu.

Mack ne sut trop que répondre.

– Moi aussi, fit-il. Alors, écoute : toi et les enfants, vous restez là où vous êtes ; vous y serez en sécurité. Et dis bonjour à Arlene et à Jimmy. Et remercie-les de ma part. J'espère te voir demain.

– Entendu, mon amour. Je devrais aller donner un coup de main aux autres. Ils sont tous en train de chercher des bougies au cas où on manquerait d'électricité. Tu devrais faire pareil. Il y en a au-dessus du lavabo du sous-sol. Il y a aussi, dans la cuisine, un reste de pâte à pain farcie que tu n'as qu'à mettre au four. Tu es sûr que ça va ?

– Oui, oui. C'est seulement mon orgueil qui en a pris un coup.

– Alors, repose-toi. J'espère qu'on se verra demain.

– D'accord, ma chérie. Ne fais pas de folies et appelle-moi si tu as besoin de quoi que ce soit. Salut.

C'était bête de dire ça, songea-t-il en raccrochant. Bête et machiste. Comment aurait-il pu l'aider si elle avait eu besoin de quelque chose ?

Mack s'assit et relut le message. Il ne parvenait pas à mettre de l'ordre dans le tourbillon d'émotions bouleversantes et d'idées noires qui encombraient son cerveau, ces millions de pensées qui filaient dans sa tête à des millions de kilomètres/heure. Finalement, il y renonça ; il replia la lettre et la glissa dans la petite boîte en fer-blanc sur son bureau, puis il éteignit la lampe.

Mack mangea quelque chose qu'il avait fait réchauffer au micro-ondes, puis il prit des couvertures et des oreillers et s'installa au salon. D'un coup d'œil à l'horloge il vit qu'une des émissions qu'il s'efforçait de ne pas rater, celle de Bill Moyer, venait tout juste de commencer. Moyer – une des rares personnes que Mack aurait aimé connaître – était un homme brillant, au franc-parler, capable de clairement traduire son immense compassion pour les êtres et pour la vérité. Ce soir, un de ses reportages concernait un magnat du pétrole. Boone Pickens, le croirez-vous, s'était mis dans la tête de creuser pour trouver de l'eau.

Machinalement, sans détourner le regard de l'écran, Mack tendit la main vers la table de bout, y prit la photo encadrée d'une petite fille et la serra sur son cœur. De l'autre main, il remonta la couverture sous son menton et se cala dans les coussins du sofa.

Bientôt, un léger ronflement se fit entendre tandis que débutait un autre reportage, cette fois au sujet d'une école secondaire du Zimbabwe où un finissant avait été battu pour avoir osé critiquer le gouvernement. Mais Mack était déjà parti affronter ses rêves. Peut-être que cette nuit il n'aurait pas de cauchemars, seulement des visions d'arbres, de verglas et de chute des corps.

2

TOMBÉE LA NUIT

Rien ne nous rend plus seuls que nos secrets.

– PAUL TOURNIER

C ette nuit-là, le chinook fondit d'un coup sur la vallée de la Willamette et libéra le pays de l'emprise du verglas, sauf là où régnait l'ombre la plus dense. En moins de vingt-quatre heures, la température fut douce comme en début d'été. Mack dormit tard, d'un sommeil lourd et sans rêve, de ces sommeils qui semblent ne durer qu'un instant.

Quand il parvint de peine et de misère à se lever, il fut un peu déçu de constater que la spectaculaire folie de glace de la veille avait déjà pris fin. Mais l'arrivée de Nan et des enfants moins d'une heure plus tard le réjouit. Comme il s'y attendait, sa femme lui reprocha vertement de ne pas avoir déposé ses vêtements tachés de sang dans la salle de lavage, puis elle examina attentivement sa blessure à la tête en poussant un nombre approprié de oohhh et de aahh qui réjouirent Mack. Tant d'attention ne lui déplaisait pas du tout. Bientôt, Nan l'avait nettoyé, pansé, et nourri. Le message reçu n'avait pas quitté sa pensée, mais il n'en souffla mot. Il ignorait toujours ce qu'il devait en penser et il ne tenait pas à mettre Nan au courant au cas où ce ne serait qu'une mauvaise plaisanterie.

Les petites distractions telle cette tempête de verglas libéraient provisoirement Mack d'une présence obsédante et perpétuelle, celle d'un compagnon qu'il appelait le Grand Chagrin. Peu après la disparition de Missy, le Grand Chagrin s'était enroulé autour de ses épaules à la manière d'une invisible mais lourde et tangible courtepointe. Mack courbait l'échine sous le poids de ce fardeau qui avait aussi éteint son regard. Les efforts mêmes qu'il faisait pour s'en débarrasser l'épuisaient, comme si ses bras avaient été soudés aux plis sordides de son désespoir, comme s'ils s'étaient fondus à lui. Mack mangeait, il travaillait, il aimait, il rêvait et il s'amusait, mais il était toujours revêtu de cette chape lourde, écrasé comme par un peignoir de plomb, pataugeant à chaque instant dans un abattement vaseux qui vidait toute chose de sa couleur.

Le Grand Chagrin enserrait parfois lentement sa poitrine et son cœur comme les anneaux broyeurs d'un boa constrictor, pressant toutes les larmes de ses yeux jusqu'à ce qu'il ne lui en reste plus. En d'autres temps, de fugitives images de Missy lui apparaissaient; Mack la voyait courir vers lui dans le sentier boisé; sous le soleil, entre les arbres, il percevait l'éclat de sa petite robe rouge brodée de fleurs sauvages. Missy ignorait tout de l'ombre menaçante qui la suivait. Désespéré, Mack avait beau essayer de crier, de prévenir sa fille, aucun son ne sortait de sa bouche, il arrivait toujours trop tard, il était toujours impuissant à la sauver. Il se réveillait alors en sursaut, son pauvre corps tourmenté et en sueur, tandis que des vagues de nausée et de culpabilité le renversaient aussi violemment qu'un surréel raz-de-marée.

La disparition de Missy ressemble malheureusement à bien d'autres. Tout a eu lieu lors du week-end de la fête du Travail, dernier vivat de l'été avant que ne commencent une autre année scolaire et un autre automne routinier. Sur un coup de tête, Mack décida d'amener une dernière fois ses trois enfants plus jeunes en camping au lac Wallowa, dans le nord-est de l'Oregon. Nan devait se rendre à un stage de formation continue à Seattle, et les deux aînés étaient pour l'un, de retour au collège et pour l'autre, moniteur dans un camp de vacances. Quant à Mack, il ne doutait pas une seconde de savoir maîtriser à la fois les techniques de la vie en plein air et celles du maternage. Après tout, Nan l'avait très bien formé.

L'esprit d'aventure et la fièvre du camping s'emparèrent de tous. La maison devint une ruche d'activité. Si tout le monde s'était plié aux volontés de Mack, ils auraient accolé un fourgon de déménagement à la porte et ils y auraient enfoui le contenu tout entier de la maison. Vint un moment où Mack eut envie de fuir le chaos dans son grand fauteuil après en avoir chassé le chat Judas. Il s'apprêtait à allumer la télé quand Missy courut vers lui en tenant dans ses mains une petite boîte en plexiglas.

– Est-ce que je peux apporter ma collection d'insectes en camping avec nous ? demanda-t-elle.

– Tu veux apporter tes bestioles ? marmonna Mack, sans vraiment lui prêter attention.

– Papa, ce ne sont pas des bestioles ! Ce sont des insectes. Regarde. J'en ai beaucoup.

Mack se tourna malgré lui vers sa fille qui, voyant qu'il s'intéressait maintenant à elle, entreprit de lui décrire par le menu les habitants de sa petite boîte aux trésors.

– Tu vois, ici ce sont mes deux sauterelles. Et là, sur la feuille, il y a ma chenille, et puis... ah, la voici ! Est-ce que tu vois ma bête à bon Dieu ? Et j'ai aussi une mouche, et j'ai aussi des fourmis.

Tandis qu'elle inventoriait sa collection, Mack acquiesçait et feignait de l'écouter.

– Alors, dit Missy pour conclure, est-ce que je peux les apporter ?

– Bien sûr, ma puce. On pourrait les libérer dans la nature une fois rendus là-bas.

– Pas question ! tonna une voix dans la cuisine. Missy, tu dois laisser ta collection à la maison. Crois-moi, tes insectes seront beaucoup plus en sécurité ici.

Nan montra la tête par la porte de la cuisine et fronça amoureusement les sourcils en direction de Mack. Il haussa les épaules.

– J'ai essayé, murmura-t-il à Missy, qui lui répondit par un « Grrr... ». Mais elle savait qu'elle avait perdu la bataille. Elle vira les talons en remportant sa petite boîte.

Le jeudi soir, la fourgonnette était pleine à craquer, la tente-caravane tractable fixée à la voiture, les feux et les freins déclarés en bon état de fonctionnement. Tôt le vendredi matin, après que Nan eut fait ses recommandations d'usage aux enfants – soyez prudents, obéissez à votre père, n'oubliez pas de brosser vos dents, ne prenez pas dans vos bras des chats avec des rayures blanches sur le dos, et ainsi de suite – tous se mirent en route. Nan emprunta l'Interstate 205, direction nord, vers Washington, Mack et ses trois compères l'Interstate 84 vers l'est. Ils prévoyaient de revenir le mardi suivant en soirée, veille de la rentrée scolaire.

Les Gorges du fleuve Columbia valent à elle seule le voyage : leurs panoramas, sous le surplomb de mésas sculptées par le courant qui montent léthargiquement la garde dans la chaleur de fin d'été, sont époustouflants. En septembre et octobre, le climat de l'Oregon est à son meilleur : l'été des Indiens s'installe aux environs de la fête du Travail et perdure jusqu'à l'Halloween, puis le froid arrive d'un coup, humide et détestable. Cette année ne fut pas différente. La circulation automobile et la température clémente furent favorables à la petite équipe qui eut à peine conscience de la distance et du temps parcourus.

Le quatuor fit halte aux chutes Multnomah pour acheter un cahier à colorier et des crayons pour Missy, et deux appareils photo jetables pour Kate et Josh. Ils décidèrent ensuite de gravir la piste jusqu'au pont situé devant les chutes. Il y avait déjà eu là un sentier aménagé qui contournait le bassin principal et pénétrait dans une petite caverne située derrière le rideau d'eau, mais des problèmes d'érosion avaient contraint les autorités du parc à en fermer l'accès. Missy adorait cet endroit, et elle supplia son père de lui raconter la légende de la belle princesse indienne, fille d'un chef de la tribu des Multnomah. Mack dut se faire prier, mais il céda enfin et raconta une fois de plus l'histoire de la princesse, tandis que son regard et ceux des enfants se perdaient dans les embruns qui montaient des remous.

La princesse était le seul enfant vivant du grand chef, un vieillard qui aimait tendrement sa fille. Il lui choisit avec soin un mari, un jeune chef guerrier de la tribu des Clatsop dont il savait qu'elle était très amoureuse. Les deux tribus se réunirent pour la célébration des noces, mais avant que la fête ne commence, une maladie terrible se répandit parmi les hommes, et plusieurs en moururent.

Les aînés et les chefs discutèrent des mesures à prendre pour combattre l'affection dégénérative qui décimait rapidement les rangs de leurs guerriers. Le chamane le plus âgé de tous raconta comment son père, qui était parvenu à un très grand âge et sentait sa mort approcher, avait prédit qu'une terrible maladie tuerait les hommes de leurs tribus. Il avait prédit aussi que seule pourrait mettre fin à cette tragédie la pure et innocente enfant de l'un des chefs en acceptant de sacrifier sa vie pour son peuple. Pour que la prophétie se réalise, il lui faudrait gravir de son plein gré une falaise au-dessus de la Grande Rivière et s'élancer en bas, sur les rochers.

Une douzaine de jeunes femmes, filles des chefs réunis, furent amenées devant le conseil. Après d'interminables palabres, les aînés conclurent à l'impossibilité d'exiger de l'une d'elles un sacrifice aussi grand, d'autant plus qu'ils ignoraient si cette légende était vraie.

Mais la terrible maladie continua de se répandre parmi les hommes et, un beau jour, le jeune chef guerrier, le promis de la princesse, en fut frappé à son tour. La princesse qui l'aimait sut aussitôt dans son cœur qu'elle devait faire quelque chose et, après avoir apaisé la fièvre de son amoureux et embrassé son front brûlant, elle le quitta sans bruit.

Elle mit toute la nuit et tout le lendemain à se rendre à la falaise décrite dans la légende, la falaise en surplomb de la Grande Rivière et des terres au-delà. Elle pria et se rendit à la volonté du Grand Esprit, puis elle réalisa la prophétie : sans une hésitation, elle se jeta dans le vide et s'écrasa sur les rochers.

Au village, le lendemain, les hommes qui, la veille, étaient malades furent aussitôt guéris ; ils se levèrent solides et en santé. On célébra dans la joie et la liesse jusqu'à ce que le jeune guerrier constate l'absence de sa fiancée. À mesure que les gens comprirent ce qui avait dû se produire, ils se rendirent à l'endroit où ils savaient trouver la fille du grand chef. Et ils la trouvèrent. En silence, ils firent cercle autour de son pauvre corps brisé pendant que le vieux chef son père, hurlant de douleur, suppliait le Grand Esprit de faire en sorte que le sacrifice de sa fille soit à jamais gravé dans les mémoires. Au même instant, l'eau se mit à dévaler du sommet de la falaise d'où la pauvre enfant s'était jetée, et les embruns, en se répandant, formèrent peu à peu une mare aux pieds des hommes.

Missy adorait entendre cette légende presque autant que Mack aimait à la raconter. Cette histoire d'un père et de sa fille unique adorée, cette légende d'un sacrifice et d'une prophétie, possédait tous les éléments d'une vraie rédemption, un peu comme l'histoire de Jésus que Missy connaissait aussi très bien. Par amour, une jeune fille renonçait volontiers à sa vie pour sauver son fiancé et leurs deux tribus d'une mort certaine.

Cette fois-là, quand l'histoire fut finie, Missy se tut. Elle fit volte-face et marcha résolument vers la fourgonnette comme pour dire : « Ça va. Je n'ai plus rien à faire ici. Allons-nous-en. »

Plus tard, ils s'arrêtèrent quelques minutes à Hood River pour casser la croûte et faire pipi, puis ils reprirent aussitôt la route et arrivèrent à La Grande en début d'après-midi. Ils quittèrent alors l'Interstate 84 pour emprunter l'autoroute du lac Wallowa qui les conduirait à la petite bourgade de Joseph, à environ 115 kilomètres. Le lac et le terrain de camping étaient à quelques kilomètres seulement passé Joseph. À leur arrivée, chacun mit la main à la pâte et tout fut installé en un rien de temps. Sans doute n'avaient-ils pas tout fait exactement comme l'aurait souhaité Nan, mais ça tenait debout et ça fonctionnait.

Leur premier repas était une tradition chez les Phillips : bifteck de flanc mariné dans la sauce secrète d'oncle Joe. Pour dessert, des brownies que Nan avait préparés la veille et de la crème glacée, transportée jusqu'au terrain de camping sur de la glace sèche.

Ce soir-là, tandis qu'assis au milieu de ses trois enfants rieurs il admirait avec eux l'une des plus grandes merveilles de la nature, Mack se sentit pénétré d'une joie immense et inattendue. Un coucher de soleil aux couleurs et aux tracés radieux se mariait aux rares nuages qui, dans les coulisses, avaient attendu de jouer un rôle de premier plan dans ce spectacle unique. Mack se dit qu'il était un homme riche, riche de tout ce qui comptait.

Quand ils eurent rangé la vaisselle du souper, la nuit était déjà tombée. Les chevreuils – des visiteurs fréquents pendant la journée et parfois de véritables pestes – étaient allés là où vont les chevreuils quand ils veulent se coucher, cédant la place aux habituels fauteurs de troubles nocturnes : ratons laveurs, écureuils et tamias qui se déplaçaient en bandes à la recherche de contenants entrouverts. Les Phillips le savaient d'expérience. Leur toute première nuit de camping leur avait coûté quatre douzaines de carrés aux Rice Krispies, une boîte de chocolats et tous leurs biscuits au beurre d'arachide.

Puisqu'il était encore tôt, ils s'éloignèrent tous les quatre des feux et des lanternes des campeurs jusqu'à un endroit sombre et tranquille où, allongés par terre, ils purent admirer les merveilles de la Voie lactée, si extraordinairement visible loin de la pollution des lumières de la ville. Mack aurait pu rester allongé ainsi des heures de temps, les yeux perdus dans l'immensité. Il se sentait infiniment petit et pourtant tout à fait bien dans sa peau. De tous les lieux de la terre où il ressentait la présence divine, celui-ci, en pleine nature, sous les étoiles, était certes le plus tangible. Il pouvait presque entendre les astres entonner un hymne d'adoration à leur Créateur et, dans la mesure du possible, son cœur réticent se joignit à eux.

Puis, ils revinrent aux tentes. Après les visites rituelles à la salle de bains, Mack borda tour à tour ses trois enfants qui dormiraient bien au chaud et en sécurité dans leur sac de couchage. Il murmura avec Josh une courte prière, puis il alla rejoindre Kate et Missy qui l'attendaient. Mais quand vint le tour de Missy de prier, elle eut plutôt envie de parler.

– Papa, pourquoi est-ce qu'elle a été obligée de mourir ?

Mack ne saisit pas tout de suite. De qui parlait-elle ? Puis il comprit que Missy avait dû penser tout ce temps à la princesse multnomah.

– Elle n'a pas été « obligée » de mourir, ma puce. Elle a « choisi » de mourir pour sauver son peuple. Les hommes étaient tous très malades et elle voulait qu'ils guérissent.

Un silence accueillit ces propos. Mack sut qu'une autre question prenait forme dans l'obscurité.

– Est-ce que c'est vrai ?

Cette fois, la question venait de Kate qui, manifestement s'intéressait à la conversation.

– Qu'est-ce qui est vrai ?

– Est-ce que c'est vrai que la princesse est morte ? Est-ce que c'est arrivé pour vrai ?

Mack réfléchit avant de parler.

– Je l'ignore, Kate. C'est une légende et parfois les légendes sont là pour nous enseigner des leçons.

– Alors, ça ne s'est pas vraiment passé ? demanda Missy.

– Il se peut que ça se soit passé, ma puce. Les légendes naissent parfois de faits réels, de choses qui se sont vraiment produites.

Nouveau silence. Puis :

– Alors, quand Jésus meurt, c'est une légende ?

Mack entendait fonctionner les rouages du cerveau de Kate.

– Non, ma chouette ; ça, c'est une histoire vraie. Et, tu sais quoi ? L'histoire de la princesse indienne est probablement une vraie histoire aussi.

Mack attendit que ses filles digèrent ce qu'il venait de dire. Missy fut la prochaine à parler :

– Le Grand Esprit… est-ce que c'est un autre nom pour Dieu – tu sais, le papa de Jésus ?

Mack sourit dans l'obscurité. De toute évidence, les prières quotidiennes de Nan faisaient effet.

– Je suppose que oui. C'est un beau nom pour Dieu, car il est un Esprit et il est Grand.

– Alors pourquoi est-ce qu'il est méchant ?

Ah… la voilà enfin, la question que ruminait sa fille.

– Que veux-tu dire, Missy ?

– Bien… le Grand Esprit veut que la princesse se jette au bas de la falaise, et il veut que Jésus meure sur une croix. Moi, je trouve que c'est méchant.

Bouche bée, Mack ne sut que répondre. À six ans et demi, Missy lui posait une question qui tourmentait les sages depuis des siècles.

– Ma poucette, Jésus ne pensait pas que son papa était méchant. Il savait qu'il avait beaucoup d'amour en lui, qu'il l'aimait tendrement. Son papa ne l'a pas obligé à mourir. C'est Jésus qui a décidé de mourir parce que son papa et lui t'aiment beaucoup et qu'ils m'aiment aussi beaucoup et qu'ils aiment la terre tout entière. Jésus nous a sauvés de notre maladie, comme la princesse a fait pour son peuple.

Le silence qui suivit fut le plus long de tous, et Mack crut que les filles s'étaient endormies. Comme il allait poser un baiser sur leur front, une petite voix tremblante perça le silence.

– Papa ?

– Oui, ma chouette ?

– Est-ce qu'il va falloir que je me jette du haut d'une falaise moi aussi ?

Le cœur de Mack se fendit en deux ; il venait de comprendre le véritable sens de leur conversation. Il prit sa petite fille dans ses bras et l'attira contre lui. D'une voix un peu plus rauque que d'habitude, il lui répondit doucement :

– Non, ma puce. Jamais je ne te demanderai de te jeter du haut d'une falaise. Jamais, jamais, jamais.

– Alors, est-ce que Dieu va me le demander ?

– Non, Missy. Il ne te demandera jamais de faire une chose pareille.

Elle se blottit contre son père.

– OK. Serre-moi fort. Bonne nuit, papa. Je t'aime.

Elle ferma les yeux et fut aussitôt emportée par un sommeil profond rempli de rêves doux et beaux.

Après quelques minutes, Mack la déposa doucement dans son sac de couchage.

– Toi, Kate, ça va ? murmura-t-il en lui donnant un baiser.

– Ouais, répondit-elle dans un souffle. Papa ?

– Quoi donc, ma mignonne ?

– Elle t'en bouche un coin, hein ?

– Ça, tu peux le dire. C'est une petite fille bien spéciale. Toi aussi, tu es spéciale, mais tu n'es plus aussi petite. Allez, dodo. On a une grosse journée demain. Fais de beaux rêves.

– Toi aussi, papa. Je t'aime gros comme la terre !

– Moi aussi, je t'aime de tout mon cœur. Bonne nuit.

Mack sortit, ferma le zip de la tente-roulotte, se moucha et essuya la larme restée sur sa joue. Il rendit grâce à Dieu en silence et alla se préparer un café.

3

LE POINT DE BASCULE

L'âme s'apaise en présence des enfants.

— FEDOR DOSTOÏEVSKI

On désigne sous le nom de Petite Suisse américaine la réserve naturelle du lac Wallowa – le Wallowa Lake State Park – en Oregon. Des montagnes farouches et austères de presque trois mille mètres d'altitude sont entre-coupées d'innombrables vallées sillonnées de ruisseaux et de sentiers pédestres, et parsemées de prés fleuris. Le lac Wallowa donne accès aux aires de nature sauvage Eagle Cap et Hells Canyon, où l'on trouve le canyon le plus profond en Amérique du Nord. Il a été creusé au fil des siècles par la rivière Snake. Ses parois font par endroits plus de trois kilo-mètres de hauteur et l'écart entre elles atteint parfois seize kilomètres.

Aucune route, mais près de mille cinq cents kilomètres de sentiers aménagés sillonnent soixante-quinze pour cent de la zone récréative. Ce territoire était celui des Nez Percé

– une tribu autrefois dominante dont subsistent quelques vestiges – de même que celui des pionniers blancs qui faisaient route vers l'ouest. La bourgade voisine de Joseph a été nommée en l'honneur d'un chef puissant dont le nom indien signifiait « Tonnerre qui dévale la montagne ». Cette zone possède une flore et une faune abondante, dont le wapiti, l'ours, le chevreuil et la chèvre de montagne. La présence de crotales, surtout dans les environs de la rivière Snake, invite à la prudence lorsqu'on s'aventure hors piste.

Le lac Wallowa, long de huit kilomètres et large d'un kilomètre et demi, a été formé par des glaciers il y a neuf millions d'années. Il est situé à environ un kilomètre et demi du bourg de Joseph, à une altitude de mille trois cent quarante et un mètres. L'eau, glaciale presque toute l'année, devient à la fin de l'été suffisamment tiède pour permettre la baignade, du moins à proximité du rivage. À quelque trois mille mètres d'altitude, Sacagawea observe ce joyau bleu du haut des pics boisés et neigeux.

Les trois jours qui suivirent l'arrivée de Mack et des enfants furent remplis d'agrément et d'activités. Apparemment satisfaite des réponses de son père, Missy ne parla plus de la princesse, même quand ils longèrent un précipice au cours d'une randonnée. Ils firent une excursion de quelques heures en bateau à aubes, s'efforcèrent de rafler des prix au mini-golf, et firent même un peu d'équitation. Le matin, ils visitèrent Wade Ranch, à mi-chemin entre Joseph et Enterprise, puis ils occupèrent l'après-midi à magasiner dans les petites boutiques de Joseph.

De retour au lac, Josh et Kate firent un peu de karting. Josh gagna la course, mais Kate eut sa revanche un peu plus tard lorsqu'elle pêcha trois belles truites de lac. Missy en attrapa une aussi, avec un hameçon et un asticot, mais ni Josh ni Mack n'eurent de succès avec leurs beaux appâts artificiels.

Au cours du week-end, deux autres familles vinrent se glisser par hasard dans la vie des Phillips. Comme cela se produit souvent, les enfants se lièrent d'amitié en premier, et ensuite les adultes. Josh s'intéressait particulièrement aux Ducette dont l'aînée, Amber, était une jolie jeune fille du même âge que lui. Kate adorait tourmenter son frère à ce sujet et lui, furieux, la récompensait de ses taquineries en rouspétant et en courant se réfugier dans la tente-roulotte. Emmy, la sœur d'Amber, avait un an de moins que Kate et les deux jeunes filles passaient beaucoup de temps ensemble. Vicki et Emil Ducette vivaient au Colorado où Emil était un agent du bureau d'application de la loi des services de la pêche et de la faune, le U.S. Fish and Wildlife Service. Quant à Vicki, elle restait à la maison pour s'occuper des enfants, dont un fils surprise, J. J., maintenant âgé de presque un an.

Les Ducette présentèrent Mack et ses enfants à un couple de Canadiens qu'ils avaient rencontrés plus tôt, Jesse et Sarah Madison. Ces gens simples et affables s'attirèrent immédiatement la sympathie de Mack. Ils étaient tous deux consultants : Jesse dans le domaine des ressources humaines, et Sarah en gestion du changement. Missy se lia sur-le-champ à Sarah et toutes deux se rendirent souvent ensemble à la tente des Ducette pour aider Vicki à prendre soin de J. J.

Le matin du lundi fut glorieux. La petite troupe se réjouissait de prendre le téléphérique du lac Wallowa pour grimper jusqu'au faîte du mont Howard, à 2484 mètres au-dessus du niveau de la mer. En 1970, l'année de sa construction, ce téléphérique offrait l'angle d'inclinaison le plus aigu en

Amérique du Nord et plus de six kilomètres de câble. Il met environ quinze minutes à atteindre le sommet à des hauteurs variant de 90 centimètres à 36 mètres du sol.

Au lieu de préparer un casse-croûte, Jesse et Sarah insistèrent pour offrir à déjeuner à tout le monde au restaurant Summit Grill, l'idée étant de manger dès leur arrivée là-haut, puis de passer le reste de la journée en randonnée jusqu'aux cinq points de vue et belvédères. Armés d'appareils photo, de lunettes de soleil, de bouteilles d'eau et d'écran solaire, ils se mirent en route vers le milieu de la matinée. Au Summit Grill, tel que prévu, ils se régalèrent de hamburgers, de frites et de lait frappé. L'altitude avait sans doute stimulé leur appétit – même Missy put avaler tout un hamburger et la plupart de ses accompagnements.

Après le déjeuner, ils se rendirent à chacun des points de vue de la zone en empruntant notamment la piste la plus longue, celle qui va du belvédère de la vallée de la Wallowa à celui de la rivière Snake et des montagnes Seven Devils (une distance d'environ 1,2 kilomètre). Du point de vue de la vallée de la Wallowa, ils purent distinguer Joseph, Entreprise, Lostine et même Wallowa. Du belvédère Royal Purple et du point de vue Summit, la vue était limpide jusqu'aux états de Washington et de l'Idaho. Certains d'entre eux crurent même voir le Montana par-delà l'enclave de l'Idaho.

En fin d'après-midi, ils étaient heureux et épuisés. Jesse avait porté Missy sur ses épaules jusqu'aux deux derniers belvédères. Maintenant, au long de la descente cahoteuse et ronronnante du téléphérique, elle s'était endormie sur les genoux de Mack. Les quatre jeunes et Sarah, le visage plaqué sur la vitre, s'extasiaient devant le panorama. Les Ducette conversaient à voix basse en se tenant par la main et J. J. dormait dans les bras de son père.

Mack songea : « C'est là un de ces moments rares et précieux qui vous arrivent par surprise et qui vous coupent le souffle. Si seulement Nan était avec nous, tout serait parfait. » Maintenant que Missy dormait à poings fermés, il la déplaça un peu pour qu'elle soit plus confortable et repoussa les cheveux de son visage afin de mieux la regarder. Curieusement, la sueur et la saleté du jour rehaussaient son innocence et sa beauté. « Pourquoi faut-il donc qu'ils grandissent ? » se demanda-t-il, puis il posa un baiser sur son front.

Ce soir-là, les trois familles partagèrent leurs provisions pour le souper : salade de tacos en entrée, beaucoup de crudités avec trempette. Sarah avait réussi à confectionner un dessert composé de crème fouettée, de mousse, de carrés au chocolat et d'autres friandises, qui donna à tous un sentiment de profonde et voluptueuse satisfaction.

Quand ils eurent rangé les restes du souper dans les glacières et lavé la vaisselle, les adultes sirotèrent un café autour du feu de camp. Emil raconta comment, avec son équipe, il avait démantelé des réseaux de trafic d'espèces en voie de disparition et comment il avait arrêté des braconniers et d'autres chasseurs sans permis. C'était un fin raconteur et sa vie professionnelle était prodigue d'histoires hilarantes. Mack l'écoutait, fasciné, et il se rendit compte une fois de plus que beaucoup de choses, dans le monde, échappaient à son attention.

En fin de soirée, Emil et Vicki s'en furent se coucher les premiers avec leur bébé à moitié endormi. Jesse et Sarah offrirent de rester encore un peu avant de ramener leurs filles à leur campement. Les trois jeunes Phillips et les deux Ducette se réfugièrent aussitôt dans la tente-roulotte pour s'échanger des anecdotes et des secrets.

Comme il arrive souvent lorsqu'un feu de camp tarde à s'éteindre, on passa des sujets amusants aux conversations plus personnelles. Sarah parut impatiente d'en savoir plus sur la famille de Mack, surtout Nan.

– Alors dis-moi, Mackenzie, comment est-elle ?

Mack adorait vanter les mérites de sa Nan.

– Eh bien, en plus d'être belle – et je n'exagère pas : elle est vraiment belle, dedans comme dehors...

Il leva timidement les yeux et les vit qui souriaient. Nan lui manquait beaucoup et il était content que l'obscurité voile son embarras.

– ... Son nom est Nannette, mais presque tout le monde l'appelle Nan. Elle est reconnue dans le milieu médical, en tout cas dans le nord-ouest. Elle est infirmière ; elle travaille auprès des patients en oncologie – je veux dire, auprès des cancéreux en phase terminale. Elle adore son travail. Elle a écrit des articles et présenté des communications à quelques reprises.

– Vraiment ? dit Sarah. Sur quels sujets ?

– Elle guide les gens dans la réévaluation de leur relation avec Dieu à l'approche de la mort.

– J'aimerais que tu nous parles un peu plus de cela, intervint Jesse ; il tisonna le feu avec une branche, et la flamme pétilla de mille étincelles.

Mack hésita. Il avait beau être très à l'aise avec eux, il ne les connaissait pas vraiment. Leur conversation devenait un peu trop intime. Il chercha une réponse laconique qui satisferait la curiosité de Jesse.

– Nan saurait faire cela beaucoup mieux que moi. Je crois qu'elle pense à Dieu d'une manière différente de la plupart des gens. Elle a même pris l'habitude de l'appeler Papa à cause de leur intimité, si vous voyez ce que je veux dire.

– Bien sûr! s'exclama Sarah tandis que Jesse opinait du chef. Vous l'appelez tous comme ça, chez vous? Papa?

– Non, fit Mack en riant. Les enfants l'appellent Papa de temps en temps, mais moi, ça me met mal à l'aise. C'est un peu trop familier à mon goût. Quoi qu'il en soit, puisque le père de Nan est un type formidable, je suppose que c'est facile pour elle.

Les mots lui avaient échappé; Mack trembla intérieurement que quelqu'un ait compris. Jesse le regarda droit dans les yeux.

– Ton père à toi n'était pas un type formidable? demanda-t-il avec délicatesse.

– Non.

Mack hésita avant de poursuivre.

– On pourrait dire ça, qu'il n'était pas formidable. Il est mort quand j'étais petit. De mort naturelle.

Mack rit, mais c'était un rire creux. Il regarda le couple en face de lui.

– Il s'est tué à boire.

– Comme c'est triste, dit Sarah, parlant aussi au nom de Jesse, et Mack sentit qu'elle était sincère.

– Eh bien, fit Mack avec un rire forcé, la vie n'est pas toujours facile, mais j'ai beaucoup de raisons de lui être reconnaissant.

Sa remarque fut suivie d'un silence embarrassé. Mack se demanda comment ces deux-là pouvaient aussi facilement abattre ses défenses. Il fut sauvé quelques secondes plus tard par les enfants qui accouraient. Kate était au comble de la joie: avec Emmy elle avait surpris Josh et Amber main dans la main dans la pénombre et elle souhaitait que tout le monde le sache. Mais Josh était maintenant si amoureux qu'il n'en éprouvait plus la moindre gêne. Les propos

de Kate le laissèrent indifférent. Il n'aurait pu, même en se forçant, effacer le sourire idiot qui lui fendait le visage.

Les Madison enlacèrent Mack et les enfants pour leur souhaiter bonne nuit ; l'étreinte de Sarah fut particulièrement tendre. Puis, en tenant Amber et Emmy par la main, ils s'enfoncèrent dans la noirceur. Mack les regarda s'éloigner vers leur tente jusqu'à ce que leurs voix s'éteignent et que la lueur dansante de leur torche eut disparu de sa vue. Il se sourit à lui-même et s'en fut veiller sur ses petits agneaux dans leurs sacs de couchage.

Ils firent leur prière avec lui, puis Mack les embrassa tour à tour. Kate ricanait avec son frère aîné qui, de temps à autre, la semonçait en chuchotant assez fort pour que tout le monde entende :

– Ça suffit, Kate. Grrr... Je ne plaisante pas. Tu es une véritable peste.

Puis, le silence enveloppa tout.

À la lueur des lanternes Mack emballa du mieux qu'il put une partie de leurs effets, puis décida de reporter le reste au lendemain matin. Il avait le temps : leur retour n'était prévu que pour le début de l'après-midi. Il se prépara une dernière tasse de café et la sirota devant le feu jusqu'à ce que celui-ci ne soit plus qu'une masse rougeoyante de charbons ardents. Comme il lui était facile de se perdre dans ces braises ondulantes... Cette pensée lui fit songer au texte d'une chanson de Bruce Cockburn, *Rumors of Glory*. Il ne parvint pas à s'en rappeler. Il le chercherait en rentrant à la maison.

Ainsi hypnotisé par le feu qui mourait, enveloppé dans sa chaleur, il pria, surtout pour rendre grâce à Dieu. Il avait tant reçu. Il se sentait béni. Il était comblé, serein, habité par la paix. Mack l'ignorait, mais dans moins de vingt-quatre heures ses prières allaient être radicalement différentes.

CECECE

La journée du lendemain commença mal en dépit du soleil et de la température clémente. Tôt levé, Mack voulut préparer un succulent petit-déjeuner pour les enfants, mais il se brûla deux doigts en tentant de sauver des crêpes qui collaient au grilloir. Réagissant à la douleur cuisante – c'est le cas de le dire – il renversa le poêle et le grilloir, et la pâte à crêpes se répandit sur le sol sablonneux. Réveillés par le bruit et les jurons que grommelait leur père, les enfants sortirent la tête de la tente-roulotte pour voir ce qui se passait. Ils se mirent à rire aussitôt, mais il suffit d'un seul «Hé, il n'y a rien de drôle!» de Mack pour qu'ils réintègrent la tente, où ils continuèrent à glousser en observant la scène par les moustiquaires.

Au lieu du festin espéré, Mack leur offrit un petit-déjeuner de céréales froides et de moitié-moitié au lieu de lait, puisque ce qui restait de lait avait servi à préparer la pâte à crêpes. Il passa l'heure suivante à réorganiser le campement tout en trempant ses doigts brûlés dans un verre d'eau glacée que des éclats de glace arrachés à un bloc avec le dos d'une cuiller rafraîchissaient périodiquement. La nouvelle dut se répandre, car Sarah se pointa avec la boîte des premiers soins. Quelques minutes après que ses doigts eurent été badigeonnés d'un liquide blanchâtre, la douleur s'estompa.

À peu près en même temps, leurs tâches terminées, Josh et Kate demandèrent à leur père la permission d'emprunter une dernière fois le canot des Ducette et promirent d'enfiler leur veste de sauvetage. Après le «non» obligatoire du début et les supplications habituelles de la part des enfants, Kate surtout, Mack finit par céder et leur rappeler les règles élémentaires de sécurité qu'ils devraient observer. Il n'était pas

inquiet pour eux. L'aire de campement était située non loin du lac, et ils promirent de ne pas s'éloigner du rivage. Mack pourrait les surveiller tout en continuant d'emballer leurs affaires.

Assise à la table, Missy coloriait dans l'album acheté aux chutes Multnomah. En nettoyant ses dégâts de tout à l'heure, Mack la regardait. « Elle est si mignonne », songea-t-il. Elle avait revêtu ses derniers vêtements propres, une petite robe-soleil rouge et brodée de fleurs des champs qu'ils avaient achetée à Joseph le jour de leur arrivée.

Environ un quart d'heure plus tard, Mack leva les yeux en entendant une voix familière l'appeler du lac :

– Papa !

C'était Kate. Elle et son frère pagayaient comme des pros. Ils portaient leur veste de sauvetage. Mack les salua de la main.

N'est-il pas remarquable qu'un événement ou un geste apparemment banal puisse transformer une vie du tout au tout ? Kate brandit son aviron pour répondre au salut de son père, puis elle perdit l'équilibre et le canot chavira. Une expression de terreur figea son visage tandis que le canot se retournait sans bruit, presque au ralenti. Josh tenta frénétiquement de le redresser en se penchant, mais il était trop tard, et ils disparurent tous les trois dans une gerbe d'eau. Mack courut aussitôt vers la rive ; il n'avait pas l'intention d'entrer dans le lac mais seulement d'être là quand ses enfants referaient surface. Kate remonta la première, en crachant et en pleurant, mais Josh manquait à l'appel. Puis, soudain, Mack vit une éclaboussure et une paire de jambes, et il sut aussitôt que Josh était en difficulté.

À sa grande surprise, il retrouva sur-le-champ tous les réflexes qu'il avait acquis à l'adolescence lorsqu'il travaillait comme surveillant de baignade. Il retira en moins de deux ses chaussures et sa chemise et, indifférent au froid, il plongea dans l'eau glacée et nagea à toute vitesse vers l'endroit où le canot avait chaviré. Il ne prêta pas attention aux sanglots de sa fille. Elle était sauve. Il ne pensa qu'à Josh.

Il inspira profondément et s'enfonça sous l'eau. Celle-ci était encore limpide en dépit de sa récente agitation. La visibilité était d'environ un mètre. Mack trouva Josh presque tout de suite et comprit le problème : une des courroies de sa veste de sauvetage était coincée dans l'armature de l'embarcation. En dépit de tous ses efforts Mack ne parvint pas à l'en dégager. Il fit alors signe à son fils d'avancer sous le canot où il y avait une poche d'air. Mais la panique s'était emparée du pauvre garçon, et il continuait de tirer sur la sangle qui le gardait immergé sous le plat-bord.

Mack remonta à la surface, cria à Kate de nager jusqu'au rivage, inspira un bon coup et replongea une deuxième fois. À la troisième plonge, il vit qu'il serait bientôt trop tard et qu'une décision s'imposait : tenter encore une fois de dégager Josh de la veste qui l'emprisonnait ou retourner le canot à l'endroit. Puisque, dans sa panique, Josh ne se laissait pas approcher par son père, Mack opta pour la seconde solution. Avec l'aide de Dieu et des anges ou avec l'aide de Dieu et d'une montée d'adrénaline – il ne le saurait jamais – il put remettre le canot à flot dès son deuxième essai et ainsi dégager Josh de la courroie qui le retenait.

La veste pouvait maintenant jouer son rôle et garder la tête de Josh hors de l'eau. Mack refit surface derrière son fils maintenant inconscient. Josh s'était blessé à la tête quand le canot l'avait frappé pendant que Mack le retournait. Mack se hâta de lui donner le bouche à bouche en même temps que les autres, alertés par les cris, les tiraient et tiraient le canot vers l'eau peu profonde du rivage.

Indifférent à ceux qui hurlaient des ordres et lui posaient des questions, Mack se concentra sur sa tâche tandis que la panique, s'emparant de lui, lui enserrait la poitrine. Ils touchèrent le fond, et Josh se mit alors à tousser et à vomir de l'eau et son petit-déjeuner. Tous crièrent de joie, sauf Mack. À la fois soulagé et euphorique d'avoir pu sauver la vie de son fils, il éclata en sanglots. Kate se mit à pleurer aussi et se jeta au cou de son père. Tout le monde pleurait et riait et s'enlaçait.

Ils montèrent sur la grève. Jesse Madison et Emil Ducette étaient de ceux qui avaient accouru sur la scène du drame, attirés par les cris de panique. Dans le brouhaha, Mack entendit Emil répéter tout bas, comme une litanie, « Pardonne-moi… pardonne-moi… pardonne-moi… » Le canot lui appartenait. Il aurait pu s'agir de ses enfants. Mack s'approcha de lui et, entourant de ses bras l'homme plus jeune, il lui parla à l'oreille avec fermeté.

– Arrête ! Ce n'est pas ta faute, et tout le monde est sauf.

Emil éclata en sanglots, ses émotions tout à coup libérées de leur gangue de peur et de culpabilité.

Une tragédie venait d'être évitée de justesse. C'était du moins ce que pensait Mack.

4

LE GRAND CHAGRIN

Le chagrin est un mur entre deux jardins.

— KHALIL GIBRAN

Mack se pencha pour retrouver son souffle. Quelques minutes passèrent avant même qu'il ne songe à Missy. Puis il la revit dans sa tête, assise à la table, en train de colorier. Il gravit la pente jusqu'en haut, où son regard pouvait survoler l'aire de campement, mais il ne la vit pas. Il se hâta jusqu'à la tente-roulotte en l'appelant le plus calmement possible. Pas de réponse. Elle n'y était pas. Son cœur s'emballa un peu, mais il se dit que dans la confusion quelqu'un sûrement avait dû la voir, sans doute Sarah Madison ou Vicki Ducette, ou encore un des enfants plus âgés.

Ne voulant pas se montrer trop anxieux ou inquiet, il alla trouver ses amis et leur dit le plus calmement possible qu'il ne savait pas où était Missy; il leur demanda d'aller voir si elle ne serait pas à leur campement. Chacun s'en fut de son côté. Jesse revint en premier, disant que Sarah n'avait

pas vu Missy de toute la matinée. Jesse et Mack se rendirent ensuite à la tente des Ducette, mais avant qu'ils n'arrivent ils virent Emil courir vers eux, l'air manifestement inquiet.

– Personne n'a vu Missy aujourd'hui, et nous ne savons pas non plus où est Amber. Elles sont peut-être ensemble ?

La voix d'Emil recelait un soupçon de terreur.

– Sûrement, fit Mack, en s'efforçant de se rassurer et de rassurer Emil. Où peuvent-elles bien être ?

– Pourquoi n'irions-nous pas voir dans les douches ou les toilettes ? suggéra Jesse.

– Bonne idée, fit Mack. Je vais aller aux toilettes que les enfants utilisent d'habitude. Toi et Emil, vérifiez celles qui se trouvent entre vos aires de campement.

Ils acquiescèrent et Mack courut aux installations sanitaires les plus proches, se souvenant tout à coup qu'il était pieds nus et qu'il ne portait pas de chemise. « Je dois être beau à voir », se dit-il ; il aurait certes ricané si l'absence de Missy ne l'avait pas autant préoccupé.

En arrivant aux W.-C., Mack demanda à une jeune fille qui sortait de la section des femmes si par hasard elle n'aurait pas vu une fillette en robe rouge, ou peut-être deux fillettes. Elle dit n'avoir rien remarqué, mais elle irait voir. Moins d'une minute plus tard elle revint, en secouant la tête.

– Merci quand même, fit Mack. Contournant la bâtisse, il se rendit aux douches en criant le nom de Missy. Il entendit couler de l'eau, mais personne ne lui répondit. Pensant que Missy était peut-être dans une des cabines, il frappa à grands coups à chacune jusqu'à ce que quelqu'un réponde. Il ne réussit qu'à effrayer une pauvre vieille dame lorsque la porte de la cabine s'ouvrit sous la force de ses coups. La dame poussa un cri, et Mack referma aussitôt la porte en se confondant en excuses. Puis il passa à la cabine suivante.

Six cabines de douche, et toujours pas de Missy. Il fouilla aussi les toilettes et les douches des hommes en s'efforçant de ne pas se demander pourquoi il se donnait cette peine. Missy n'était nulle part. Il alla retrouver Emil en courant, n'ayant en tête que cette prière : «Mon Dieu, faites que je la trouve… Mon Dieu, faites que je la trouve…»

Le voyant, Vicki se hâta à sa rencontre. Elle avait fait l'impossible pour ne pas pleurer, mais quand elle le prit dans ses bras, elle éclata en sanglots. Soudain, Mack souhaita désespérément que Nan soit là. Nan saurait quoi faire, elle, au moins, saurait ce qu'il fallait faire. Il se sentait complètement perdu.

– Sarah veille sur Josh et Kate à votre tente-roulotte, dit Vicki entre deux sanglots. Tu n'as pas à t'inquiéter pour eux.

«Mon Dieu», songea Mack, qui les avait complètement oubliés. «Quel père dénaturé je suis!»

Rassuré par la présence de Sarah auprès de ses enfants, il regretta néanmoins encore plus l'absence de Nan.

À ce moment précis, Emil et Jesse firent irruption dans le campement. Emil semblait soulagé et Jesse était tendu comme un ressort.

– Nous l'avons trouvée! s'écria Emil, le visage rayonnant de bonheur; mais prenant conscience de ce qu'il venait de dire, il s'assombrit aussitôt. Je veux dire, nous avons trouvé Amber. Elle était allée prendre une douche là où il y a encore de l'eau chaude. Elle en avait prévenu sa mère, mais Vicki ne l'a sans doute pas entendue…

Sa voix se fondit dans le silence.

– Mais nous n'avons pas trouvé Missy, ajouta Jesse en réponse à la question la plus importante de toutes. Amber ne l'a pas vue de la journée non plus.

Emil, revenu de ses émotions, prit la situation en main.

– Mack, il faut prévenir la direction du camping et mettre tout en branle pour entreprendre des recherches. Peut-être que le brouhaha et la confusion l'ont effrayée, et elle se sera égarée après s'être éloignée ? Ou peut-être qu'elle nous a cherchés et qu'elle s'est trompée de chemin ? As-tu une photo d'elle ? S'il y a un photocopieur au bureau, on en fera des copies pour gagner du temps.

– Oui, j'ai une photo d'elle ici, dans mon portefeuille.

Il mit la main dans la poche arrière de son pantalon, mais n'y trouva rien et la panique le gagna. Il imagina son portefeuille au fond du lac Willowa. Puis il se rappela l'avoir laissé dans la fourgonnette après leur descente en téléphérique.

Les trois hommes retournèrent à la tente de Mack. Jesse les précéda pour dire à Sarah que Amber était en sécurité, mais qu'on n'avait toujours pas retrouvé Missy. Au campement, Mack serra Josh et Kate dans ses bras et se fit rassurant tout en s'efforçant de garder son calme pour ne pas les effrayer. Il ôta ses vêtements mouillés et enfila un jean et un t-shirt, des chaussettes propres et sèches et une paire de baskets. Sarah lui promit de veiller sur les deux aînés avec Vicki et elle lui chuchota à l'oreille qu'elle prierait pour lui et pour Missy. Mack la serra dans ses bras en la remerciant et, après avoir embrassé ses enfants, il se rendit au pas de course avec les deux autres hommes jusqu'au bureau du camping.

La nouvelle du sauvetage, qui avait déjà fait son chemin jusqu'au petit quartier général, soulevait l'enthousiasme général. Mais cette bonne humeur se dissipa très vite quand les trois hommes se relayèrent pour annoncer la disparition de Missy. Heureusement, Mack put faire une demi-douzaine de copies grand format d'une photo de Missy et il les distribua à la ronde.

Le terrain de camping du lac Wallowa possède 215 unités subdivisées en cinq emplacements et trois aires de camping de groupe. Jeremy Bellamy, le jeune assistant gérant, se porta volontaire pour aider aux recherches, si bien qu'ils divisèrent le terrain en quatre zones et, armé d'une carte, de la photo de Missy et d'un talkie-walkie, ils prirent chacun une direction différente. Un assistant muni d'un talkie-walkie se rendit à l'emplacement de la tente-roulotte de Mack au cas où Missy y reviendrait.

Ils travaillaient lentement et méthodiquement, beaucoup trop lentement au goût de Mack, mais il n'ignorait pas que cette façon de procéder était la plus logique à la condition que... que Missy soit encore sur les lieux. En se faufilant parmi les tentes et les roulottes, il pria Dieu et lui proposa des marchés. Il savait intérieurement que de tels arrangements étaient stupides et irrationnels, mais il ne pouvait s'en empêcher. Il désespérait de retrouver Missy, et Dieu savait sûrement où elle était.

De nombreux campeurs étaient déjà partis ou en train de remballer leurs effets en vue de leur départ. Personne n'avait aperçu Missy ou une fillette qui lui ressemble. De temps à autre, chaque équipe de recherche appelait le bureau pour s'enquérir du progrès des autres chercheurs. Jusque vers deux heures de l'après-midi, tout stagna.

Mack finissait de fouiller sa section quand, comme les autres, il reçut un appel sur son talkie-walkie. Jeremy, qui avait été affecté à la zone voisine de l'entrée, crut avoir trouvé quelque chose. Emil demanda à chacun de marquer sur sa carte l'endroit où il en était de ses recherches, puis il leur dit d'où venait l'appel de Jeremy. Mack arriva sur les lieux en

dernier. Emil, Jeremy et un troisième jeune homme que Mack ne reconnut pas étaient plongés dans une vive discussion.

Emil mit rapidement Mack au courant de la situation. Il lui présenta Virgil Thomas, un jeune Californien qui avait campé tout l'été dans la région avec des copains. La veille, il s'était effondré de fatigue après avoir fêté toute la nuit en compagnie de ses amis. Au matin, lui seul s'était levé assez tôt pour voir un vieux camion kaki sortir à toute vitesse du camping et prendre la direction de Joseph.

– C'était vers quelle heure ? demanda Mack.

– Comme je le lui disais, répondit Virgil en montrant Jeremy du pouce, c'était avant midi. Je ne sais pas au juste quand avant midi, mais avant midi. J'avais un peu mal aux cheveux. Et puis, on ne regarde pas vraiment nos montres depuis qu'on est ici.

Poussant la photo de Missy devant le jeune homme, Mack lui demanda durement : « Et *elle*, est-ce que vous l'avez vue ? »

– Quand l'autre type m'a montré cette photo, dit Virgil en regardant à nouveau le document, la fillette ne m'a pas paru familière. Mais quand il m'a dit qu'elle portait une robe rouge vif, je me suis souvenu que la petite fille qui était dans le camion portait du rouge. Elle riait, ou elle criait… difficile à dire. Puis il m'a semblé que le type lui flanquait une gifle ou qu'il la bousculait, mais c'est possible qu'ils aient seulement été en train de jouer.

Mack figea. Cette nouvelle le bouleversait, mais, depuis le matin, c'était la seule qui ait du sens et qui puisse expliquer pourquoi Missy était disparue sans laisser de trace. Mais tout, en lui, refusait d'y croire. Il vira les talons et courut vers le bureau, mais la voix d'Emil l'arrêta.

– Reviens, Mack ! Nous avons déjà prévenu le bureau et contacté le shérif de Joseph. Ils nous ont envoyé quelqu'un et lancé un avis de recherche pour le camion.

Comme il achevait de parler, deux voitures de police entrèrent sur le terrain de camping. La première se rendit directement au bureau, tandis que la seconde obliqua vers le lieu où ils étaient tous rassemblés. Mack fit signe à l'agent qui sortait de son véhicule et se hâta de le rejoindre. L'agent Dalton, un homme jeune, dans la fin de la vingtaine, se présenta et nota la déclaration de chacun.

La disparition de Missy provoqua dans les heures qui suivirent des actions de plus en plus intenses. L'avis de recherche fut transmis jusqu'à Portland à l'ouest, Boise (Idaho) à l'est, et Spokane (Washington) au nord. La police de Joseph installa un barrage sur la route d'Imnaha qui, depuis Joseph, pénètre jusqu'aux profondeurs de la zone récréative nationale de Hells Canyon. Si le ravisseur s'était enfui avec Missy par la route d'Imnaha – une des nombreuses directions possibles – la police pourrait sans doute recueillir des renseignements pertinents auprès des conducteurs venant en sens inverse. Ses ressources étaient limitées, mais elle avait demandé aux gardes forestiers d'ouvrir l'œil.

La police isola l'emplacement de camping des Phillips puisqu'il s'agissait de la scène d'un crime, et toutes les personnes des environs furent interrogées. Virgil transmis à la police le plus de détails possible sur le camion et ses occupants, détails qui furent ensuite relégués à tous les services pertinents.

Les bureaux locaux du FBI à Portland, Seattle et Denver furent mis au fait de la situation. On avait prévenu Nan. Elle s'était aussitôt mise en route en compagnie de Maryanne, sa meilleure amie, qui avait pris le volant. On fit même venir des chiens de piste, mais la piste de Missy s'arrêtait dans le

terrain de stationnement, si bien que la version de Virgil parut être la plus vraisemblable.

Après que les spécialistes judiciaires eurent examiné les alentours de la tente-roulotte de Mack, l'agent Dalton lui demanda d'y rentrer pour voir si tout y était exactement comme avant ou si quelque chose avait changé. Épuisé par les bouleversements de cette journée, Mack, qui souhaitait plus que tout se rendre utile, dut faire un violent effort de mémoire pour se souvenir des événements du matin. Soucieux de ne toucher à rien, il retraça ses pas. Si seulement il pouvait tout refaire, reculer dans le temps et recommencer la journée du début, quitte à se brûler les doigts à nouveau et répandre le bol de pâte à crêpes! Si seulement...

Il se concentra sur sa tâche, mais il ne vit rien. Rien n'avait changé. Dehors, il s'approcha de la table où Missy s'était occupée à colorier. L'album était ouvert sur une image à moitié achevée de la princesse indienne des Multnomah. Les crayons de couleur étaient tous là, sauf le rouge, la couleur préférée de Missy. Pensant que le crayon était tombé par terre, il se pencha.

– Si c'est le crayon rouge que vous cherchez, fit Dalton en pointant vers le terrain de stationnement, nous l'avons trouvé là-bas, près de cet arbre. Elle l'a sans doute laissé tomber quand elle s'est débattue...

Sa voix se tut.

– Comment savez-vous qu'elle s'est débattue? demanda Mack.

L'agent hésita, puis se décida à répondre presque malgré lui.

– Nous avons trouvé une de ses chaussures à proximité, dans les buissons; elle a dû la perdre en donnant des coups de pied. Vous n'étiez pas là, alors nous avons demandé à votre fils de l'identifier.

À la pensée de sa fille se débattant entre les griffes d'un monstre pervers, il crut recevoir un coup de poing à l'estomac. Il succomba presque au noir qui menaçait de l'envelopper et dut s'appuyer à la table pour éviter de s'évanouir ou de vomir. C'est alors qu'il remarqua une petite épingle en forme de coccinelle. Elle était plantée dans l'album à colorier. Il reprit aussitôt ses esprits, comme si on l'avait ranimé avec des sels.

– C'est à qui, ça, demanda-t-il à Dalton en montrant l'épinglette du doigt.

– À qui quoi?

– Cette coccinelle. Qui a placé là cette épinglette?

– Nous avons cru qu'elle appartenait à Missy. Voulez-vous dire qu'elle n'était pas là ce matin?

– J'en suis absolument sûr, affirma Mack. Missy n'a rien de tel. Je suis certain que cette épinglette n'était pas ici ce matin!

L'agent Dalton se jeta sur son radiotéléphone. En quelques minutes, le technicien de scène de crime était revenu et avait confisqué l'épinglette.

Dalton prit Mack à part et lui dit:

– Si ce que vous dites est juste, nous devons présumer que l'assaillant de Missy l'a laissée là de propos délibéré.

Il se tut un moment avant de poursuivre:

– Monsieur Phillips, il peut s'agir d'une bonne ou d'une mauvaise nouvelle.

– Je ne comprends pas, fit Mack.

L'agent hésita encore, cherchant les mots justes, et se demandant s'il devait révéler à Mack le fond de sa pensée.

– Eh bien, la bonne nouvelle est que cette épinglette recèle peut-être des éléments de preuve. C'est la seule chose que nous ayons qui puisse relier l'assaillant à la scène du crime.

– Et la mauvaise nouvelle ? fit Mack en retenant son souffle.

– La mauvaise nouvelle – et je ne dis pas que c'est le cas ici, mais les types qui laissent comme ça un objet derrière eux ne le font pas sans raison. La plupart du temps, ça veut dire qu'ils ont commis le même crime auparavant.

– Quoi ? répliqua Mack. Êtes-vous en train de me dire que ce type est un tueur en série ? Et qu'il laisse une épinglette sur les lieux du crime pour s'identifier, comme s'il marquait son territoire ou quelque chose du genre ?

La moutarde lui monta au nez. D'après l'expression de son visage, Dalton regrettait d'avoir parlé. Mais avant que la colère de Mack n'éclate, Dalton reçut un appel et fut relié au bureau local du FBI de Portland, dans l'Oregon. Refusant de s'éloigner, Mack entendit une femme s'identifier comme agent spécial et demander à Dalton de décrire l'épinglette en détail. Mack suivit l'agent là où les techniciens de scène de crime avaient installé une zone de travail. L'épinglette avait été placée dans une pochette en plastique. Se tenant derrière le petit groupe d'hommes, Mack tendit l'oreille pendant que Dalton décrivait l'épinglette du mieux possible.

– C'est une épinglette, genre épingle à cravate, en forme de coccinelle ; elle avait été piquée dans quelques pages d'un album à colorier ; le genre d'épinglette qu'une femme porterait au revers d'une veste, je pense.

– Décrivez-en les couleurs, et dites-moi combien il y a de pastilles sur ses ailes, lui dit la voix.

– Voyons... fit Dalton, en collant presque son nez sur le sac en plastique. La tête est noire et ressemble à... à... une tête de coccinelle. Le corps est rouge, avec des bordures noires et une ligne de séparation noire. Il y a deux pastilles noires sur le côté gauche du corps quand on la regarde d'en bas...

je veux dire, en plaçant sa tête vers le haut. Est-ce que ç'a du sens ?

– Tout à fait. Poursuivez, s'il vous plaît, fit la voix, patiente.

– Sur le côté droit du corps, il y a trois pastilles, donc cinq pastilles en tout.

Bref silence.

– Vous en êtes sûr ? Il y a cinq pastilles noires en tout ?

– Oui, madame. Cinq pastilles.

Levant les yeux, il aperçut Mack qui s'était déplacé pour mieux voir ; il le regarda et haussa les épaules l'air de dire : « Qu'est-ce que ça change, le nombre de pastilles ? »

– Très bien, agent Dabney...

– Dalton, madame. Tommy Dalton. Il regarda Mack en roulant les yeux.

– Excusez-moi, agent Dalton. Auriez-vous l'amabilité de retourner la coccinelle et de me dire ce que vous voyez dessous ?

Dalton retourna la pochette en plastique et examina attentivement l'épinglette.

– Il y a quelque chose de gravé, agent spécial... heu... je n'ai pas bien saisi votre nom.

– Wikowsky. Ça s'écrit comme ça se prononce, mais avec un « y ». Vous voyez des lettres ou des chiffres ?

– Attendez... Ouais. Je crois que vous avez raison. On dirait un numéro de série. Voyons... c... k... 1-4-6, oui, je crois que c'est ça : charlie, kilo, 1, 4, 6. Je ne vois pas très bien à cause du plastique.

Il y eut un silence à l'autre bout. Mack murmura à Dalton : « Demandez-lui ce que cela signifie. »

Dalton hésita, mais lui posa la question qui fut accueillie par un long silence.

– Wikowsky ? Vous êtes là ?

– Oui, oui, je suis là.

Sa voix était tout à coup très lasse et étouffée.

– Dites-moi, Dalton, est-ce qu'on peut parler discrètement ?

Mack fit un grand signe affirmatif de la tête et Dalton comprit.

– Attendez une seconde.

Il déposa la pochette de plastique et s'éloigna de quelques pas en laissant Mack le suivre. De toute façon, eu égard à Mack, Dalton n'en était pas à sa première entorse au protocole.

– Voilà. C'est bon, maintenant. Dites-moi ce qui en est de cette coccinelle.

– On s'efforce d'attraper ce type depuis presque quatre ans. Il a été retracé dans plus de neuf États. Il se déplace toujours vers l'ouest. Nous l'appelons le Tueur de demoiselles. Mais prenez garde : nous n'avons jamais parlé de la coccinelle à la presse, ni à qui que ce soit d'autre. Alors soyez discret. Nous pensons qu'il a enlevé et tué au moins quatre enfants jusqu'à présent, que des filles, toutes âgées de moins de dix ans. Chaque fois, il ajoute une pastille aux élytres de la coccinelle. Il en serait donc à sa cinquième victime. Il laisse toujours la même épinglette sur les lieux de l'enlèvement. Même modèle, même numéro de série, comme s'il en avait acheté toute une boîte. Malheureusement, pas de chance, nous ne savons toujours pas d'où elles viennent. Nous n'avons pas retrouvé les quatre petites victimes et même si les techniciens n'ont pas découvert les corps, nous avons de bonnes raisons de croire qu'aucune de ces petites filles n'a survécu. Chaque crime a eu lieu dans un terrain de camping ou à proximité, non loin d'une réserve naturelle ou d'un parc d'État. L'homme semble très à l'aise en forêt et en montagne, et il ne laisse jamais de traces – sauf l'épinglette.

– Et le véhicule ? Nous avons une assez bonne description du camion kaki qu'il conduisait.

– Oh, vous le retrouverez sans doute. Si c'est bien notre homme, il l'aura volé il y a un jour ou deux, puis repeint et rempli de matériel de camping. Et après son méfait, il l'aura parfaitement nettoyé.

En écoutant la conversation entre Dalton et l'agent spécial Wikowsky, Mack vit s'évanouir son dernier espoir. Tombant à genoux, il enfouit son visage dans ses mains. Y avait-il jamais eu un homme aussi défait que lui en cet instant ? Pour la première fois depuis la disparition de Missy, il envisagea tout l'éventail des dénouements les plus horribles, sans pouvoir s'arrêter ; des visions de bonheur et de malheur emmêlées défilèrent en silence devant ses yeux. Il eut beau tenter de les chasser, elles revinrent : terribles scènes de torture et de douleur ; monstres des plus sombres profondeurs et démons aux doigts de barbelés et de rasoir ; Missy hurlant en vain pour que son papa vienne à son secours. Au milieu de toutes ces images d'épouvante, de beaux souvenirs : Missy bébé et sa tasse à bec ; la fillette de deux ans, ivre d'avoir trop mangé de gâteau au chocolat ; et la Missy d'hier, endormie dans les bras de son père. Des images ineffaçables. Que dirait-il à ses funérailles ? Que pourrait-il jamais dire à Nan ? Comment était-il possible qu'une chose pareille soit arrivée ? Mon Dieu, comment était-ce possible ?

CฉCฉCฉ

Quelques heures plus tard, Mack et les enfants se rendirent en voiture à Joseph, à l'hôtel qui allait être leur point d'escale pendant les recherches. Les propriétaires leur avaient généreusement offert une chambre et tandis qu'il y transportait quelques effets il se sentit écrasé de fatigue. Il avait été reconnaissant à l'agent Dalton d'amener les enfants déjeuner dans un casse-croûte voisin, et maintenant, assis au bord du lit et se balançant d'avant en arrière, il ne put résister à l'emprise implacable et impitoyable d'un désespoir croissant. Des sanglots et des gémissements à vous arracher l'âme montèrent des tréfonds de son être. C'est dans cet état que Nan le trouva. Les deux amants brisés s'enlacèrent en pleurant, Mack se laissant aller à son chagrin et Nan s'efforçant d'empêcher son homme de s'effondrer.

Cette nuit-là, Mack dormit mal, hanté qu'il était par les images qui persistaient à l'écraser comme des vagues s'acharnent sur un rivage rocheux. Il finit par se lever juste avant que le soleil ne pointe à l'horizon. Il le remarqua à peine. En une seule journée, il avait épuisé la valeur d'une année entière d'émotions, et il était engourdi, il flottait à la dérive dans un monde dénué de sens qui lui promettait une grisaille sans fin.

En dépit des protestations de Nan, ils jugèrent préférable qu'elle rentre à la maison avec Josh et Kate. Mack resterait sur place pour donner un coup de main et pour être là, au cas où. Il lui était tout simplement impossible de partir ; Missy était peut-être encore dans les parages ; elle avait peut-être besoin de lui. La nouvelle de la tragédie s'était vite répandue et des amis venus aider Mack à remballer la tente-roulotte rapportèrent ses affaires à Portland. Son employeur l'appela, lui offrit de l'aider et l'incita à rester sur place aussi longtemps que nécessaire. Tout l'entourage de Mack priait.

Des journalistes se pointèrent dans la matinée avec leurs photographes. Mack refusa d'abord de les rencontrer, mais puisque sa présence dans les médias pourrait grandement faciliter les recherches, après un peu de coaching il répondit à leurs questions dans le terrain de stationnement.

Il n'avait rien révélé des transgressions de l'agent Dalton, et celui-ci l'en remercia en le tenant informé de tout. Jesse et Sarah firent l'impossible pour seconder Mack. Ils se tinrent à la disposition des membres de la famille et des amis venus lui prêter main-forte. Ils libérèrent Nan et Mack du fardeau des contacts avec le public. On eût dit qu'ils étaient partout à la fois et qu'ils tissaient dans les émotions de chacun des fils de sérénité.

Les parents d'Emil Ducette vinrent en voiture de Denver pour que Vicki et les enfants rentrent avec eux à la maison. Emil avait obtenu de ses supérieurs la permission de rester pour seconder du mieux possible le Service des parcs nationaux et pour tenir Mack au courant de cet aspect des choses. Nan s'était vite liée d'amitié avec Sarah et Vicki ; prendre soin de J. J. et assister ses propres enfants dans les préparatifs de leur retour à Portland l'avait aidée à penser à autre chose. Quand elle s'affaissait, ce qui se produisait souvent, Vicki ou Sarah était toujours là pour pleurer et prier avec elle.

Quand les Madison comprirent que leur aide n'était plus indispensable, ils bouclèrent leurs valises et vinrent faire leurs adieux avant de reprendre la route. En serrant longuement Mack dans ses bras, Jesse lui murmura à l'oreille qu'ils se reverraient bientôt et qu'il prierait pour eux tous. Les joues baignées de larmes, Sarah se contenta d'embrasser Mack sur le front et d'étreindre Nan qui sanglotait et gémissait. Elle lui fredonna une chanson dont Mack ne put saisir les paroles, mais qui sembla réconforter Nan jusqu'à ce qu'elle puisse rompre leur étreinte. Mack n'eut pas la force de regarder le couple s'éloigner.

Tandis que les Ducette préparaient leur départ, Mack remercia Amber et Emmy d'avoir secouru et réconforté ses enfants, en particulier quand il était incapable de le faire lui-même. Josh pleurait; il était dépourvu de courage, du moins aujourd'hui. Kate, par ailleurs, paraissait solide comme un roc; elle recueillait et transmettait à tous les coordonnées postales et électroniques de chacun. Les événements ayant beaucoup ébranlé l'univers de Vicki, on dut presque l'arracher des bras de Nan tant sa douleur menaçait de l'engloutir. Nan la serra sur son cœur en lui caressant les cheveux et en priant à son oreille jusqu'à ce qu'elle soit assez remise pour se rendre à la voiture.

À midi, ils avaient tous repris la route. Maryanne ramena Nan et les enfants à la maison où la famille attendait de les prendre en charge et de les réconforter. Mack et Emil s'en furent retrouver l'agent Dalton – que maintenant ils appelaient familièrement Tommy – et se rendirent avec lui jusqu'à Joseph dans la voiture de patrouille. À leur arrivée, ils achetèrent des sandwiches avant de se rendre au poste de police, mais c'est à peine s'ils y touchèrent. Tommy Dalton était père de deux petites filles dont l'aînée n'avait que cinq ans. Il était facile de voir pourquoi cette tragédie le touchait. Il avait pour ses nouveaux amis, surtout pour Mack, toutes les délicatesses et toutes les courtoisies.

Maintenant, le pire commençait : attendre. Mack avait l'impression de se déplacer au ralenti dans un maelström d'activités. Des exposés leur parvenaient de toutes parts. Même Emil restait lié à ses contacts personnels et professionnels.

Les gens de trois bureaux locaux du FBI arrivèrent au milieu de l'après-midi. Il fut clair d'entrée de jeu que l'agent spécial Wikowsky était en charge. C'était une jeune femme mince et pas très grande, tout feu tout flamme, qui plut immédiatement à Mack. Visiblement, il lui plut aussi. Dès cet instant, nul ne remit en question la présence de Mack aux discussions et aux post-exposés les plus signifiants.

Après avoir installé un poste de commandement à l'hôtel, le FBI invita Mack à un entretien officiel, une simple formalité, dirent-ils, étant donné les circonstances. Quand Mack entra dans son bureau, l'agent Wikowsky se leva pour lui serrer la main. Elle referma ses deux mains sur la sienne et lui sourit tristement.

– Monsieur Phillips, je vous demande pardon de ne pas avoir été en mesure de passer plus de temps avec vous jusqu'à présent. Nous avons été très occupés à établir des liens de communication avec toutes les agences et tous les organismes d'application de la loi qui puissent nous aider à retrouver Missy saine et sauve. Je suis désolée que notre rencontre ait lieu dans des circonstances aussi tragiques.

Mack crut à sa sincérité.

– Mack, dit-il.

– Pardon ?

– Mack. Je vous en prie, appelez-moi Mack.

– Eh bien, Mack, appelez-moi Sam. Je m'appelle Samantha, mais j'étais un garçon manqué et je flanquais des baffes à tous les copains qui osaient m'appeler Samantha.

Mack ne put se retenir de sourire, et il se détendit un brin dans son fauteuil tandis qu'elle examinait rapidement le contenu de deux épaisses chemises. Sans lever les yeux, elle dit :

– Mack, vous sentez-vous capable de répondre à quelques questions ?

– Je ferai de mon mieux, répondit-il, heureux de pouvoir faire quelque chose.

– Bien! Je ne vous imposerai pas de revoir chaque détail. J'ai ici toutes vos déclarations, mais il y a un ou deux points importants dont j'aimerais discuter avec vous.

Elle le regarda dans les yeux.

– Je ferai tout ce que je peux pour vous aider, lui confia Mack. Je me sens si inutile en ce moment.

– Je comprends ce que vous ressentez. Votre présence ici est très importante. Croyez-moi, votre petite Missy ne laisse personne indifférent. Nous ferons tout en notre pouvoir pour vous la ramener saine et sauve.

– Merci.

Mack ne put rien dire de plus. Il baissa les yeux. Il avait les émotions à fleur de peau et la moindre gentillesse entamait son sang-froid.

– Bien. Alors… j'ai eu une conversation confidentielle avec votre ami, l'agent Tommy; il m'a mise au fait de tout ce dont vous avez parlé entre vous. Par conséquent, ne vous donnez pas la peine de prendre sa défense. En ce qui me concerne, il n'a rien fait de mal.

Mack la regarda en faisant oui de la tête, puis il lui sourit une fois de plus.

– Donc, enchaîna-t-elle, avez-vous vu rôder quelqu'un dans les parages de votre tente ces jours derniers?

Surpris, Mack se redressa sur son fauteuil.

– Vous voulez dire qu'il nous épiait?

– Non. Il semble choisir ses victimes au hasard, bien qu'elles aient toutes à peu près l'âge de votre fille et la même couleur de cheveux. Nous pensons qu'il choisit une petite fille un jour ou deux avant son crime, puis qu'il l'observe en attendant le moment opportun de passer à l'acte. Avez-vous aperçu quelqu'un d'inhabituel, dont la présence aux abords du lac vous aurait paru bizarre? Avez-vous vu quelqu'un flâner près des toilettes?

À la pensée que ses enfants aient pu être observés, qu'ils aient pu être des cibles, Mack eut un mouvement de recul. Il s'efforça de contourner ses imaginations pour mieux repérer ses souvenirs, en vain.

– Désolé. Je ne vois pas…

– Vous êtes-vous arrêtés quelque part en route pour le camping ? Quelqu'un a-t-il attiré votre attention par son comportement lors de vos excursions ou de vos randonnées ?

– Nous avons fait une halte aux chutes de Multnomah en venant ici, et nous avons parcouru toute la zone durant ces trois jours, mais je ne me souviens pas que mon attention ait été attirée par qui que ce soit. Comment aurais-je pu croire que… ?

– Absolument, Mack. Ne vous culpabilisez pas. Vous vous souviendrez peut-être de quelque chose un peu plus tard. Si banal ou inintéressant que cela vous semble, faites-m'en part.

Elle s'arrêta et examina un autre document sur son bureau.

– À propos de ce camion militaire kaki. Avez-vous vu un camion comme celui-là durant votre séjour ?

Mack fouilla sa mémoire.

– Je ne me souviens pas du tout d'avoir aperçu un tel véhicule.

L'agent spécial Wikowsky poursuivit l'entretien encore quinze minutes mais ne put tirer quoi que ce soit d'utile de Mack. Refermant enfin son carnet de notes, elle se leva et lui tendit la main.

– Mack, je vous répète à quel point la disparition de Missy m'attriste. S'il y a quoi que ce soit de nouveau, je vous en informerai personnellement sur-le-champ.

CROROR

À 17 heures, un premier rapport prometteur arriva du barrage d'Imnaha. L'agent Wikowsky respecta sa promesse et en transmit immédiatement les détails à Mack. Deux couples avaient croisé un véhicule kaki, apparemment un véhicule militaire, dont la description correspondait à celle de la camionnette recherchée. Ils avaient été explorer les anciens territoires des Nez Percé aux environs de la zone forestière nationale numéro 4620 dans un des secteurs les plus reculés de la réserve naturelle, et, à leur retour, ils avaient croisé ce véhicule juste au sud du point de jonction des zones 4260 et 250. Puisque ce tronçon de route était à une seule voie, ils avaient dû faire marche arrière pour le laisser passer. Ils avaient remarqué qu'il y avait des bidons d'essence et beaucoup d'équipement de camping dans la caisse de la camionnette. Curieusement, le conducteur s'était penché du côté du passager comme pour chercher quelque chose par terre. Son chapeau lui cachait les yeux et il portait un lourd manteau malgré la chaleur. Il avait semblé se méfier d'eux. « C'est peut-être un de ces toqués qui s'engagent dans la milice », s'étaient-ils dit.

Dès le dévoilement de ce rapport, la tension fut palpable. Tommy fit savoir à Mack que tous les renseignements recueillis jusqu'à présent correspondaient au *modus operandi* du Tueur de demoiselles : il optait pour des zones reculées d'où il pourrait revenir à pied. Il savait donc parfaitement s'orienter dans la région où il avait été aperçu, même si celle-ci se trouvait hors des sentiers battus. Malheureusement pour lui, il n'avait pas été le seul à se rendre dans ce lieu reculé.

La nuit approchant, on débattit la question suivante : était-il préférable de prendre tout de suite la camionnette en chasse ou d'attendre le lever du soleil ? Quelle qu'ait été leur opinion, tous ceux qui prirent part à la discussion parurent profondément affectés par la situation. Dans le cœur de tout être humain quelque chose refuse les sévices exercés sur des victimes innocentes, surtout quand ces victimes sont des enfants. Les hommes les plus durs, incarcérés dans les pires pénitenciers, déchaînent souvent leur fureur sur ceux qui ont osé martyriser des enfants. Même dans un univers aussi immoral que l'univers carcéral, de tels actes sont jugés inacceptables. Point à la ligne.

Pour Mack, debout au fond de la pièce, leur débat ressemblait à d'inutiles chamailleries. Il eut envie de kidnapper Tommy et de pourchasser lui-même le criminel. Chaque seconde comptait.

Oui, Mack eut l'impression que tout prenait trop de temps, mais les différents services et les différents responsables convinrent très vite, et à l'unanimité, de lancer les recherches au plus tôt, dès que quelques dispositions auraient été prises. Il n'y avait pas beaucoup de routes menant hors de cette zone, et l'on dressait des barrages sur chacune ; mais un homme à pied connaissant très bien la région pourrait, en allant vers l'est, atteindre les zones sauvages de l'Idaho sans se faire repérer, ou encore pousser vers le nord jusqu'à franchir la frontière de l'État de Washington. Pendant que l'on contactait les responsables de Lewiston (Idaho) et Clark (Washington) pour les mettre au fait de la situation, Mack appela Nan et lui transmit les dernières nouvelles, puis il partit en compagnie de Tommy.

Il n'avait plus en lui qu'une seule prière : « Mon Dieu, s'il vous plaît, s'il vous plaît, s'il vous plaît, veillez sur ma Missy. Moi, je ne peux pas. » Les larmes qui coulaient sur ses joues tombèrent sur sa chemise.

ଔଔଔ

À 19 h 30, un convoi composé de voitures de patrouille, de véhicules utilitaires du FBI, de camionnettes transportant des chiens dans des cages et de quelques véhicules de Rangers prit la route d'Imnaha. Au lieu de tourner à droite sur la Wallowa Mountain Road qui les aurait conduits au cœur de la Réserve, ils continuèrent vers le nord. Au bout d'un certain temps, ils empruntèrent un chemin secondaire, la Lower Imnaha Road, puis ils entrèrent dans la Réserve par le chemin Dug Bar.

Mack était soulagé de faire le trajet en compagnie d'une personne qui connaissait très bien la région. Il semblait y avoir infinité de chemins Dug Bar comme si le type qui les avait baptisés avait manqué d'inspiration. Peut-être aussi que, fatigué ou ivre, il avait appelé Dug Bar la totalité des chemins pour se simplifier la tâche et rentrer chez lui au plus vite.

Ces chemins étroits en dents de scie bordaient des précipices ; ils étaient encore plus traîtres en pleine nuit. Le convoi se déplaçait maintenant à une lenteur désespérante. Finalement, il franchit le point où la camionnette kaki avait été aperçue pour la dernière fois et, environ un kilomètre et demi plus loin, il arriva à l'embranchement de la NF 4260 et de la NF 250. Tel qu'entendu, le convoi se sépara en deux : un petit groupe suivit la NF 4260 vers le nord-est avec l'agent spécial Wikowsky ; les autres, dont Mack, Emil et Tommy, s'engagèrent dans la NF 250, direction sud-est. Après avoir péniblement parcouru quelques kilomètres, ce groupe plus important se scinda une fois encore. Tommy et la camionnette avec les chiens restèrent sur la NF 250 qui, à en croire les cartes, s'arrêterait bientôt, et les autres prirent la

NF 4240, soit le chemin qui traversait le parc en est en descendant vers la région de Temperance Creek.

À ce point, le rythme des recherches ralentit encore plus. Maintenant à pied, les traqueurs comptèrent sur l'éclairage de puissants projecteurs pour identifier les signes d'une activité récente, pour trouver le moindre indice leur prouvant qu'ils ne fouillaient pas en vain cette région.

Deux heures plus tard, alors que tous approchaient à pas de tortue du bout du chemin 250, Tommy reçut un appel de Wikowsky. Son équipe avait trouvé quelque chose. À environ seize kilomètres de l'embranchement où ils s'étaient séparés, une voie ancienne ne portant pas de nom quittait le chemin 4260 en direction du nord sur un peu plus de trois kilomètres. Elle était à peine visible et pleine de trous. Elle aurait échappé à leur attention, ou ils n'en auraient pas tenu compte n'eût été du fait que le faisceau lumineux de la lampe de poche d'un des traqueurs avait frappé un enjoliveur de roue à environ quinze mètres du chemin principal. Curieux, il le ramassa et vit, sous une couche de poussière, des éclaboussures de peinture kaki. La camionnette avait sans doute perdu cet enjoliveur en négociant une des nombreuses fondrières.

Le groupe de Tommy rebroussa chemin. Mack ne voulait pas se bercer de faux espoirs en se persuadant que, par miracle, Missy serait encore en vie, surtout quand tout l'assurait du contraire. Vingt minutes plus tard, un autre appel de Wikowsky leur apprit que le véhicule avait été retrouvé. Il avait été si soigneusement dissimulé sous un appentis de branches et de broussailles qu'aucun hélicoptère ou aucun avion n'aurait pu le voir du haut du ciel.

L'équipe de Mack mit presque trois heures à se rendre sur les lieux, si bien qu'à leur arrivée, la première équipe avait déjà terminé son travail. Les chiens avaient fait le reste : ils avaient découvert une piste d'animaux qui descendait vers un vallon à un peu plus d'un kilomètre. Il y avait là un shack décrépi au bord d'un petit lac vierge de moins d'un kilomètre de largeur. Un torrent en cascade situé à quelque cent mètres l'alimentait. Cent ans plus tôt, ce shack avait sans doute été une maisonnette de colon. Ses deux pièces de bonne dimension pouvaient facilement abriter une petite famille. Depuis, elle avait sans doute servi de refuge occasionnel à des chasseurs ou à des braconniers.

Quand Mack et ses amis arrivèrent, le ciel montrait les premières lueurs grisâtres de l'aube. Une base d'opération avait été installée à l'écart du shack pour ne pas déranger la scène du crime. Dès que les gens de Wikowsky l'eurent dénichée, des traqueurs lancèrent les chiens de piste dans toutes les directions à la recherche d'une odeur. De temps à autre des aboiements indiquaient qu'ils avaient trouvé quelque chose, puis cette piste leur échappait. Et voilà qu'ils revenaient tous pour planifier la stratégie de la journée.

Assise à une table pliante devant une carte, l'agent spécial Samantha Wikowsky buvait à même une grosse bouteille d'eau quand Mack s'approcha d'elle. Elle lui offrit un sourire – qu'il ne lui rendit pas – et une autre bouteille, qu'il accepta. Il y avait de la tristesse et de la tendresse dans ses yeux, mais elle parlait affaires.

– Mack… fit-elle en hésitant, asseyez-vous.

Mack n'avait aucune envie de s'asseoir. Il devait empêcher son estomac de se retourner comme un gant, car il devinait que les nouvelles n'étaient pas bonnes. Il resta debout, attendant qu'elle continue.

– Nous avons découvert quelque chose, mais ce n'est pas joli.

Il chercha ses mots.

– Vous avez trouvé Missy?

Il ne voulait pas entendre la réponse à cette question, mais il avait désespérément besoin de la connaître.

– Non, nous ne l'avons pas trouvée.

Sam se tut et se souleva un peu sur sa chaise.

– Il faut tout de même que vous veniez identifier quelque chose que nous avons trouvé dans ce vieux shack. J'ai besoin de savoir si c'était…

Elle se reprit, mais il était trop tard.

– Si c'est à elle.

Il baissa les yeux. Il se sentait vieux d'un million d'années. Il aurait voulu se transformer en pierre pour ne rien ressentir.

– Je vous demande pardon, fit-elle en se levant. Écoutez, nous pouvons attendre, si vous préférez. J'ai seulement pensé que…

Il ne parvenait pas à la regarder et il lui fut même difficile de trouver les mots qu'il pourrait dire sans s'effondrer. La digue de ses larmes menaçait de s'ouvrir d'une seconde à l'autre.

– Allons-y tout de suite, dit-il d'une voix étouffée. Je veux savoir tout ce qu'il y a à savoir.

Wikowsky avait sans doute fait un signe à Emil et à Tommy, car Mack ne les entendit pas approcher. Ils le prirent par le bras et emboîtèrent le pas à l'agent spécial le long du petit sentier qui menait au shack: trois hommes adultes, bras dessus, bras dessous dans une solidaire grâce d'état, se déplaçant ensemble, chacun d'eux marchant droit vers son pire cauchemar.

Un technicien de scène de crime leur ouvrit la porte et les fit entrer. Grâce à une génératrice, la pièce principale

baignait dans une vive lumière. Il y avait des étagères le long des murs, une table bancale, quelques chaises, ainsi qu'un vieux sofa qui avait dû être transporté ici avec peine. Mack s'effondra soudain dans les bras de ses amis et se mit à sangloter sans pouvoir s'arrêter, car il venait d'apercevoir par terre, près du foyer, la petite robe rouge de Missy, sa petite robe déchirée et couverte de sang.

ভ ভ ভ

Mack vécut la suite des événements dans un état second, ayant à peine conscience de ses entretiens avec la police et la presse, à peine conscience du petit cercueil vide aux funérailles de Missy, à peine conscience de l'océan de visages tristes qui défilèrent devant lui sans que personne ne sache quoi lui dire. Au cours des semaines suivantes, Mack entreprit un lent et pénible retour à la vie ordinaire.

Selon toute apparence, le Tueur de demoiselles avait fait sa cinquième victime, Melissa Anne Phillips. Comme cela avait été le cas pour les quatre premières, les autorités eurent beau ratisser pendant des jours la forêt aux alentours du shack, elles ne retrouvèrent jamais le corps de Missy. Dans ce cas comme dans les autres, le tueur n'avait laissé aucune empreinte digitale et aucune trace d'ADN. Pour seul élément de preuve, on n'avait trouvé que l'épinglette en forme de coccinelle. À croire que le tueur était un fantôme.

À un moment donné, Mack sut qu'il devait émerger de sa souffrance et de son deuil, au moins auprès de ses proches. Ceux-ci avaient perdu une sœur et une fille; ils ne devaient pas perdre aussi un père et un mari. La tragédie avait affecté tous les membres de sa famille, mais Kate paraissait avoir été la plus touchée. Elle se réfugiait dans sa carapace comme une tortue qui protège la chair délicate de son ventre contre tout danger. Elle ne sortait la tête que si elle se sentait parfaitement en sécurité, ce qui se produisait de moins en moins souvent. Mack et Nan étaient fort inquiets pour elle, mais ne parvenaient pas à trouver les mots qui puissent ébrécher la muraille que Kate érigeait autour d'elle. Toute tentative de dialogue se muait en monologue, et leurs paroles rebondissaient sur son visage fermé. On eût dit que quelque chose en elle était mort, et que cette chose qui l'empoisonnait de l'intérieur trouvait à s'exprimer de temps à autre dans des propos amers ou des silences froids.

Josh s'en tira beaucoup mieux, en partie grâce à la relation à distance qu'il entretenait avec Amber. Le courrier électronique et le téléphone lui permettaient d'extérioriser sa douleur. Amber lui avait en outre consenti tout le temps et l'espace nécessaires à son deuil. Il préparait aussi sa collation des grades, et vivait les distractions habituelles qui s'offrent à un étudiant à sa dernière année du secondaire.

Le Grand Chagrin était descendu sur tous ceux qui avaient côtoyé Missy et les enveloppait à des degrés divers. Mack et Nan réussirent assez bien à traverser ensemble ce deuil qui les avait rapprochés de plusieurs façons. Dès le départ, Nan avait été claire : elle ne tenait absolument pas Mack responsable du drame. Bien évidemment, Mack mit beaucoup plus de temps à se déculpabiliser, fût-ce un tout petit peu.

Il est si facile de se laisser prendre au jeu du « si seulement » ; il nous entraîne très vite sur la pente glissante du désespoir. *Si seulement* il n'avait pas décidé d'emmener les enfants en camping ; *si seulement* il avait refusé de les laisser faire un tour de canot ; *si seulement* ils étaient rentrés un jour plus tôt ; *si seulement, si seulement, si seulement*. Et il trouvait si pénible que tout prenne fin sans vraiment prendre fin. Qu'il n'ait pu mettre en terre les restes de sa fille augmentait son sentiment d'échec. Savoir que le petit corps de Missy était encore là, abandonné et seul, quelque part dans cette forêt immense, voilà qui lui était une torture quotidienne. Aujourd'hui, trois ans et demi plus tard, on considérait officiellement que Missy avait été assassinée. La vie ne serait plus jamais normale, même si elle ne l'est jamais vraiment. Sans Missy, la vie serait vide à jamais.

La tragédie n'avait certes pas aidé la relation de Mack avec Dieu, mais il feignit de ne pas voir ce sentiment croissant de division. Il préféra embrasser une foi stoïque et dépourvue de sentiment. Mais même s'il puisait dans cette forme de foi un certain réconfort et une certaine paix, elle n'empêchait pas les cauchemars où il s'enlisait dans la boue et où ses cris silencieux étaient impuissants à sauver Missy. Les mauvais rêves s'espaçaient, un peu de rire et de joie revenaient lentement dans sa vie, mais il s'en culpabilisait.

Si bien que, lorsque Mack reçut le message de Papa qui lui disait de venir le rencontrer au shack, ce n'était pas rien. Est-ce que Dieu se donne même la peine d'écrire des messages ? Et pourquoi le rencontrer *au shack,* ce symbole criant de sa profonde détresse ? Dieu avait sûrement des lieux de rendez-vous plus convenables. Une noire pensée lui traversa l'esprit : si le tueur cherchait à l'attirer, à l'éloigner de sa famille afin que celle-ci soit vulnérable ? Peut-être aussi s'agissait-il d'une très cruelle plaisanterie. Mais alors, pourquoi avoir signé « Papa » ?

En dépit de tous ses efforts, Mack ne put s'ôter de l'esprit que le message était peut-être réellement de Dieu, même si l'image d'un Dieu facteur heurtait ses sensibilités théologiques. Il avait appris au séminaire que Dieu avait entièrement renoncé à communiquer ouvertement avec le genre humain, se bornant à lui demander d'écouter et d'observer les Saintes Écritures – du moment qu'il les interprétait correctement, bien entendu. La voix de Dieu n'était plus que du papier, du papier que devaient encore déchiffrer et étudier les cerveaux compétents et les autorités. La communication directe avec Dieu était devenue un privilège réservé aux anciens et aux barbares, puisque l'intelligentsia contrôlait et méditait les échanges entre Dieu et les Occidentaux instruits. Personne ne voulait d'un Dieu préfabriqué, certes, mais on acceptait un Dieu enfermé dans un livre. Si possible un livre coûteux, un livre relié en cuir, à tranches dorées.

Plus Mack réfléchissait à cette question, plus elle le tourmentait et l'irritait. Qui donc lui avait envoyé ce maudit message ? Peu importait qu'il se soit agi de Dieu, du tueur ou d'un plaisantin, chaque fois qu'il le relisait il se sentait manipulé. De toute façon, à quoi lui servirait-il d'obéir à Dieu ? Il suffisait de voir où cette obéissance l'avait mené jusqu'à présent...

En dépit de sa colère et de sa dépression, Mack voulait trouver des réponses. Il comprit qu'il était dans une impasse : les dévotions et les hymnes dominicaux ne le satisfaisaient plus – s'ils l'avaient déjà satisfait. Cette spiritualité cloîtrée ne semblait rien changer à la vie des personnes de son entourage, sauf, peut-être, Nan. Mais Nan était spéciale. Dieu l'aimait sans doute vraiment. Elle n'était pas folle, comme lui. Décidément, il en avait assez de Dieu, de la religion de Dieu, assez de tous les petits clubs sociaux et religieux qui ne changeaient rien à rien, qui ne semblaient faire aucune différence. Oui, Mack voulait autre chose. Mais il ne se doutait pas qu'il recevrait bientôt beaucoup plus que la somme de tous ses espoirs.

5

DEVINE QUI VIENT DÎNER

*Nous récusons couramment les témoignages qui invoqueraient
des circonstances atténuantes. C'est-à-dire, nous sommes
si persuadés de la justesse de notre jugement que nous
invalidons les preuves qui l'infirmeraient. Ce qui mérite d'être
appelé la vérité est impossible à atteindre par de tels moyens.*

MARILYNNE ROBINSON – *The Death of Adam*

I l y a des moments où l'on décide de croire à une chose qui,
en temps normal, nous paraîtrait tout à fait irrationnelle.
Cela ne signifie pas qu'elle est *réellement* irrationnelle,
mais seulement qu'elle n'est pas rationnelle. Une suprarationalité existe peut-être : une raison qui va au-delà de la définition courante des faits ou d'une logique fondée sur des données. Ce qui n'a de sens qui si l'on perçoit une plus vaste réalité. Sans doute est-ce là que la foi entre en jeu.

Mack était tourmenté par beaucoup d'incertitudes, mais quelques jours après son combat avec l'allée verglacée il sut

dans son cœur et dans son esprit qu'il y avait une explication plausible au message qu'il avait reçu. Si absurde que cela semble, ce message provenait peut-être de Dieu, ou alors il s'agissait d'une très mauvaise plaisanterie, ou encore d'un acte sordide de la part de l'homme qui avait tué Missy. Quoi qu'il en soit, il dominait ses pensées de chaque minute de chaque jour, et il hantait ses rêves la nuit.

Mack décida en secret de se rendre au shack le week-end suivant. Au début, il ne révéla son projet à personne, même pas à Nan, car il savait ne pas pouvoir justifier sa décision au cours de la discussion qui s'ensuivrait forcément s'il la lui dévoilait, et il appréhendait de passer pour fou. De toute façon, il se dit qu'une discussion comme celle-là ne ferait qu'accroître leur peine sans lui apporter de remède. « Je garde ça pour moi pour le bien de Nan », se dit-il. Et puis, dévoiler le message qu'il avait reçu signifiait admettre de lui avoir caché quelque chose, et d'avoir des secrets qu'il croyait devoir garder. La franchise est parfois très compliquée.

Convaincu de la justesse de son départ prochain, Mack se demanda comment faire pour éloigner les siens de la maison pendant le week-end sans éveiller leurs soupçons. Il était toujours possible que le tueur cherche par ce moyen à l'attirer à l'extérieur de la ville pour mettre sa famille en état de vulnérabilité, et cela, il ne pouvait l'accepter. Mais il était pris au piège. Nan était trop perspicace pour qu'il lui dévoile tout : un aveu soulèverait des questions auxquelles il n'était pas disposé à répondre.

Heureusement pour Mack, Nan elle-même lui apporta la solution à son dilemme. Elle se demandait si elle ne devrait pas aller rendre visite à la famille de sa sœur, aux îles San Juan, au large de l'État de Washington. Son beau-frère étant pédopsychologue, Nan désirait solliciter son opinion sur les tendances de plus en plus antisociales de Kate, à plus forte raison puisque ni elle ni Mack ne parvenaient à la rejoindre. Quand elle lui parla de son désir de faire ce voyage, Mack réagit avec presque trop d'enthousiasme.

– Bien sûr que tu dois y aller!

Ce n'était pas la réponse à laquelle elle s'était attendue, si bien qu'elle en fut un brin perplexe.

– Je veux dire... bégaya-t-il, je pense que c'est une excellente idée. Vous me manquerez, c'est certain, mais je peux survivre seul pendant un jour ou deux, et de toute façon j'ai plein de trucs à faire.

Elle haussa les épaules, reconnaissante que son projet ait obtenu aussi facilement l'assentiment de son mari.

– Ce serait bon pour Kate, surtout, que nous partions pendant quelques jours, ajouta-t-elle.

Il acquiesça.

Un petit coup de fil à la sœur de Nan, et tout fut réglé. La maison devint une bientôt une véritable ruche. Josh et Kate étaient enchantés de ce voyage qui prolongerait de quelques jours leur semaine de relâche. Ils aimaient rendre visite à leurs cousins, si bien qu'il fut facile à Nan de les convaincre – même s'ils n'avaient pas vraiment le choix d'accompagner leur mère.

Mack appela Willie en catimini et, tout en s'efforçant de ne pas trop en dire, il demanda à son ami de lui prêter son quatre roues motrices. Puisque Nan prenait la fourgonnette, il lui fallait un véhicule plus costaud que sa petite voiture pour négocier les mauvais chemins de la Réserve, sans doute encore dans l'emprise de l'hiver. Évidemment, la requête de Mack inspira à Willie tout un flot de questions auxquelles Mack apporta des réponses évasives. Quand Willie lui demanda carrément s'il comptait se rendre au shack, Mack

répliqua qu'il ne pouvait pas lui répondre tout de suite, mais qu'il lui expliquerait tout le lendemain matin, quand Willie viendrait troquer sa Jeep contre sa petite voiture.

Tard dans l'après-midi du jeudi, Nan, Josh et Kate prirent congé de Mack avec force baisers et accolades, puis Mack s'adonna aux préparatifs de son propre voyage dans le nord-est de l'Oregon – source de ses pires cauchemars. Il se dit qu'il n'aurait pas besoin d'apporter grand-chose puisque *Dieu* lui avait envoyé cette invitation, mais au cas où, il remplit une glacière de tout le nécessaire et même du superflu pour son long trajet, et il prit aussi un sac de couchage, des bougies, des allumettes, et divers autres articles de survie. Cela ne faisait aucun doute : soit il était devenu un parfait idiot, soit il était victime d'une sinistre plaisanterie, mais muni de ce bagage il serait libre de remonter en tout temps dans la voiture et de rebrousser chemin. Des coups frappés à la porte le ramenèrent sur terre : Willie. Leur conversation l'avait suffisamment intrigué pour justifier qu'il se pointe plus tôt que prévu. Mack était soulagé que Nan soit déjà partie.

– Je suis ici, dans la cuisine, Willie, fit Mack.

Un instant plus tard, Willie entrait dans le hall et secouait la tête devant le désordre que Mack y avait laissé. Il s'appuya au chambranle de la porte et croisa les bras.

– Eh bien, la Jeep est garée devant la maison, le réservoir à essence est plein, mais je ne te donnerai pas les clefs tant que tu ne m'auras pas dit exactement ce que tu trames.

Mack continua à remplir deux sacs de voyage. Il ne servait à rien de mentir à son ami, et il avait besoin de sa voiture tout-terrain.

– Je retourne là-bas, Willie.

– Ça, je l'avais deviné. Ce que je veux savoir, c'est pourquoi tu veux y retourner, surtout à ce moment-ci de l'année.

J'ignore si ma vieille Jeep va tenir le coup sur ces mauvaises routes, mais j'ai mis des chaînes dans le coffre, au cas où nous en aurions besoin.

Sans le regarder, Mack s'en fut dans son bureau, ouvrit la petite boîte en fer-blanc et en sortit le message. De retour dans la cuisine, il le tendit à Willie. Son ami déplia le papier et le lut en silence.

– Seigneur, quelle espèce de tordu t'a envoyé ça ? Et c'est qui, ce Papa ?

– Tu sais bien... Papa... c'est comme ça que Nan appelle Dieu, fit Mack en haussant les épaules, ne sachant quoi ajouter. Il reprit le message et le glissa dans sa poche de chemise.

– Dis donc, tu ne crois tout de même pas que ce mot te vient de Dieu ?

Mack se retourna pour lui faire face. De toute façon, il avait fini d'emballer ses affaires.

– Willie, je ne sais absolument pas ce que je dois penser de tout cela. Je veux dire, au début, j'ai cru à une plaisanterie, ça m'a rendu furieux et ça m'a même révolté. Je suis peut-être en train de perdre la boule, mais si c'est le cas, je veux en être sûr. Il faut que j'aille, Willie, sinon je deviendrai fou pour vrai.

– Tu n'as pas pensé que c'est peut-être le tueur qui t'a envoyé cette invitation ? Que c'est lui qui veut t'attirer là-bas pour une raison quelconque ?

– Bien sûr que j'y ai songé. Et quelque part, ça ne me décevrait pas. J'ai des trucs à régler avec lui.

Il se tut un moment avant de poursuivre.

– Mais ça non plus, ça n'a pas beaucoup de sens. Je ne crois pas que le tueur signerait « Papa ». Il faudrait qu'il connaisse *parfaitement* ma famille pour faire une chose pareille.

Willie était perplexe.

Mack continua :

– Et aucune des personnes qui nous connaît bien à ce point ne m'enverrait un tel message. Je me dis que seul Dieu peut l'avoir fait… peut-être.

– Mais Dieu ne fait pas ce genre de choses. En tout cas, je n'ai jamais entendu dire qu'il avait adressé une lettre à quelqu'un. Il en est certainement capable, mais, bon, tu comprends ce que je veux dire. Et pourquoi voudrait-il te ramener là-bas ? Il n'y a pas de pire endroit au monde…

Le silence entre eux s'épaissit jusqu'à créer un malaise.

Mack s'appuya au comptoir et garda longtemps les yeux baissés avant de parler.

– Je ne sais pas, Willie. Au fond, j'aimerais bien croire que Dieu m'aime assez pour m'envoyer cette invitation. Je suis si confus, même après tout ce temps. Je ne sais que penser et les choses ne s'améliorent pas. J'ai aussi l'impression que nous sommes en train de perdre Kate, et cette éventualité me tue. Peut-être que ce qui est arrivé à Missy est la punition que Dieu m'envoie pour ce que j'ai fait à mon propre père. Je ne sais plus.

Il leva les yeux sur l'être qui l'aimait le plus au monde, à l'exception de Nan.

– Tout ce que je sais, c'est qu'il faut que j'y retourne.

Ils se turent un moment tous les deux, puis, Willie dit :

– Alors, quand partons-nous ?

Le fait que son ami désire l'accompagner dans sa folie l'émut.

– Merci, mon vieux. Mais je dois absolument y aller seul.

– J'ai bien pensé que tu me dirais ça, fit Willie en sortant de la pièce.

Il revint quelques instants plus tard avec une arme à feu et des balles qu'il posa doucement sur le comptoir.

– Je me suis dit que je ne te convaincrais pas de pas partir, alors j'ai pensé que ceci pourrait t'être utile. Je crois que tu sais t'en servir.

Mack regarda l'arme. Le geste de Willie partait d'un bon naturel : il désirait aider son ami.

– Je ne peux pas, Willie. Il y a trente ans que je n'ai pas touché à une arme et je n'ai pas l'intention de recommencer. Si j'ai appris quelque chose dans le temps, c'est que recourir à la violence pour régler mes problèmes ne faisait que les accroître.

– Mais si c'est l'assassin de Missy ? Si c'est lui qui t'attend là-bas ? Que vas-tu faire ?

Mack haussa les épaules.

– Sincèrement, je l'ignore. Mais c'est un risque que je suis prêt à courir.

– Tu seras sans défense. Tu ne sais pas ce qu'il a dans la tête, ou ce qu'il aura dans les mains. Prends cette arme, Mack.

Willie poussa l'arme et les munitions dans sa direction.

– Rien ne t'oblige à t'en servir.

Mack regarda l'arme à feu et les balles et, après un moment de réflexion, il les mit soigneusement dans sa poche.

– D'accord. Au cas où.

Puis il ramassa une partie de son équipement et ainsi chargé il se dirigea vers la Jeep. Willie s'empara du sac de voyage qui restait, plus lourd qu'il n'avait cru, et il le souleva en grommelant.

– Bon sang, Mack, si c'est Dieu qui t'attend là-bas, pourquoi toutes ces provisions ?

Mack sourit tristement.

– Simple précaution, tu comprends ? Pour pouvoir faire face à toute éventualité...

Ils sortirent de la maison. Parvenu à la voiture garée dans l'entrée, Willie sortit les clefs de sa poche et les tendit à Mack. Puis il dit :

– Alors... où est tout le monde ? Et que pense Nan de ta petite excursion ? J'ai dans l'idée que ça n'a pas dû lui plaire.

– Nan et les enfants sont partis chez sa sœur aux îles et... je ne lui ai rien dit, avoua Mack.

Willie en fut surpris.

– Quoi ? Tu n'as jamais eu de secret pour elle. Je ne peux pas croire que tu lui aies menti !

– Je ne lui ai pas menti.

– Eh bien, excuse-moi si je coupe les cheveux en quatre, répliqua Willie en roulant des yeux. D'accord. Tu ne lui as pas menti, parce que tu ne lui as pas dit toute la vérité. M'est avis qu'elle va être très compréhensive.

Mack ne réagit pas. Il rentra dans la maison, puis dans son bureau. Il y trouva un jeu de clefs supplémentaires pour la voiture et la maison et, après un instant d'hésitation, il prit la petite boîte en fer-blanc. Puis il sortit retrouver Willie.

– Il a l'air de quoi, d'après toi ? fit Willie en ricanant.

– Qui ça ?

– Ben... Dieu, évidemment. Quelle tête crois-tu qu'il aura – s'il se donne la peine d'aller à ce rendez-vous, évidemment. Je t'imagine en train de donner la frousse à un pauvre randonneur en lui demandant s'il est Dieu et en exigeant des réponses à tout...

Cette image fit sourire Mack.

– Sais pas. Peut-être qu'il ressemble à une grande lumière, ou à un buisson ardent. Personnellement, je l'ai toujours imaginé sous les traits d'un très grand vieillard avec une longue barbe blanche, un peu comme le Gandalf du *Seigneur des anneaux* de Tolkien.

Il haussa les épaules, remit les clefs à Willie, et ils s'embrassèrent. Willie monta dans la voiture de Mack et baissa la vitre.

– Si tu le vois, salue-le bien de ma part, dit Willie en souriant. Dis-lui que j'ai deux ou trois petites questions à lui poser. Et efforce-toi de ne pas lui faire perdre patience.

Ils éclatèrent de rire.

– Blague à part, poursuivit Willie, tu m'inquiètes, mon vieux. J'aimerais t'accompagner, ou que Nan ou quelqu'un d'autre t'accompagne. J'espère que tu trouveras là-bas tout ce que tu cherches. Je dirai une ou deux prières à ton intention.

– Merci, Willie. Moi aussi, je t'aime.

Comme la voiture faisait marche arrière, Mack salua son ami de la main. Il savait que Willie tiendrait parole. Et il aurait sans doute besoin de toutes les prières qu'il pouvait amasser.

Il regarda Willie disparaître au tournant puis, tirant le message de sa poche de chemise, il le lut une fois encore avant de le remettre dans la petite boîte en fer-blanc. Ensuite, il déposa la petite boîte sur le siège du passager avec d'autres menus articles, il ferma la portière à clef et rentra dans la maison passer une autre nuit blanche.

 og og og

Le vendredi, bien avant l'aube, Mack avait déjà quitté la ville et roulait sur la I-84. La veille, Nan l'avait appelé de chez sa sœur pour lui dire qu'ils étaient arrivés sains et saufs. Il ne s'attendait donc pas à avoir d'autres nouvelles d'elle avant

dimanche au plus tôt, et il serait alors sur le chemin du retour, voire déjà rentré. Par précaution, il transféra ses appels à son cellulaire, en sachant toutefois que celui-ci ne fonctionnerait pas dans les limites du Parc.

Le trajet était le même que trois ans et demi auparavant, à quelques différences près : les arrêts-pipi furent moins fréquents et il passa devant les chutes Multnomah sans les regarder. Il avait chassé de son esprit la moindre image de cet endroit depuis la disparition de Missy et gardait ses émotions enfermées sous clef dans le soubassement de son cœur.

Sur le tronçon de route qui menait au canyon, Mack sentit la panique gagner insidieusement sa conscience. Il s'était efforcé de ne pas penser à ce qu'il faisait, se contentant de manger les kilomètres l'un après l'autre, mais tout comme l'herbe se fraie un chemin dans le béton, ses émotions et ses peurs refoulées refirent surface. Son regard s'assombrit et ses mains agrippèrent le volant plus serré tandis qu'il luttait contre l'envie qui s'emparait de lui à chaque sortie de l'autoroute : faire demi-tour et rentrer chez lui. Il savait qu'il fonçait droit sur sa détresse, sur le maelström du Grand Chagrin qui l'avait tant privé du sentiment d'être en vie. De terribles images mentales et de douloureux instants de fureur sauvage se ruèrent sur lui et lui laissèrent dans la bouche un goût amer de bile et de sang.

Il arriva enfin à La Grande, fit le plein d'essence et prit la 82 vers Joseph. À Joseph, il fut tenté d'aller saluer Tommy, mais il changea aussitôt d'idée. Moins ils seraient nombreux à le croire devenu complètement fou, mieux ce serait. Il remplit à nouveau le réservoir et poursuivit sa route.

La circulation était légère, les petites routes d'Imnaha remarquablement dégagées et sèches pour ce temps-ci de l'année, et la température plus douce que ce à quoi il s'était attendu. Mais il lui sembla que, plus il roulait, plus sa vitesse diminuait, comme si le shack cherchait à le repousser. Le véhicule franchit la limite des neiges comme il approchait du sentier qui menait au shack. Il entendait par-dessus le bruit du moteur les pneus qui s'acharnaient contre la neige et la glace de plus en plus épaisses. Mack prit une ou deux fois un mauvais virage et dut rebrousser chemin, mais il était encore tôt dans l'après-midi quand il se rangea enfin sur l'accotement pour garer la Jeep au départ du sentier à peine visible.

Il resta dans la voiture pendant cinq bonnes minutes à se répéter qu'il n'était qu'un triple idiot. Depuis Joseph, les souvenirs n'avaient cessé d'affluer à sa mémoire avec une limpidité due à l'adrénaline, et il était maintenant raisonnablement certain de ne pas vouloir aller plus loin. Mais une compulsion intérieure le poussa à aller de l'avant. Tout en débattant avec lui-même, il boutonna son manteau et enfila ses gants.

Il sortit du véhicule et regarda le sentier, puis il décida de ne rien emporter et de descendre jusqu'au lac à pied. Ainsi, au moment venu de repartir – ce qui, il en était convaincu, aurait lieu dans très peu de temps – il n'aurait pas à remonter la côte avec tout son barda.

Le froid était assez vif pour que son haleine soit bien visible, et il se dit qu'il neigerait bientôt. Puis, la douleur qui se pressait dans son estomac l'accula enfin à la panique. Il n'avait pas fait cinq pas qu'il se mit à vomir avec une violence telle qu'il en tomba à genoux.

– Aidez-moi, quelqu'un… gémit-il.

Il se redressa sur ses jambes flageolantes et s'éloigna un peu plus de la voiture, puis il s'arrêta net et rebroussa chemin. Il ouvrit la portière du côté du passager et fouilla sur le

siège du passager jusqu'à ce qu'il y trouve la petite boîte en fer-blanc. L'ouvrant, il en retira sa photo préférée de Missy et le message. Il referma la boîte et la replaça sur le siège. Il hésita devant le coffre à gants, puis il l'ouvrit, prit l'arme à feu de Willie, vérifia qu'elle était chargée et que le mécanisme de sécurité était engagé. Il se redressa, referma la portière et, passant la main sous son manteau, il glissa l'arme derrière lui dans sa ceinture de pantalon. De retour à la bouche du sentier, il regarda une dernière fois la photo de Missy avant de la ranger avec le message dans sa poche de chemise. Si on découvrait son cadavre, on saurait au moins qui occupait ses pensées avant qu'il ne meure.

Le sentier était traître, les pierres glacées et glissantes. Chaque pas exigeait de lui toute sa concentration tandis qu'il s'avançait au cœur de la forêt épaisse qu'un étrange silence enveloppait. Il n'entendait que le crissement de ses pas dans la neige et sa respiration laborieuse. Mack eut l'impression qu'on l'observait; une fois, il se retourna brusquement pour voir si quelqu'un le suivait. Il avait une envie féroce de faire volte-face et de courir jusqu'à la Jeep, mais ses pieds semblaient dotés d'une volonté propre. Ils étaient bien décidés à poursuivre la descente du sentier et à s'enfoncer dans la forêt de plus en plus sombre et dense.

Quelque chose bougea tout près. Mack figea, silencieux, tous ses sens en éveil. Le cœur battant à tout rompre, les oreilles tendues et la bouche sèche, il tira son arme à feu. Tout en dégageant le mécanisme de sécurité, il fouilla les broussailles du regard, s'efforçant de trouver une explication au bruit entendu et de calmer sa nervosité. Mais ce qui avait bougé ne bougeait plus. Est-ce que la chose l'attendait? Par précaution, il resta immobile une minute avant de reprendre sa lente descente en faisant le moins de bruit possible.

La forêt sembla se refermer sur lui : il se demanda sérieusement s'il ne s'était pas trompé de piste. Il aperçut un mouvement du coin de l'œil et aussitôt se recroquevilla pour regarder entre les branches basses d'un arbre voisin. Quelque chose de fantomatique, une ombre lui sembla-t-il, détala au milieu des broussailles. Était-ce son imagination qui lui jouait des tours ? Il attendit encore, sans bouger d'un poil. Était-ce Dieu ? Il en doutait fort. Un animal, alors ? Il ne parvenait pas à se rappeler s'il y avait des loups dans cette forêt ; un chevreuil ou un wapiti aurait fait plus de bruit. « Et si c'était pire que tout ? Si on l'avait vraiment attiré jusqu'ici ? Mais pour quel motif ? »

Sortant lentement de sa cachette, arme au poing, il fit un pas en avant. Aussitôt, un éclatement secoua les broussailles derrière lui. Il se retourna d'un coup, apeuré et prêt à défendre sa vie, mais avant même d'avoir eu le temps de presser la détente, il aperçut l'arrière-train d'un blaireau qui grimpait la piste au pas de course. Inconscient du fait qu'il avait tout ce temps retenu son souffle, il exhala doucement, baissa son arme et hocha la tête. L'audacieux Mack n'était plus qu'un petit garçon terrorisé par la forêt. Il réengagea le mécanisme de sécurité et replaça l'arme dans sa ceinture. « Une arme, c'est bigrement dangereux », songea-t-il en poussant un soupir de soulagement.

Il respira lentement et profondément pour se calmer. Bien décidé à dominer sa peur, il poursuivit sa route en s'efforçant d'avoir l'air plus sûr de lui qu'il ne l'était en réalité. Il souhaitait ne pas être venu aussi loin en vain. Si Dieu lui avait réellement donné rendez-vous, il lui dirait sa façon de penser – avec tout le respect qui lui était dû.

Après quelques méandres, il aboutit dans une clairière au bout de laquelle, au bas d'une pente, il aperçut le shack. Il le

regarda, bouleversé, l'estomac noué par l'émotion. Rien n'avait changé, mis à part les arbres dénudés par l'hiver et la couche de neige qui recouvrait les alentours. Le shack lui-même paraissait vide et mort, mais tandis qu'il le fixait des yeux il prit dans son esprit la forme d'un visage diabolique, cruel et grimaçant qui le mettait au défi d'approcher. Repoussant la panique qui voulait s'emparer de lui, Mack parcourut résolument les quelque cent mètres restants et monta les marches de la galerie.

Les souvenirs horribles de ce qu'il avait vécu la dernière fois qu'il s'était tenu devant cette porte lui revinrent en trombe et il hésita un moment avant de l'ouvrir.

– Il y a quelqu'un ? fit-il, sans élever la voix.

Il toussota avant de répéter un peu plus fort : « Il y a quelqu'un ? »

Sa voix résonna dans le vide. Encouragé, il franchit le seuil et s'arrêta.

Quand ses yeux se furent habitués à la pénombre, Mack distingua peu à peu les détails dans la faible lumière qui filtrait par les carreaux cassés. Dans la salle principale il aperçut les vieilles chaises et la table, mais il ne put empêcher son regard de se tourner vers ce qu'il ne supportait pas de revoir : bien que pâlie, même après toutes ces années la tache de sang était toujours visible dans le bois du plancher, devant le foyer où l'on avait trouvé la robe de Missy. « Ma pauvre chérie », gémit-il ; et les larmes lui montèrent aux yeux.

Son cœur déversa comme une crue éclair toute la colère qui y était enfermée. Elle dévala les canyons rocheux de ses émotions. Levant les yeux au ciel, il hurla son angoisse :

– Pourquoi ? Pourquoi as-tu permis cela ? Pourquoi m'avoir amené ici ? De tous les lieux possibles de rendez-vous, pourquoi avoir choisi celui-ci ? Il ne t'a donc pas suffi de tuer mon bébé ? Faut-il qu'en plus tu te moques de moi ? Dans sa fureur aveugle, Mack agrippa une chaise et la projeta contre une fenêtre qui éclata en mille morceaux. S'armant d'une patte de la chaise, il s'employa à tout détruire. Des grognements et des gémissements de désespoir franchirent la frontière de ses lèvres pendant qu'il s'acharnait avec une fureur indicible sur ce lieu d'horreur et de malédiction.

– Je te hais !

Il déchaîna sa rage sur le moindre objet jusqu'à l'épuisement total.

Désespéré, défait, Mack s'affaissa par terre près de la tache de sang qu'il toucha du bout des doigts. Voilà tout ce qui restait de sa Missy. Ses doigts suivirent le contour décoloré de la tache tandis qu'il murmurait doucement : «Pardonne-moi, Missy, pardonne-moi ; je n'ai pas su te protéger ; pardonne-moi de n'avoir pas pu te retrouver. »

Même épuisé il bouillonnait de colère, et il s'attaqua une fois encore au Dieu indifférent qu'il imaginait quelque part par-dessus la toiture.

– Mon Dieu, tu ne nous as même pas permis de la retrouver et de l'enterrer convenablement. C'était trop te demander ?

Dans le flux et le reflux de ses émotions, la colère fit place à la souffrance. Une vague toute neuve de chagrin se fondit à sa confusion, et il cracha ces mots :

– Alors, où es-tu ? N'avions-nous pas rendez-vous ici ? Eh bien, je suis ici, mon Dieu. Et toi, tu n'es nulle part ! Tu n'es jamais là quand j'ai besoin de toi – tu n'y étais pas quand j'étais petit, tu n'y as pas été quand j'ai perdu Missy, et tu n'y es pas maintenant. En fait de « Papa », on pourrait faire mieux !

Mack se tut et s'assit, laissant le vide des lieux envahir son âme. Ses questions restées sans réponses, tombées en vrac par terre à ses côtés, s'enfoncèrent lentement dans un gouffre de désolation. Le Grand Chagrin le prit à bras-le-corps, et il l'accueillit presque volontiers. C'était une douleur familière. Presque aussi familière qu'un ami.

Mack sentit dans son dos le contact froid et invitant de l'arme à feu sur sa peau. Il la tira de sa ceinture sans trop savoir ce qu'il comptait en faire. Si seulement il pouvait cesser d'aimer, cesser de ressentir ce mal, ne plus jamais rien ressentir. Suicide? Cette solution lui parut tout à coup fort attirante. «Ce serait si facile, songea-t-il. Finies les larmes, finie la souffrance...» Il voyait presque un gouffre s'ouvrir dans le plancher sous l'arme qu'il fixait, un néant obscur prêt à aspirer son dernier espoir. Se tuer, ce serait bien la seule façon de se venger de Dieu si seulement Dieu existait.

Dehors, les nuages en s'ouvrant laissèrent passer un rayon de soleil qui se répandit dans la pièce et pénétra son affliction. Mais... et Nan? Et Josh, et Kate, et Tyler et Jon? S'il n'en pouvait plus du tourment qui lui déchirait le cœur, il était incapable d'ajouter à la détresse de ses proches en se tuant.

Hébété, Mack évaluait ses options quand une brise froide lui frôla le visage. Il eut envie de s'allonger par terre et de se laisser mourir de froid tant il était las. Il s'appuya plutôt contre la paroi et frotta ses yeux fatigués, mais tandis qu'il murmurait: «Je t'aime, Missy. Et tu me manques terriblement», ses paupières se fermèrent toutes seules. Il sombra dans un sommeil de plomb.

Mack s'éveilla en sursaut quelques minutes plus tard, lui sembla-t-il. Étonné de s'être endormi, il se leva d'un bond. Il remit l'arme dans sa ceinture, relégua sa colère aux tréfonds de son âme et se dirigea vers la sortie.

– C'est ridicule ! Je suis un parfait idiot ! Dire que j'ai cru que Dieu m'aimait assez pour m'écrire !

Il leva les yeux vers le toit aux chevrons apparents.

– En voilà assez, Dieu, murmura-t-il. Je n'en peux plus. J'en ai plein le dos de te chercher dans tout ça.

Il sortit. C'en était fait, décida-t-il ; sa quête de Dieu avait pris fin. Si Dieu voulait le voir, il n'avait qu'à venir à sa rencontre. Il tira de sa poche le message trouvé dans sa boîte aux lettres et le déchira en mille morceaux. Ils glissèrent entre ses doigts et furent emportés par la bise qui venait de se lever. Vieilli et fatigué, Mack descendit les marches de la galerie. D'un pas lourd et le cœur plus lourd encore, il se dirigea vers la Jeep.

ය ය ය

Il avait parcouru une distance d'au plus quinze mètres quand il sentit un vent chaud lui caresser le dos. Un gazouillis d'oiseaux rompit le silence glacial. Devant lui, le sentier perdit soudain la mince couche de glace et de neige qui le recouvrait comme si quelqu'un avait actionné un séchoir à cheveux. Mack s'arrêta et regarda le tapis blanc se dissoudre autour de lui pour être remplacé par une végétation nouvelle et radieuse. En trente secondes, trois semaines de printemps défilèrent devant lui. Il se frotta les yeux et chercha un point d'appui au milieu de ce carrousel d'activité. Même les flocons de neige légère qui avaient commencé à tomber s'étaient métamorphosés en fleurs minuscules et flottaient paresseusement jusqu'au sol.

Bien entendu, cela n'avait aucun sens. Les congères avaient fondu, et les fleurs de l'été déployaient déjà leurs couleurs de chaque côté du sentier et à perte de vue dans la forêt. Rouges-gorges et roselins se pourchassaient dans les branches. Écureuils et tamias franchissaient le sentier et parfois s'arrêtaient pour observer Mack un moment avant de replonger dans les sous-bois. Il crut même voir un daim émerger d'une sombre clairière, mais la bête disparut aussitôt. Comme si cela ne suffisait pas, l'air se remplit d'un parfum de fleurs, le parfum délicat des fleurs sauvages et aussi le parfum capiteux des roses et des orchidées enrichi de celui, exotique, des fleurs propres aux climats tropicaux.

Mack ne pensait plus à rentrer chez lui. Terrorisé, il se dit qu'il avait ouvert une boîte de Pandore et que quelque chose l'emportait au cœur de la folie pour le perdre à jamais. Pris de vertige, il s'agrippa comme il put à la réalité.

C'était ahurissant : rien ne ressemblait plus à rien. Le shack décrépi avait fait place à une jolie et solide maisonnette en bois rond. Elle était à mi-chemin entre le lac et lui, si bien qu'il voyait l'eau par-dessus sa toiture. Des billes pleine longueur, écorcées à la main et entaillées avec soin pour un agencement parfait, avaient servi à la construire.

Au lieu des broussailles, des bruyères et des ronces sombres et inhospitalières, Mack avait sous les yeux un paysage de carte postale. Une petite fumée montait paresseusement de la cheminée dans le ciel de fin d'après-midi – signe que la maisonnette était habitée. Une allée étroite qui menait jusqu'à la galerie et contournait celle-ci était bordée d'une clôture blanche en lattis. Il entendit des rires qui peut-être venaient de l'intérieur ; il n'en était pas certain.

C'était ça, une dépression psychotique ?

– Je perds la boule, murmura-t-il. C'est impossible. Rien de cela n'est vrai.

Un tel endroit n'était possible qu'en rêve, ce qui le rendait encore plus suspect. Tout ce que Mack voyait était magnifique. Il s'enivrait de parfums, et ses pieds, qui le portaient semble-t-il d'eux-mêmes, le ramenèrent jusqu'à la galerie. Il y avait des fleurs partout et leur parfum, mélangé à celui, piquant, des herbes réveilla en Mack des souvenirs depuis longtemps assoupis. Paraîtrait-il que l'odorat nous relie mieux que toute autre chose au passé et que l'ouïe facilite les retours en arrière. Des souvenirs lointains de son enfance, enfouis depuis longtemps dans son cerveau, refirent surface.

Sur la galerie, il s'arrêta à nouveau. Il entendit distinctement des voix à l'intérieur. Il eut soudain envie de fuir comme un petit garçon qui a lancé sa balle dans le jardin du voisin, mais il résista. « Si Dieu est là, ça me donnerait quoi de fuir ? » songea-t-il. Il ferma les yeux et secoua la tête pour chasser cette hallucination et réintégrer la réalité. Mais quand il les rouvrit, rien n'avait changé. Il toucha doucement la rampe de l'escalier. Elle lui parut vraie.

Voilà qu'il affrontait un nouveau dilemme. Que faire maintenant, devant la porte de cette maisonnette, de ce shack où Dieu se trouvait peut-être ? Devait-il frapper ? Dieu n'ignorait certes pas que Mack était dehors. Sans doute ferait-il mieux d'entrer et de se présenter ? La chose lui parut absurde. Et comment s'adresserait-il à lui ? Est-ce qu'il fallait l'appeler Père, ou mon Tout-Puissant, ou encore Monsieur Dieu ? Est-ce qu'il faudrait qu'il se jette à ses pieds pour l'adorer – bien qu'il n'en ait pas particulièrement envie ?

Tandis qu'il peinait à retrouver son équilibre, la colère qu'il avait crue morte en lui remonta lentement. Sans s'inquiéter davantage du nom qu'il devait donner à Dieu, revivifié par sa fureur, Mack prit la décision de frapper à la porte à grands coups de poing et de voir ce qui arriverait. Mais au moment où il levait le bras pour cogner, la porte s'ouvrit

toute grande et il aperçut le visage radieux d'une costaude Afro-Américaine.

D'instinct, il recula mais pas assez vite. Avec une agilité que ne laissait pas présager sa corpulence, elle l'attrapa et le serra entre ses bras, puis elle le souleva de terre et le fit tournoyer comme un enfant. Tout ce temps, elle criait son nom – «Mackenzie Allen Phillips» – avec l'ardeur d'une femme qui retrouve un parent aimé et perdu depuis longtemps. Quand elle le déposa enfin par terre, elle mit ses mains sur ses épaules et l'éloigna d'elle un peu pour mieux le regarder.

– Mack, c'est incroyable! fit-elle, dans un enthousiasme délirant. Te voilà devenu un homme! Il y a si longtemps que j'ai envie de te regarder de près. C'est merveilleux de t'avoir ici, avec nous. C'est fou ce que je t'aime!

Ce que disant, elle l'entoura à nouveau de ses bras.

Mack en demeura bouche bée. En quelques secondes à peine, cette femme avait fait toutes les entorses possibles aux convenances derrière lesquelles il se retranchait si commodément. Mais quelque chose dans sa manière de prononcer son nom et de le regarder le rendit tout aussi heureux de la voir, même s'il n'avait pas la moindre idée de qui elle était.

Soudain, le parfum de la femme l'enveloppa et il en fut profondément troublé. C'était un mélange subtil de fleurs, des effluves de gardénia et de jasmin, la fragrance qui avait été celle de sa mère et qu'il conservait dans la petite boîte en fer-blanc. Déjà dangereusement au bord du précipice de ses émotions, il fut submergé par cette senteur et les souvenirs qu'elle réveillait. Comme si elles avaient frappé à la porte de son cœur, des larmes chaudes lui montèrent aux yeux. La femme parut les voir aussi.

– Ne t'en fais pas, mon petit, laisse-toi aller... Je sais que tu as souffert, et je sais que tu es furieux et confus. Allez, vas-y, laisse-toi aller. C'est bon pour l'âme d'ouvrir les digues de temps en temps. Il faut que s'écoulent les eaux de la guérison.

Mack ne put empêcher les larmes de lui monter aux yeux, mais il n'était pas du tout prêt à se laisser aller – encore moins devant cette femme. Fournissant tous les efforts dont il était capable, il s'empêcha de retomber dans le gouffre noir de ses émotions. Pendant ce temps, la femme lui ouvrait les bras comme l'aurait fait sa mère. Il sentit l'amour émaner d'elle, un amour chaud, invitant, fusionnel.

– Tu n'es pas prêt ? fit-elle. Ce n'est pas grave, nous irons à ton rythme et selon tes conditions. Eh bien, entre ! Je peux prendre ton manteau ? Ton arme ? Tu n'as pas vraiment besoin de ça, n'est-ce pas ? Tu ne voudrais pas blesser quelqu'un, pas vrai ?

Mack ne savait ni que dire ni que faire. Qui donc était-elle ? Et comment pouvait-elle savoir ces choses ? Les deux pieds bien chevillés au sol, il retira lentement son manteau comme un automate.

La grosse femme noire le délesta de son manteau. Il lui tendit aussi son arme, qu'elle prit du bout des doigts comme un objet empoisonné. Au moment où elle lui tournait le dos pour entrer dans le shack, une femme de petite taille, manifestement asiatique, parut dans l'embrasure.

– Laisse-moi prendre ceci, dit-elle d'une voix chantante.

De toute évidence, elle ne parlait ni du manteau ni de l'arme, et en moins d'une seconde, elle fut devant lui. Quand il sentit un objet doux lui frôler la joue, il se raidit. Baissant les yeux, il vit que, munie d'une délicate bouteille en cristal et d'un pinceau comme ceux que Nan et Kate utilisaient pour se maquiller, la petite femme brossait quelque chose de son visage.

Avant même qu'il ne formule sa question, elle sourit et murmura :

– Mackenzie, certaines choses nous sont si précieuses que nous voulons les collectionner, n'est-ce pas ?

Mack songea aussitôt à sa petite boîte en fer-blanc.

– Moi, je collectionne les larmes, ajouta-t-elle.

Tandis qu'elle reculait, Mack dut plisser les yeux pour mieux la voir. Curieusement, il avait du mal à fixer son regard sur elle, car elle chatoyait dans la lumière et ses cheveux flottaient en tous sens comme si une brise inexistante les soulevait. Il la voyait mieux du coin de l'œil que s'il la regardait en face.

Son regard fut ensuite attiré derrière elle où se tenait une troisième personne, un homme cette fois. Il semblait originaire du Moyen-Orient et il était vêtu à la façon d'un simple ouvrier, ceinture à outils et gants de travail inclus. Bras croisés, il était appuyé avec nonchalance contre le chambranle. Son jean était couvert de bran de scie et il avait retroussé les manches de sa chemise à carreaux au-dessus des coudes, sur des bras très musclés. Il n'était pas laid sans être particulièrement beau ; il ne se serait pas démarqué dans une foule. Mais ses yeux et son sourire illuminaient son visage et Mack ne parvenait pas à détourner de lui son regard.

Plutôt dépassé par les événements, Mack recula encore de quelques pas.

– Y a-t-il encore quelqu'un d'autre ? demanda-t-il d'une voix un peu rauque.

Les trois se regardèrent en éclatant de rire. Mack ne put s'empêcher de sourire.

– Non, Mackenzie, fit la femme noire en ricanant. Il n'y a que nous trois, et crois-moi, c'est bien assez.

Mack s'efforça à nouveau de regarder la femme asiatique. D'après lui, cette créature délicate était sans doute originaire du nord de la Chine, ou encore du Népal ou même de Mongolie. Difficile à dire : Mack devait déployer un effort constant pour la voir. À en juger par sa tenue, elle s'occupait de l'entretien du terrain ou du jardin. Des gants étaient glissés dans sa ceinture, non pas les gants en cuir épais de l'homme, mais des gants légers en tissu et en caoutchouc comme ceux que porte Mack lorsqu'il travaille dehors, à la maison. Elle portait un jean simple, avec une bordure décorative à l'ourlet – un jean sali de terre à la hauteur des genoux – et un chemisier de couleurs vives : jaune, rouge et bleu. Mais Mack n'avait retiré qu'une impression fugace de tout cela puisqu'il ne voyait pas vraiment cette femme qui semblait paraître et disparaître en alternance.

L'homme posa la main sur l'épaule de Mack, l'embrassa sur les deux joues puis le serra étroitement dans ses bras. Mack le trouva tout de suite très sympathique. Desserrant son étreinte, l'homme recula tandis que la femme asiatique venait vers Mack à nouveau, cette fois pour prendre son visage dans ses mains. Elle approcha lentement et résolument son visage du sien et, au moment où il croyait qu'elle allait l'embrasser, elle s'arrêta et le regarda droit dans les yeux. Mack eut l'impression de voir à travers elle. Elle sourit et son parfum enveloppa Mack, l'allégeant du lourd fardeau qu'il portait depuis si longtemps sur ses épaules comme un sac à dos rempli d'équipement de camping.

Tout à coup plus léger que l'air, il crut léviter. Elle l'enlaçait sans l'enlacer, sans même le toucher. Mais quand elle se dégagea de lui quelques secondes à peine plus tard, il comprit qu'il ne flottait pas, que ses pieds étaient restés tout ce temps en contact avec le bois de la galerie.

– Ne t'en fais pas, fit la femme noire en riant. Elle a cet effet-là sur tout le monde.

– C'est très agréable, murmura Mack.

Tous les trois éclatèrent de rire et cette fois Mack rit avec eux sans trop savoir pourquoi et peu curieux de le savoir. Quand leurs rires s'arrêtèrent, la grosse femme mit son bras autour des épaules de Mack et l'attira à elle.

– OK, dit-elle, nous, on sait qui tu es, mais il faudrait peut-être qu'on se présente. Moi, ajouta-t-elle dans un geste harmonieux des mains, je fais la cuisine et le ménage. Tu peux m'appeler Elousia.

– Elousia ? fit Mack, sans comprendre.

– Bon, d'accord, tu n'es pas obligé de m'appeler Elousia. c'est juste un nom que j'aime et qui a beaucoup de signification pour moi. Alors…

Elle appuya le menton sur son poing refermé comme quelqu'un qui réfléchit très fort.

– Tu peux me donner le nom que Nan me donne.

– Quoi ? Est-ce à dire que…

Mack était encore plus confus. Ce n'était pas possible ! Cette femme ne pouvait être Papa, celui qui lui avait envoyé le message !

– Est-ce que vous êtes… Papa ?

– Oui, répondit-elle en souriant ; et tu peux me tutoyer. Tu peux tous nous tutoyer.

Puis elle attendit qu'il poursuive comme s'il avait quelque chose à dire, ce qui n'était absolument pas le cas.

– Et moi, fit l'homme, qui semblait avoir dans les trente ans et était un peu plus petit que Mack, moi je fais des petits travaux dans la maison. J'aime travailler de mes mains, mais ces deux-là te diront que j'aime tout autant qu'elles faire la cuisine et jardiner.

– Vous… Tu as les traits d'un homme du Moyen-Orient. Serais-tu arabe, par hasard ? avança Mack.

– En fait, je suis relié à cette grande famille. Je suis hébreu. Plus exactement, un fils de la maison de Juda.

Mack était abasourdi par ce qu'il venait d'entendre.

– Autrement dit… cela veut dire que tu…

– Jésus ? Oui. Tu peux m'appeler ainsi si ça te fait plaisir. Après tout, c'est mon prénom le plus usité. Ma mère m'appelait Yeshua, mais on m'a aussi appelé Josué et même Jessé.

Mack était consterné. Bouche bée, il ne parvenait pas à enregistrer ce qu'il voyait et entendait. Cela n'avait aucun sens… et pourtant il était là. Non, était-il vraiment là ? Soudain, il se sentit faiblir. Une vive émotion l'assaillit tandis que son cerveau cherchait désespérément à absorber cette masse d'informations. Il était sur le point de s'évanouir quand la femme asiatique vint vers lui et attira son attention.

– Et moi, je suis Sarayu, fit-elle en penchant un peu la tête avec un sourire. Gardienne des jardins, entre autres.

Les pensées de Mack se bousculèrent dans sa tête. Il se demanda ce qu'il devait faire. Une de ces personnes était-elle Dieu ? Seraient-elles des hallucinations ou des anges… ? Et si Dieu ne devait arriver qu'un peu plus tard ? Cette situation était vraiment très embarrassante. Puisqu'ils étaient trois, représentaient-ils une sorte de Trinité ? Deux femmes, un homme, tous d'une autre race que la race blanche ? De toute façon, pourquoi avait-il supposé d'emblée que Dieu était blanc ? Son esprit s'emballait, il le sentait bien, alors il choisit de poser la question à laquelle il désirait le plus qu'ils répondent.

– Dites-moi, fit Mack péniblement, lequel de vous est Dieu ?

– C'est moi, dirent-ils tous les trois à l'unisson.

Mack les regarda l'un après l'autre et même s'il ne parvenait pas encore à saisir ce qu'il voyait et entendait, il les crut.

6

L'HISTOIRE DE π

Quelle que soit la puissance de Dieu, son premier visage n'est jamais celui du Maître absolu, du Tout-Puissant, mais celui du Dieu qui se met au niveau de l'homme et s'impose des limites.

– JACQUES ELLUL, *ANARCHIE ET CHRISTIANISME*

Eh bien, Mackenzie, ne reste pas là la bouche ouverte, tu vas avaler une mouche! dit la grosse femme noire en lui tournant le dos pour rentrer dans le shack. Viens me faire un brin de causette pendant que je prépare le souper. Ou si tu n'en as pas envie, fais ce que tu veux. Derrière le shack (elle eut un geste pour montrer par-dessus le toit sans regarder ni même ralentir le pas) il y a une barque et une canne à pêche si ça te dit d'attraper quelques truites.

Elle s'arrêta à la porte et embrassa Jésus.

– Mais souviens-toi que si tu en attrapes, tu les vides toi-même.

Puis elle disparut à l'intérieur avec le manteau de Mack et en tenant toujours l'arme à feu à bout de bras, délicatement, entre deux doigts.

Mack était abasourdi, absolument ébahi. Quand Jésus s'approcha en posant un bras autour de ses épaules, c'est à peine s'il le remarqua. Quant à Sarayu, elle s'était tout simplement volatilisée.

– N'est-ce pas qu'elle est formidable ? s'exclama Jésus, tout sourire.

Mack le regarda en hochant la tête.

– Ma foi, je deviens fou ! Est-ce que je suis censé croire que Dieu est une femme corpulente de race noire avec un sens de l'humour douteux ?

Jésus rit.

– Elle est bidonnante ! On peut toujours compter sur elle pour les petits coups de Jarnac. Elle adore prendre les gens au dépourvu, et même si tu n'es pas de cet avis, elle sait toujours choisir le bon moment.

– Vraiment ? fit Mack, qui hochait toujours la tête et ne semblait pas convaincu. Et maintenant, qu'est-ce que je dois faire ?

– *Rien.* Tu es libre d'agir à ta guise.

Jésus se tut un moment avant de venir au secours de Mack avec quelques suggestions.

– Moi, je suis en train de construire quelque chose dans la remise ; Sarayu est au jardin ; tu pourrais aussi aller à la pêche, te promener en canot ou aller bavarder avec Papa.

– Eh bien, je me sens un peu obligé d'aller parler avec lui… Pardon, avec elle.

Jésus s'assombrit.

– N'y va pas parce que tu te sens obligé d'y aller. Ça ne te rapportera rien. Vas-y parce que c'est ça que tu *veux* faire.

Mack réfléchit et décida que c'était précisément ce qu'il désirait faire. Il remercia Jésus qui lui sourit, vira les talons et se dirigea vers la remise tandis que Mack remontait l'escalier de la galerie. Il était à nouveau seul, mais après avoir jeté un bref coup d'œil autour de lui il ouvrit doucement la porte. Dans l'embrasure, il hésita, puis il décida de foncer.

– Dieu? fit-il timidement.

Il se sentait parfaitement ridicule.

– Dans la cuisine, Mackenzie. Suis ma voix.

En entrant, il regarda autour de lui. S'agissait-il du même endroit? De sombres pensées voulurent l'envahir et il les chassa en frissonnant. De l'autre côté de la pièce, un couloir s'ouvrait et disparaissait derrière un angle droit. Dans le salon, il chercha par terre près du foyer, mais il ne vit aucune trace de sang à la surface du bois. La pièce était décorée avec goût, ses murs ornés de dessins ou de travaux d'enfants. Il se demanda si la grosse femme chérissait chacune de ces œuvres comme tout parent chérit celles de sa progéniture. Sans doute était-ce sa manière à elle de montrer qu'elle appréciait ce qu'on lui offrait du fond du cœur comme des enfants qui donnent sans compter.

Mack se laissa guider par le chantonnement de la femme tout au long du couloir puis dans la cuisine/salle à manger où il y avait une table pouvant asseoir quatre personnes et des chaises à dossier en osier. L'endroit était plus grand que dans son souvenir. Dos tourné, Papa fricotait quelque chose dans un nuage de farine tout en ondulant au son d'une musique qu'elle était seule à entendre. Un dernier coup de hanche et d'épaules montra que la musique venait de s'arrêter. Se tournant vers Mack, Papa enleva son casque d'écoute.

Mack eut soudain envie de lui poser mille questions, d'exprimer mille pensées dont plusieurs étaient épouvantables et difficiles à formuler. Son visage, il en était certain, trahissait les émotions avec lesquelles il se débattait. Mais il les renferma aussitôt dans le placard de son pauvre cœur dont il verrouilla la porte. Si elle eut connaissance de son conflit intérieur, elle ne le montra pas, et son visage garda la même expression d'ouverture, de vitalité, d'hospitalité.

– Puis-je te demander ce que tu écoutais ? demanda-t-il.

– Ça t'intéresse vraiment ?

– Bien sûr.

La curiosité de Mack était piquée.

– «West Coast Juice». Un groupe qui s'appelle Diatribe. L'album n'est pas encore sorti. Ça s'appelle *Heart Trips*, Les Voyages du cœur. En fait, ajouta-t-elle avec un clin d'œil, ces garçons ne sont pas encore nés.

– Évidemment, répondit Mack, incrédule. «West Coast Juice», hein…? Ça n'a rien de bien religieux.

– Ça ne l'est pas du tout ! Ce serait plutôt une fusion de funk eurasien et de blues, avec un texte extra et un rythme sensass.

Elle fit un pas de côté comme pour danser en frappant dans ses mains. Mack recula.

– Dieu écoute des groupes funk ?

Jamais Mack n'aurait cru que le funk puisse être bien vu.

– Je pensais que peut-être tu te passionnais pour George Beverly Shea, ou le Mormon Tabernacle Choir – des trucs plus «dévots», si tu vois ce que je veux dire.

– Écoute-moi bien, Mackenzie. Je n'ai pas besoin que tu veilles sur moi. J'écoute tout – et pas seulement la musique, mais aussi les cœurs qu'il y a derrière. Tu te souviens du séminaire ? Ces jeunes ne disent rien que je n'aie pas déjà entendu ; ils sont pleins d'amertume et de fureur. Ils sont très en colère, et avec raison, si tu veux mon avis. Ils sont mes enfants, et ils font de l'épate et ils parlent très fort, mais je leur suis particulièrement attachée. Ouais, je garde un œil sur eux.

Mack s'efforçait de la suivre, de trouver un sens à tout ça, mais sa formation de séminariste ne l'aidait pas le moins du monde. Il ne sut que répondre et toutes les questions qu'il aurait voulu poser lui échappèrent. Il ne put dire que l'évidence.

— Tu n'ignores sûrement pas que ça m'est un peu difficile de t'appeler Papa.

— Ah oui? fit-elle, l'air faussement étonnée. Bien sûr que je le sais. Je sais toujours tout.

Elle ricana.

— Mais, dis-moi, pourquoi crois-tu, *toi*, que ça t'est difficile? Est-ce que c'est parce que mon nom t'est trop familier, ou parce que je me révèle à toi sous les traits d'une femme, d'une mère, ou…

— Ce n'est pas aussi simple, fit Mack, l'interrompant avec un petit rire embarrassé.

— C'est peut-être à cause des problèmes que tu as eus avec *ton* père?

Mack en eut le souffle coupé. Il n'était pas habitué à ce que ses secrets les plus intimes soient révélés au grand jour en si peu de temps. Il en éprouva aussitôt un sentiment de culpabilité et de colère et il eut envie de répliquer avec sarcasme. Il se sentait suspendu au-dessus d'un abîme et craignait de perdre son sang-froid s'il se laissait aller. Il ne put se ressaisir qu'à moitié et dit enfin, les dents serrées:

— C'est peut-être parce que je n'ai jamais connu quelqu'un que je pouvais sincèrement appeler Papa.

Elle déposa le bol mélangeur qu'elle tenait dans son bras replié et, y laissant la cuiller en bois, elle caressa Mack d'un

regard plein de tendresse. Elle n'eut pas à parler; il sut qu'elle le comprenait et qu'elle l'aimait plus que personne ne l'avait jamais aimé.

– Si tu acceptes, je serai le père que tu n'as jamais eu.

L'offre parut à la fois invitante et répugnante à Mack. Il avait toujours voulu un père en qui mettre toute sa confiance, mais il n'était pas certain de le trouver ici, dans ce Papa qui s'était montré incapable de protéger Missy. Entre eux, le silence s'épaissit. Mack ne sut que répondre et Papa n'eut pas envie de laisser filer cet instant.

– Tu n'as pas pu veiller sur ma Missy, comment puis-je croire que tu veilleras sur moi?

Voilà. C'était dit. Il avait posé la question qui l'obsédait depuis le jour où le Grand Chagrin s'était abattu sur lui. Le sang afflua à son visage tandis qu'il observait cette bien curieuse représentation de Dieu, et il serra les poings.

– Mack, j'ai beaucoup de peine pour toi, dit-elle en versant une larme. Cette histoire a creusé un grand gouffre entre nous, je le sais. Tu ne le comprends pas encore, mais je suis particulièrement attachée à Missy, et toi aussi, je te suis particulièrement attachée.

La façon qu'avait Papa de prononcer le nom de Missy le toucha, et en même temps, il détesta l'entendre. Le nom de Missy coulait entre les lèvres de Papa comme un vin doux, et en dépit de sa colère persistante Mack comprit qu'elle était sincère. Parce qu'il *voulait* croire à ce qu'elle disait, sa colère s'apaisa quelque peu.

– C'est pour ça que tu es ici, Mack, continua-t-elle. Je veux refermer la blessure qui s'est ouverte en toi et entre nous.

Il regarda par terre pour mieux se ressaisir. Une bonne minute passa avant qu'il puisse murmurer sans lever les yeux: «J'aimerais ça, avoua-t-il, mais je ne vois pas comment...»

– Mon chéri, il n'y a pas de solution miracle à ta souffrance. Crois-moi, si j'en avais une, je te la donnerais sur-le-champ. Je n'ai pas de baguette magique qui puisse faire que tout ira mieux. La vie, c'est fait d'un peu de temps et de beaucoup de relations.

Mack constatait avec soulagement que leur conversation déviait de l'accusation détestable qu'il avait formulée. Elle avait failli avoir le dessus, et il en avait eu peur.

– Je pense que ça me serait plus facile de discuter avec toi si tu ne portais pas une robe, fit-il avec un tout petit sourire.

– Si c'était plus facile, je n'en porterais pas, dit-elle en ricanant. Je n'essaie pas de compliquer les choses pour toi ou pour moi. Mais il faut un début à tout. Je constate souvent que si on commence par les questions plus cérébrales, ça facilite par la suite la résolution des affaires du cœur... quand on est prêt.

Elle reprit sa cuiller de bois, dégoulinante d'un appareil qui ressemblait à de la pâte à crêpes.

– Mackenzie, je ne suis ni homme ni femme, même si les deux sexes sont issus de ma nature. Si j'ai choisi de paraître devant toi, que ce soit sous les traits d'un homme ou sous les traits d'une femme, c'est parce que je t'aime. Si je *t'apparais* sous les traits d'une femme en te suggérant de m'appeler Papa, je ne fais que heurter les métaphores pour t'aider à ne pas te laisser emporter tout de go par ton conditionnement religieux.

Elle se pencha comme pour partager un secret avec lui.

– Me présenter à toi sous les traits d'un grand vieillard à barbe blanche, comme Gandalf, n'aurait servi qu'à renforcer tes stéréotypes religieux, et le but de ce week-end n'est *pas* de renforcer tes stéréotypes religieux.

Mack eut envie d'éclater de rire et de répliquer : « Est-ce bien vrai ? Alors que je suis ici à me demander si je ne suis pas en train de devenir fou ? » Mais il se concentra sur ce qu'il venait d'entendre et put ainsi recouvrer son sang-froid. Il était persuadé, dans sa rationalité, que Dieu était un pur Esprit, ni homme ni femme. Mais en dépit de cette certitude, il continuait à sa grande honte d'imaginer un Dieu toujours très blanc et très mâle.

Papa se tut, mais juste assez longtemps pour ranger quelques ingrédients sur un support à épices près de la fenêtre, puis elle se tourna vers Mack et le regarda intensément.

– Il t'a toujours été difficile de m'accueillir comme un père, je le sais. Après tout ce que tu as vécu, un père, c'est trop pour toi, n'est-ce pas ?

Il savait qu'elle avait raison et que ses actes étaient empreints de bonté et de compassion. Par la façon qu'elle avait eue de s'approcher de lui, elle avait aboli sa résistance à son amour. C'était à la fois étrange et douloureux, et même presque merveilleux.

– Mais alors…

Il s'interrompit, s'efforçant de conserver sa rationalité.

– Mais alors, pourquoi insiste-t-on tant sur ton rôle de Père ? Enfin, je veux dire, il me semble que c'est ainsi que tu te révèles le plus souvent.

– Eh bien, répondit Papa en reprenant ses préparatifs ; il y a plusieurs raisons à cela, et certaines ne sont pas du tout simples. Pour l'instant, je dirai que nous savions dès la Création que la paternité serait beaucoup plus déficiente que la maternité. Comprends-moi bien : les deux sont nécessaires, mais il importe d'insister sur la paternité en raison même de l'énormité de son manque.

Désorienté, Mack lui tourna le dos ; tout le dépassait. Tout en réfléchissant, il regarda par la fenêtre et vit un jardin tout à fait désordonné.

– Tu savais que je viendrais ? dit-il tout bas.

– Bien sûr que si.

Elle s'activait à nouveau, dos à lui.

– Donc, je n'ai pas été libre de venir ? Est-ce que j'ai eu le choix ?

Papa le regarda, les mains couvertes de farine et de pâte.

– Bonne question. Jusqu'où es-tu prêt à aller dans cette discussion ?

Elle n'attendit pas sa réponse, sachant qu'il n'en avait pas. Elle lui demanda plutôt :

– Est-ce que tu te crois libre de t'en aller ?

– Je suppose que oui. Est-ce que je le suis ?

– Mais bien entendu ! Garder des prisonniers ne m'intéresse pas. Tu es libre de partir dès maintenant et de rentrer dans ta maison vide. Tu pourrais aussi aller boire un verre avec Willie au Grind. Même si je sais que tu es trop curieux pour avoir envie de rembarquer dans ta voiture, ça ne restreint pas le moins du monde ta liberté de mouvement, n'est-ce pas ?

Elle se tut une seconde, puis, retournant à ses tâches, elle continua à lui parler par-dessus son épaule.

– Si tu veux qu'on approfondisse un tout petit peu les choses, on pourrait parler de la nature même de la liberté. Est-ce que le fait d'être libre signifie que tu peux faire tout ce qui te plaît ? On pourrait aussi discuter des influences qui limitent concrètement ta liberté d'action : l'héritage génétique de ta famille, ton ADN personnel, le caractère unique de ton métabolisme, les manifestations quantiques qui ont lieu à un niveau subatomique et dont je suis le seul témoin permanent. Ou cette maladie d'âme qui t'inhibe et te paralyse, ou les lois sociales que tu subis, ou les habitudes qui ont créé dans ton cerveau des synapses et des voies nerveuses. On pourrait parler de la publicité, de la propagande, des paradigmes... Dans cette confluence d'agents inhibiteurs aux nombreuses facettes, qu'est-ce que la liberté ?

Elle soupira. Mack était incapable de parler.

– Il n'y a que moi qui puisse te libérer, Mackenzie ; mais la liberté ne s'impose pas.

– Je ne comprends pas, répondit Mack. Je ne comprends pas ce que tu viens de dire.

Elle le regarda, sourire aux lèvres.

– Je sais. Je ne l'ai pas dit pour que tu comprennes tout de suite, mais pour que tu comprennes plus tard. Au point où tu en es, tu ne vois même pas que la liberté est un processus cumulatif.

Entre ses mains couvertes de farine, elle prit doucement la main de Mack et, en le regardant au fond des yeux, elle dit :

– Mackenzie, la Vérité te libérera, et la Vérité a un nom ; il est là, dans la remise, couvert de bran de scie. C'est lui que tout concerne. La liberté est un processus qui se déroule au sein de ta relation avec lui. Le tourbillon qui te bouleverse en ce moment commencera ainsi à se résorber.

– Comment peux-tu vraiment savoir ce que je ressens ? demanda-t-il, en la regardant en face.

Papa ne répondit pas, mais baissa les yeux sur leurs mains jointes. Mack suivit son regard et, pour la première fois, il remarqua les cicatrices à ses poignets, pareilles à celles qui, selon lui, marquaient aussi les poignets de Jésus. Elle le laissa caresser doucement ces vestiges d'un perçage profond, puis elle releva la tête. Des larmes coulaient lentement sur ses joues et traçaient d'étroits sillons dans la farine qui blanchissait son visage.

– Ne va pas croire que la décision de mon fils ne nous a pas coûté cher. L'amour laisse toujours des empreintes profondes, fit-elle tout bas et tendrement. Nous étions là *ensemble*.

Mack fut étonné.

– À la crucifixion ? Non. Attendez, je croyais que tu l'avais... tu sais ? « Père, Père, pourquoi m'as-tu abandonné ? »

Ce passage des Saintes Écritures hantait Mack depuis l'arrivée du Grand Chagrin.

– C'est un mystère qui t'échappe. Quoi qu'il ait pu ressentir, je ne l'ai jamais abandonné.

– Comment peux-tu dire une chose pareille ? Tu l'as abandonné, exactement comme tu m'as abandonné, moi.

– Mackenzie, je ne l'ai jamais quitté, et toi non plus je ne t'ai jamais quitté.

– Ça n'a aucun sens, répliqua-t-il.

– Je sais. En tout cas, ça n'en a pas tout de suite. Mais réfléchis au moins à ceci : quand tu ne perçois que ta détresse, se peut-il que tu ne me voies plus ?

Mack ne répondant pas, elle lui donna un peu d'espace en retournant à la préparation du repas. Elle travaillait à plusieurs plats en même temps, ajoutant ici des herbes, là d'autres ingrédients. En fredonnant un petit air obsédant, elle mit la dernière main à une tarte et la glissa sur la grille du four.

– N'oublie pas que son sentiment d'abandon n'a pas mis fin à son histoire. Il a pu le surmonter et il a remis son âme entre mes mains. Quel moment extraordinaire ç'a été !

Mack s'adossa au comptoir, complètement médusé, ses émotions et ses pensées en un chaos total. Une part de lui désirait croire tout ce que Papa lui racontait. Ce serait formidable ! Mais une autre part s'y opposait farouchement.

– Ça n'a aucun sens !

Papa prit la minuterie, lui donna un petit tour et la déposa sur la table devant eux.

– Je ne suis pas celle que tu crois, Mackenzie.

Il n'y avait aucune colère dans ces paroles, son ton n'était pas défensif.

Mack la regarda, puis il regarda la minuterie, puis il soupira.

– Je suis complètement perdu.

– Allons... voyons si on peut te retrouver dans cet embrouillamini.

Comme à son signal, un geai bleu se posa sur le rebord de la fenêtre et se mit à faire les cent pas. Papa fouilla dans une boîte en métal et, ouvrant la fenêtre, offrit une poignée de graines à monsieur Geai. Sans la moindre hésitation, l'oiseau s'approcha de sa main et se mit à manger avec humilité et reconnaissance.

– Songe à notre petit ami, ici, fit-elle ; la plupart des oiseaux ont été créés pour voler. Être confinés au sol les empêche de voler, et non pas le contraire.

Elle se tut un moment pour que Mack puisse réfléchir à ses propos.

– Toi, tu as été créé pour être aimé, si bien que pour toi, vivre comme si on ne t'aimait pas est une contrainte, et non pas le contraire.

Mack fit oui de la tête, non pas tant parce qu'il était d'accord, mais pour montrer qu'enfin il comprenait et suivait le fil de sa pensée. Ça ne semblait pas très compliqué.

– L'être humain qui vit sans être aimé est comme un oiseau aux ailes coupées qui ne peut pas voler. Ce n'est pas ce que je veux pour toi.

Voilà le hic. Il ne se sentait pas particulièrement aimé en ce moment.

– Mack, la souffrance nous coupe les ailes et nous empêche de voler.

Elle attendit que ses mots fassent leur effet.

– Et si, pendant longtemps, on n'apporte pas de remède à cette affliction, on en vient à oublier qu'on était né pour voler.

Mack continuait de se taire. Curieusement, ce silence n'avait rien d'embarrassant. Mack regarda l'oiseau et l'oiseau regarda Mack. Mack se demanda si les oiseaux savaient sourire. Il crut que monsieur Geai souriait, fût-ce par réflexe sympathique.

– Je ne te ressemble pas, Mack.

Ce n'était pas dit dans le but de l'humilier; c'était une simple constatation. Mais elle lui fit l'effet d'une douche froide.

– Je suis Dieu, poursuivit Papa. Je suis qui je suis. Et contrairement à toi, on ne peut pas me couper les ailes.

– J'en suis ravi pour toi, mais moi, où est-ce que ça me mène?

Son irritation s'exprima avec plus de force qu'il ne l'aurait souhaité.

Papa caressa l'oiseau, l'approcha de son visage et, collant son nez contre le bec du geai, elle dit:

– En plein dans mon amour! Dans le mille!

Mack ne put rien répliquer d'autre que: «Je pense que le geai te comprend mieux que moi.»

– Je sais, mon chéri. C'est la raison pour laquelle nous sommes ici. Pourquoi penses-tu que je t'ai dit «Je ne te ressemble pas»?

– Je n'en ai pas la moindre idée. Enfin... tu es Dieu et moi pas.

Il n'avait pu réfréner son sarcasme, mais elle feignit de n'avoir rien remarqué.

– Oui, mais pas tout à fait. Du moins, pas comme tu crois. Mackenzie, je suis ce que d'aucuns décriraient ainsi : « saint et absolument différent de toi ». L'ennui est que beaucoup de gens tentent de comprendre qui je suis en se basant sur la meilleure version de leur propre personne. Ils la projettent au énième degré, ils y amalgament ensuite toute la bonté qu'ils sont capables de percevoir – ce qui est habituellement fort peu de chose – et ils nomment Dieu ce qui en résulte. C'est un bel effort, mais en vérité, ce résultat ne me va pas à la cheville. Je ne suis pas seulement la version la plus parfaite de toi que tu puisses imaginer, je suis beaucoup plus que ça, je suis bien au-dessus et au-delà de tout ce que tu pourrais penser ou vouloir.

– Désolé, fit Mack en haussant les épaules. Ce ne sont que des mots. Ça ne me dit pas grand-chose.

– Même si tu es incapable de m'appréhender totalement, essaie de deviner... Je veux quand même que tu me connaisses.

– Tu parles de Jésus ? C'est un test ? Genre, essayons-de-voir-en-quoi-consiste-la-Sainte-Trinité ?

Elle ricana.

– Si tu veux. Mais nous ne sommes pas au catéchisme. Dis-toi plutôt que tu apprends à voler. Mackenzie, tu dois bien savoir que le fait d'être Dieu comporte de petits à-côtés. Je suis intrinsèquement illimitée, sans frontières. J'ai toujours connu la plénitude. Je vis dans une satisfaction perpétuelle : c'est mon existence normale. C'est un des avantages que me procure le fait d'être Moi.

Elle rayonnait. Cela fit sourire Mack. Cette dame était parfaitement heureuse d'être elle-même, toute seule, et pas le plus petit atome d'arrogance ne venait enlaidir son bonheur.

– Nous t'avons créé pour que tu puises à cette joie. Mais Adam a voulu faire cavalier seul – nous savions qu'il le ferait – et c'est ça qui a foutu le bordel. Mais au lieu de jeter toute notre Création aux ordures, nous avons retroussé nos manches et plongé les mains dans le chaos – voilà pourquoi Jésus existe.

Mack l'écoutait en s'efforçant de suivre le fil de sa pensée.

– Quand notre Verbe s'est fait chair en tant que fils de Dieu, nous sommes devenus des êtres humains à part entière. Nous avons aussi choisi les limites inhérentes à l'état humain. Nous avions toujours été présents dans l'univers créé, mais voilà que nous étions chair et sang. Un peu comme si cet oiseau, dont la nature est de voler, décidait de ne plus rien faire d'autre que marcher, de ne plus jamais prendre son envol. Il ne cesse pas pour autant d'être un oiseau, mais son expérience de la vie en est grandement altérée.

Elle se tut pour s'assurer que Mack saisissait bien ses paroles. Il avait une crampe au cerveau, certes, mais il dit «Oui, oui…» pour l'inciter à poursuivre.

– Bien qu'intrinsèquement Dieu, Jésus est aussi entièrement humain, et sa vie est celle d'un homme. Sans jamais perdre son aptitude innée au vol, il opte d'instant en instant pour rester au sol. Voilà pourquoi son nom est Emmanuel, ce qui veut dire Dieu est avec nous ou, pour être plus précise, Dieu est avec toi.

– Mais qu'en est-il de tous ses miracles ? Des guérisons ? Des résurrections d'entre les morts ? Est-ce que ça ne prouve

pas que Jésus était Dieu – enfin, je veux dire, pas seulement un homme ?

– Non, cela prouve au contraire que Jésus est vraiment un être humain.

– Quoi ?

– Mackenzie, moi, je peux voler, mais les humains en sont incapables. Et Jésus est tout à fait humain. Bien qu'il soit aussi tout à fait Dieu, il n'a jamais puisé à sa nature divine pour réaliser quoi que ce soit. Il n'a vécu qu'en fonction de sa relation avec moi, il a connu avec moi le même état relationnel que je souhaite connaître avec chaque être humain. Seulement, il est le premier qui soit allé au bout de cette relation, le premier qui ait eu totalement confiance en ma présence en lui, le premier qui ait cru à mon amour et à ma bonté sans jamais se soucier des apparences et des conséquences.

– Et quand il a guéri l'aveugle ?

– Il s'est comporté comme un être humain dépendant, un homme aux pouvoirs limités qui mettait sa confiance en moi et dans le pouvoir que j'avais de me servir de lui, d'agir par son entremise. En tant qu'homme, sans mon aide, Jésus ne possédait aucune aptitude à guérir.

Ces paroles ébranlèrent les fondements de la foi de Mack.

– En toutes circonstances, il ne lui était possible d'exprimer mon cœur et ma volonté que par sa relation avec moi, dans notre communion – notre union commune. Ainsi, si tu regardes Jésus et que tu crois le voir voler... il vole... réellement. Mais en vérité c'est moi que tu vois ; tu me vois vivre en lui. Il vit et agit comme un véritable être humain, comme tout être humain a été conçu – c'est-à-dire par ma vie.

« On ne saurait définir un oiseau par son confinement au sol, mais par son aptitude au vol. Souviens-toi de cela. On ne saurait définir un être humain par ses limites, mais par les intentions que j'ai pour lui ; non pas par ce qu'il est en apparence, mais par tout ce que signifie avoir été créé à mon image et à ma ressemblance. »

Mack commençait à souffrir d'une surdose d'information. Il tira une chaise et s'assit. Il lui faudrait du temps pour tout assimiler.

– Est-ce que cela signifie que la présence de Jésus sur terre te limitait ? Je veux dire, est-ce que tu t'arrêtais à Jésus ?

– Pas du tout ! Je n'ai été limité qu'en Jésus, jamais en moi-même.

– Voilà encore cette histoire de Trinité qui me confond tout à fait.

Papa eut un gros rire gras venu du ventre qui donna à Mack envie de rire aussi. Elle posa l'oiseau sur la table près de Mack, ouvrit la porte du four et jeta un coup d'œil à la tarte qui cuisait. Satisfaite de voir que tout allait bien, elle s'assit à son tour. Mack regarda le petit oiseau ; il avait l'air parfaitement heureux de rester là en leur compagnie. L'absurdité de cette situation le fit rigoler.

– Disons pour commencer que ce n'est pas mauvais que tu ne saisisses pas le mystère de ma nature. Qui aurait envie de vénérer un Dieu qu'il peut détricoter de A à Z ? C'est trop facile.

– Mais qu'est-ce que ça change que vous soyez trois et que vous soyez Dieu tous les trois ? J'ai bien dit ?

– Tu as bien dit, fit-elle en souriant. En bien, Mackenzie, ça change tout !

Elle semblait s'amuser follement.

– Nous ne sommes pas trois dieux, et il ne s'agit pas d'un dieu qui assume trois rôles, comme un homme qui serait à

la fois un mari, un père et un bon travailleur. Je suis un seul Dieu et je suis trois personnes, et chacune de ces personnes est entièrement et complètement l'Un.

– Quoi !!! ??? fit Mack, incapable de retenir cette glorieuse exclamation.

– Ne t'inquiète pas. L'important est ceci : si je n'étais qu'Un seul Dieu et Une seule Personne, quelque chose de sublime, voire même d'essentiel te ferait défaut dans ton univers. Et je serais, moi, aux antipodes de ce que je suis.

– Et nous serions… ?

Mack n'arrivait pas à formuler correctement sa question.

– Sans amour et sans liens. L'amour et les relations ne sont possibles entre les êtres que parce qu'ils existent déjà en Moi, en Dieu soi-même ! L'amour n'est pas contraignant ; l'amour est envol. Je suis amour.

Comme pour lui répondre, la minuterie sonna et le petit oiseau s'envola par la fenêtre. Le vol du geai atteignit pour Mack un degré de beauté nouveau et inattendu. Il se tourna vers Papa et posa sur elle un regard émerveillé. Elle était si belle, si étonnante, et même s'il se sentait un peu perdu, même si le Grand Chagrin poussait encore en lui, il trouva un réconfort dans sa présence.

– Tu comprends, n'est-ce pas, poursuivit-elle, que si je n'avais pas quelque chose à aimer – ou, plus exactement, quelqu'un à aimer – si je n'étais pas déjà habitée par un tel lien, je serais incapable d'amour ? Ton dieu serait incapable d'aimer. Pis, s'il le voulait, ton dieu n'aimerait qu'en deçà des limites de sa nature. Cette sorte de dieu pourrait alors agir sans amour ; ce serait désastreux. Ce dieu n'est certes *pas* moi.

Ayant dit ces mots, Papa se leva, ouvrit la porte du four et en tira la tarte toute chaude qu'elle déposa sur le comptoir et, pivotant vers Mack comme pour se présenter à lui, elle dit : « Le Dieu qui est – celui qui a dit Je suis Celui qui est – ne peut agir distinctement de l'amour ! »

Mack savait que ces leçons étaient difficiles à saisir, mais elles étaient en même temps extraordinaires et incroyables. Le discours de Papa l'enveloppait, l'embrassait, l'atteignait par des mots au-delà des mots. Pourtant, il n'en croyait rien. Ah, si seulement c'était vrai... mais la vie l'avait convaincu du contraire.

– Ce week-end est tout entier consacré aux relations et à l'amour. Je sais que tu as plein de choses à me dire, mais va plutôt faire ta toilette. Les deux autres vont bientôt rentrer pour souper.

Elle fit quelques pas avant de se retourner pour le regarder en face.

– Mackenzie, je sais que ta vie est remplie de souffrance, de colère et de confusion. Nous allons en parler un peu, toi et moi, pendant ton séjour ici. Mais il faut que tu saches que tout est beaucoup plus vaste que tu ne saurais jamais l'imaginer ou le comprendre, même si je te l'expliquais. Repose-toi autant que faire se peut sur ta confiance en moi, même si cette confiance est minuscule. D'accord ?

Tête baissée, Mack regardait par terre. « Elle sait », songea-t-il. Minuscule ? Plutôt quasi inexistante. Il hocha la tête, leva les yeux et vit encore une fois les cicatrices à ses poignets.

– Papa ? fit-il maladroitement (mais au moins il faisait l'effort de le dire).

– Oui, mon chéri ?

Mack cherchait les mots capables d'exprimer ce qu'il avait au fond du cœur.

– Ça me fait de la peine que tu... que Jésus ait dû mourir.

Contournant la table, elle le serra fort dans ses bras.

– Je sais. Merci. Mais sache que ça ne nous attriste pas du tout. Ç'a en a même valu la peine, pas vrai, mon fils ?

Elle s'adressait à Jésus qui venait d'entrer.

– Absolument ! fit-il ; puis il se tut et regarda Mack. Je l'aurais fait même pour toi seul ! Mais vous étiez très nombreux, ajouta-t-il, avec un grand sourire.

Mack prit congé d'eux et trouva la salle de bains. Il se lava les mains et le visage et tenta de reprendre ses esprits.

7

LE DIEU DU QUAI

Prions pour que l'humanité ne quitte jamais la Terre
pour aller répandre ailleurs ses iniquités.

– C. S. LEWIS

Dans la salle de bains, Mack se regarda dans la glace en s'essuyant le visage avec une serviette. Il chercha dans son reflet un indice de folie. C'était vrai tout ça? Bien sûr que non; c'était impossible. Et pourtant... Il toucha doucement le miroir du bout des doigts. C'était peut-être une hallucination due à sa souffrance et à son désespoir. C'était peut-être un rêve; il s'était endormi quelque part, dans le shack sans doute, et il était en train de mourir de froid. Qui sait... Soudain, un grand fracas en provenance de la cuisine le tira de sa rêverie. Mack figea. Après un silence de quelques secondes il entendit des rires convulsifs. Curieux, il sortit de la salle de bains et alla regarder par la porte de la cuisine.

Ce qu'il vit le sidéra. Jésus avait apparemment laissé tomber un grand bol de pâte à crêpes ou de sauce; il y en avait partout. Papa devait être tout près, car le mélange gluant couvrait le bas de sa jupe et ses pieds nus. Ils riaient si fort, tous les trois, qu'il sembla à Mack qu'ils avaient cessé de respirer. Sarayu dit quelque chose au sujet de la maladresse humaine, et ils pouffèrent à nouveau de rire. Finalement, Jésus sortit de la cuisine en frôlant Mack au passage et revint quelques instants après, muni d'une bassine d'eau et de serviettes. Sarayu avait déjà commencé à nettoyer le plancher et les armoires, mais Jésus alla droit vers Papa et épongea le bas de ses vêtements. Ensuite, il souleva délicatement ses pieds l'un après l'autre pour les poser dans la bassine, puis il les lava et les massa.

– Mmmmmmm que c'est boooon...! fit Papa sans interrompre les préparatifs du repas.

Appuyé contre le chambranle, Mack les observait tandis que les idées se bousculaient dans sa tête. C'est donc ainsi que Dieu vivait ses relations? Mack était témoin d'un rapport très beau et très engageant. Peu importait qui était responsable du dégât – le bol s'était cassé, on ne partagerait pas le plat au menu. Manifestement, l'amour qui les unissait et la plénitude que cet amour leur procurait, voilà tout ce qui comptait. Mack secoua la tête. Quelle différence avec sa façon à lui de traiter ses êtres chers!

Le souper fut frugal, mais délicieux. Une quelconque volaille rôtie et agrémentée d'une sauce à l'orange et à la mangue. Des légumes frais assaisonnés de Dieu seul savait quoi, un condiment à saveur de gingembre, fruité, piquant et poivré. Du riz, le meilleur riz que Mack ait jamais savouré, et qui aurait pu constituer un repas à lui tout seul. La seule occurrence un peu curieuse eut lieu quand, par la force de l'habitude, Mack inclina la tête pour prier. Puis, se rappelant en compagnie de qui il était, il leva les yeux et vit que les trois autres lui souriaient. Feignant la désinvolture, il dit «Heu... merci à vous tous... est-ce que je pourrais avoir un peu de ce riz?»

– Certainement, dit Papa. On a bien failli l'accompagner d'une extraordinaire sauce japonaise, mais mon fils aux doigts de fées – elle montra Jésus du menton – a voulu savoir si elle pouvait rebondir.

– Allons donc! fit Jésus en jouant les victimes. J'avais les mains mouillées et le bol a glissé. Que veux-tu que je te dise?

Papa fit un clin d'œil à Mack en lui passant le plat de riz.

– On n'a plus les domestiques qu'on avait!

Ils s'esclaffèrent.

La conversation fut on ne peut plus banale. On s'enquit de chacun des enfants de Mack, sauf de Missy, et il raconta leurs triomphes et leurs luttes. Quand il leur confia les inquiétudes que Kate lui inspirait, ils hochèrent la tête tous les trois d'un air préoccupé, mais ils ne lui offrirent aucun conseil ni aucune suggestion. Il répondit aussi à leurs questions au sujet de ses amis. Quant à Sarayu, elle s'intéressa plus particulièrement à Nan. Enfin, Mack aborda maladroitement un sujet qui le chicotait depuis le début du repas.

– Je suis là en train de vous parler de mes enfants, de mes amis et de Nan, mais est-ce que vous ne savez pas déjà tout ça? Pourtant, on dirait que c'est nouveau pour vous.

Par-dessus la table, Sarayu prit sa main entre les siennes.

– Mackenzie, tu te souviens de notre conversation à propos des limites?

– Notre conversation?

Il regarda Papa, qui acquiesça d'un air entendu.

– Tu ne peux pas dialoguer avec l'un de nous sans dialoguer avec nous tous, fit Sarayu en souriant. Souviens-toi qu'en choisissant de rester en contact avec la terre nous facilitons une relation et nous honorons celle-ci. Mackenzie, tu agis ainsi toi-même. Quand tu joues avec un enfant, quand tu dessines avec lui, ce n'est pas pour démontrer ta supériorité. Au contraire, tu te restreins afin de faciliter et d'honorer ta relation avec cet enfant. Tu perds volontiers la partie pour lui exprimer ton amour. Et il n'est pas question là de victoire ou de défaite, mais d'amour et de respect.

– Ainsi, lorsque je vous parle de mes enfants...

– Nous nous restreignons par respect pour toi. Nous ne saurions nous permettre de rappeler à notre esprit ce que nous savons d'eux. Lorsque nous t'écoutons, c'est comme si nous en entendions parler pour la première fois. Nous nous réjouissons alors de les voir à travers tes yeux.

– Ça, ça me plaît, fit Mack en s'appuyant contre le dossier de sa chaise.

Sarayu lui serra la main et parut s'appuyer elle aussi au dossier de sa chaise.

– Ça me plaît aussi ! Il n'y a pas de place pour le pouvoir dans les relations. Une des façons d'éviter d'aspirer au pouvoir consiste à se restreindre – à servir. Les humains le font souvent – en soignant les infirmes et les malades, en se portant au secours de ceux dont l'esprit s'est égaré, en assistant les démunis, en aimant les personnes âgées et les enfants, et même en venant en aide à une personne qui exerce son empire sur eux.

– Bien dit, Sarayu, fit Papa, le visage rayonnant de fierté. Je m'occuperai de la vaisselle tantôt, mais auparavant, j'aimerais que nous nous recueillions un moment.

Mack réprima un ricanement à l'idée de Dieu se recueillant. Des souvenirs pas toujours agréables du recueillement tel que le pratiquait sa propre famille affluèrent à sa mémoire. C'était le plus souvent un exercice ennuyeux et pénible, la recherche des bonnes réponses, ou plutôt, les mêmes réponses usées aux mêmes vieilles questions sur la Bible, puis l'effort de rester éveillé pendant les interminables prières paternelles. Quand son père avait bu, ces dévotions familiales devenaient un épouvantable terrain miné, chaque mauvaise réponse ou chaque regard involontaire pouvant déclencher une explosion. Mack s'attendit presque à voir Jésus sortir une épaisse Bible King James.

Au lieu de cela, Jésus prit les mains de Papa dans les siennes, où les cicatrices étaient clairement visibles. Sidéré, Mack vit Jésus embrasser les mains de son père, puis le regarder dans les yeux et dire enfin « Papa, j'ai aimé aujourd'hui que tu te rendes totalement disponible, que tu offres d'accueillir en toi la souffrance de Mack, puis que tu le laisses choisir par lui-même le moment de te la confier. Tu l'as honoré et tu m'as honoré. Ç'a été incroyable de t'entendre donner à son cœur autant d'amour et de sérénité dans un murmure. Quelle beauté! J'aime être ton fils. »

Mack se sentit intrus, mais cela ne sembla déranger personne, et de toute façon il n'aurait pas su où aller. Le fait d'être témoin d'un aussi grand amour le dégagea, on eût dit, de l'embâcle de ses émotions, et même s'il ne comprit pas très bien ce qui se passait, il ressentit un profond bien-être. Qu'est-ce donc qui se déroulait sous ses yeux? Quelque chose de simple, de chaud, d'intime, d'authentique; un moment sacré. La notion de sacré avait toujours représenté pour Mack quelque chose de froid et de stérile, mais *ceci* n'était ni l'un ni l'autre. Inquiet de briser ce moment s'il faisait le moindre mouvement, il se contenta de baisser les paupières et de joindre les mains. Les yeux fermés, l'oreille tendue, il entendit Jésus déplacer sa chaise. Il y eut un bref silence, puis Jésus dit tout bas avec tendresse : « Sarayu, tu laves et moi j'essuie. »

Ouvrant aussitôt les yeux, Mack les vit s'échanger des sourires en ramassant la vaisselle puis disparaître dans la cuisine. Il resta assis quelques minutes, incertain de ce qu'il devait faire. Papa était il ne savait où au juste, et puisque les deux autres faisaient la vaisselle... il n'eut aucun mal à se décider. Il emporta les couverts et les verres à la cuisine. À peine les eut-il déposés sur le comptoir que Jésus lui lança un torchon. Ensemble, ils essuyèrent gaiement les assiettes.

Sarayu chantonnait le même air évocateur que Papa avait fredonné plus tôt ; Jésus et Mack l'écoutaient tout en faisant leur travail. Plus d'une fois, la mélodie remua Mack en profondeur comme si elle avait frappé à la porte de son cœur. On eût dit du gaélique ; il percevait presque un accompagnement de cornemuses. Pour le plaisir d'écouter chanter Sarayu, il aurait volontiers fait la vaisselle jusqu'à la fin de ses jours.

Une dizaine de minutes plus tard, leur tâche terminée, Jésus posa un baiser sur la joue de Sarayu et elle s'en fut. Puis il sourit à Mack.

– Allons faire un tour sur le quai pour regarder les étoiles.

– Et les autres ?

– Je suis là, fit Jésus. Je suis toujours là.

Mack acquiesça. Cette notion de la présence de Dieu, bien que difficile à saisir, semblait peu à peu pénétrer son cerveau et son cœur. Il s'en tint à cela.

– Allons, dépêche-toi, dit Jésus, en interrompant le fil des pensées de Mack. Je sais que tu aimes regarder les étoiles ! Tu viens ?

Il avait l'air d'un enfant plein d'engouement et d'impatience.

– Pourquoi pas ? répondit Mack. La dernière fois qu'il avait regardé les étoiles, c'était lors du funeste week-end de camping avec les enfants. Sans doute le moment était-il venu pour lui de prendre quelques risques ?

Il suivit Jésus qui sortait par la porte arrière. Dans les dernières lueurs du crépuscule, Mack distingua le rivage rocheux du lac, non pas négligé comme dans son souvenir, mais bien entretenu et beau comme une carte postale. Le ruisseau voisin semblait murmurer un air de musique. Il y avait un petit quai en saillie d'environ quinze mètres et, à peine visibles dans l'obscurité naissante, trois canots amarrés tout au long. La nuit tombait vite. Le chant des grillons et des ouaouarons se faisait entendre dans la distance. Jésus prit Mack par le bras et le guida dans le sentier pendant que leurs yeux s'ajustaient à la noirceur. Mack levait déjà la tête vers le ciel sans lune et la merveille des étoiles naissantes.

Ils se rendirent jusqu'aux trois quarts du quai, puis s'allongèrent sur le dos pour admirer la voûte céleste. À cette altitude, le firmament semblait magnifié. Mack n'en revint pas de voir aussi clairement une telle multitude d'étoiles. Jésus lui conseilla néanmoins de fermer les yeux quelques instants, jusqu'à ce que s'estompent les dernières lueurs du crépuscule. Mack obéit et, quand il les rouvrit, la vision qui s'offrit à lui était si extraordinaire qu'il en éprouva presque le vertige. Il eut l'impression de tomber dans l'espace au milieu des étoiles qui se ruaient sur lui comme pour l'embrasser. Tendant les mains, il se crut capable de cueillir un à un ces diamants sur le fond de velours noir du ciel.

– Ça alors ! murmura-t-il.

– Incroyable ! susurra Jésus aux côtés de Mack dans l'obscurité. Je ne me lasse jamais de ce spectacle.

– Même si c'est toi qui l'as créé ?

– Vois-tu, je l'ai créé en tant que Verbe et avant que le Verbe ne se fasse chair. Alors même si c'est moi qui ai créé cela, je le vois maintenant avec les yeux d'un homme. Je dois avouer que c'est très impressionnant !

– Pour ça, oui !

Mack ne savait comment décrire ce qu'il ressentait, mais tandis qu'ils restaient étendus en silence à regarder, à écouter et à admirer cette magie céleste, il sut au fond de lui que ça aussi, c'était sacré. Émerveillés, ils virent quelques étoiles filantes fendre la nuit en laissant derrière elles une trace lumineuse, et l'un ou l'autre s'exclama : « Tu as vu ça ? Magnifique ! »

Après un silence plus prolongé que les précédents, Mack parla.

– Je suis plus à l'aise auprès de toi qu'auprès des autres. On dirait que tu n'es pas comme eux.

– Qu'entends-tu par « pas comme eux » ? fit dans la nuit la douce voix de Jésus.

Mack réfléchit.

– Eh bien, tu sembles plus vrai, plus tangible, je ne sais pas...

Il cherchait les mots justes. Jésus attendit patiemment qu'il aille au bout de sa pensée.

– On dirait que je te connais depuis toujours. Alors que Papa... Papa ne ressemble pas du tout à l'image que j'avais de Dieu. Quant à Sarayu, alors là, elle est *vraiment très très bizarre*.

Jésus ricana dans le noir.

– Puisque je suis un homme, nous avons déjà pas mal de choses en commun.

– Je ne comprends toujours pas...

– Je suis le meilleur moyen dont disposent les humains pour entrer en relation avec Papa ou avec Sarayu. Me voir, c'est les voir, eux. L'amour qui te vient de moi est identique à celui qui te vient d'eux. Et crois-moi, Papa et Sarayu sont aussi vrais que je le suis moi-même, mais d'une façon très différente, ainsi que tu l'as noté.

– Parlant de Sarayu, est-elle le Saint-Esprit ?

– Oui. Elle est Créativité ; elle est Action ; elle est Souffle de Vie ; elle est encore plus que cela. Elle est *mon* Esprit.

– Et son nom, Sarayu ?

– C'est un prénom tout simple issu d'une de nos langues humaines. Il signifie « Vent » ; un vent bien ordinaire en fait. Elle aime beaucoup ce nom.

– Hmmm, fit Mack. Pourtant, elle n'a absolument rien d'ordinaire.

– C'est juste, répondit Jésus.

– Et le nom dont parlait Papa, Elo... El...

– Elousia, fit respectueusement la voix à ses côtés. C'est un très beau nom. « El » est mon nom de Dieu Créateur. Mais « ousia » signifie « être » ou « ce qui est réellement », si bien que ce nom désigne le Dieu Créateur de toute chose, qui existe réellement et qui est le fondement de tout ce qui est. Et c'est aussi un très beau nom.

Dans le silence qui suivit, Mack réfléchit.

– Alors, ça nous mène où, tout ça ? demanda-t-il, comme s'il parlait au nom de l'humanité tout entière.

– Exactement là où tu es censé être depuis toujours. Au cœur même de notre amour et de notre dessein.

Encore une fois, silence. Puis :

– Je suppose que ça peut aller.

Jésus s'amusait ferme.

– Ravi de l'entendre.

Tous les deux rirent un bon coup, après quoi ils se turent quelques minutes. Le calme était redescendu sur eux comme une couverture et Mack n'entendit plus que le clapotis de l'eau contre les piliers du quai. Ce fut lui qui parla le premier.

– Jésus?

– Oui, Mackenzie.

– Il y a une chose qui m'étonne à ton sujet.

– Ah oui? Quoi donc?

– Eh bien, je m'attendais à ce que tu sois plus – (*pèse tes mots, Mack*) – plus... remarquable... sur le plan humain.

Jésus gloussa.

– Remarquable? Tu veux dire «beau»?

Cette fois, il rit pour vrai.

– Bon, bien, j'essayais d'éviter de le dire comme ça, mais oui. Je t'imaginais en homme idéal, tu sais? Athlétique et extraordinairement beau.

– C'est mon nez, n'est-ce pas? Je sais que c'est mon nez.

Mack ne sut que répondre.

Jésus rit.

– Je suis juif, tu sais. Mon grand-père maternel avait un gros nez; en fait, la plupart des hommes du côté de ma mère avaient un gros nez.

– Je m'attendais seulement à ce que tu sois plus beau.

– En vertu de quels critères? De toute façon, quand tu me connaîtras mieux, ça ne t'importera plus du tout.

Cette remarque, quoique dite avec amabilité, piqua Mack au vif. Étendu sur le quai, il se rendit compte qu'il ne connaissait sans doute pas Jésus aussi bien qu'il l'avait cru. Jésus était pour lui une icône, un idéal, une image devant l'aider à développer sa spiritualité, mais il n'était pas une vraie personne.

– Pourquoi donc ? demanda-t-il enfin. Pourquoi dis-tu que si je te connaissais vraiment, je n'attacherais pas d'importance à ton apparence ?

– En fait, c'est très simple. L'*être* transcende toujours les apparences – qui ne sont que cela, des apparences. Quand on commence à percer l'être que cache un visage très beau ou très laid – ainsi que te le dictent tes préjugés – l'aspect extérieur s'estompe jusqu'à en perdre toute sa valeur. C'est pour cette raison qu'Elousia est un nom si merveilleux. Dieu, qui est le fondement de tout ce qui est, vit dans, autour et à travers toute chose, jusqu'à ce qu'il révèle sa vérité – alors, ce qui masquait cette vérité disparaît.

Ces propos furent suivis d'un silence au cours duquel Mack s'efforça de bien saisir le sens des paroles de Jésus. Il renonça au bout d'une minute ou deux et décida de formuler la question la plus difficile de toutes.

– Tu as dit que je ne te connais pas vraiment. Tu ne crois pas que ça me serait beaucoup plus facile de te connaître si nous bavardions plus souvent comme nous le faisons en ce moment ?

– J'avoue que ces circonstances sont un peu particulières, Mack. Tu étais dans une impasse et nous avons voulu t'aider à te dégager de la gangue de ton mal. Mais ne va pas croire que notre relation est moins vraie quand je suis invisible.

– C'est-à-dire ?

– Dès le départ, mon dessein a été pour moi de vivre en toi et pour toi de vivre en moi.

– Attends, attends une minute. Comment est-ce possible ? Si tu es entièrement un homme, comment peux-tu vivre en moi ?

– Ahurissant, n'est-ce pas ? Voilà bien le miracle de Papa. C'est le pouvoir de Sarayu, mon Esprit, l'Esprit de Dieu qui restaure l'union rompue il y a si longtemps. Moi ? J'ai choisi de vivre en tant qu'homme un instant à la fois. Je suis Dieu entièrement, mais je suis aussi un homme jusqu'à la moelle. Comme je l'ai dit précédemment, c'est le miracle de Papa.

Allongé dans le noir, Mack écoutait intensément.

– Je suppose que tu fais allusion à une véritable demeure intérieure, que tu ne parles pas d'un simple point de vue théologique ?

– Bien entendu, répondit Jésus d'une voix forte et assurée. C'est toujours de cela qu'il s'agit. L'être humain, tiré de la matière physique de tout le créé, peut à nouveau être entièrement habité par la vie spirituelle, par ma vie. Cela nécessite l'existence d'une union dynamique, active et bien réelle.

– C'est presque incroyable ! dit Mack à voix basse. Je n'imaginais pas cela. Je dois y réfléchir. Mais j'aurai sans doute des tas d'autres questions à te poser.

– Et nous avons toute ta vie pour y répondre, fit Jésus avec un petit rire. Mais ça suffit pour ce soir. Laissons-nous envelopper encore par cette nuit étoilée.

Dans le silence qui s'ensuivit, Mack regarda le ciel sans bouger. L'immensité de l'espace et la rareté de la lumière le nanifiaient, ses perceptions étaient captives du scintillement des étoiles et de la notion voulant que tout cela le concerne… que tout cela concerne l'espèce humaine… que tout cela ait lieu pour nous tous. Après ce qui lui sembla être une éternité, Jésus rompit le silence.

– Je ne me lasserai jamais de regarder ceci. La merveille de tout ceci – l'abondance de biens, comme disait un de nos frères. Tant d'élégance, tant de désir et tant de beauté encore maintenant.

– Tu sais, fit Mack, que frappait à nouveau l'absurdité de sa situation, l'endroit où il se trouvait, la personne à ses côtés ; tu sais, parfois tu sembles si... enfin, je veux dire, me voilà ici, allongé à tes côtés, toi le Dieu Tout-Puissant, et tu as l'air si... si...

– Ordinaire ? suggéra Jésus. Ordinaire et laid.

Et il se remit à glousser, d'abord doucement comme en se retenant, puis bien vite un rire contagieux dévala de sa gorge, vint chercher Mack au plus profond de lui et l'emporta à son tour. Mack n'avait pas ri aussi franchement depuis des lustres ! Toujours croulant de rire, Jésus le prit dans ses bras, et Mack se sentit plus vivant, plus heureux et plus lavé de son mal que depuis... en fait, il ne se rappelait plus depuis quand.

Ils finirent par se calmer et la tranquillité de la nuit reprit son règne. Même les grenouilles se turent. Mack se culpabilisa de prendre plaisir à vivre et à rire, et il sentit dans le noir que le Grand Chagrin revenait l'envelopper et entrer en lui.

– Jésus ? fit-il dans un sanglot ; je suis si perdu.

Une main vint serrer la sienne et ne la lâcha pas.

– Je sais, Mack. Mais c'est faux. Je suis avec toi et moi, je ne suis pas perdu. C'est triste que tu ressentes cela, mais écoute-moi bien : tu n'es pas perdu.

– J'espère que tu as raison, dit Mack. Les mots de son nouvel ami le rassérénèrent un peu.

– Allons, viens, dit Jésus en se levant et en lui tendant la main. Tu as une grosse journée devant toi demain. Va te coucher.

Jésus mit un bras autour des épaules de Mack, et ils revinrent ainsi au shack. Soudain, une fatigue immense s'empara de Mack. La journée avait été très longue. Se réveillerait-il chez lui, dans son lit, après toute une nuit de rêves agités ? Quelque part au fond de lui, il n'y tenait pas du tout.

8

LE BREAKFAST DU CHAMPION

*Grandir, c'est changer, et changer c'est prendre des risques,
passer du connu à l'inconnu.*

— AUTEUR INCONNU

En entrant dans sa chambre, Mack vit que ses vêtements, qu'il avait pourtant laissés dans la Jeep, avaient été pliés et déposés sur la commode, ou rangés sur des cintres dans le placard ouvert. Il trouva aussi, amusé, une bible Gédéon dans le tiroir de la table de nuit. Il ouvrit grand la fenêtre pour laisser entrer l'air de la nuit – ce que Nan ne tolérait pas à la maison, car elle avait peur de faire entrer aussi des araignées et toutes sortes de bestioles qui rampent. Pelotonné comme un petit garçon sous l'épais duvet, il lut quelques versets seulement avant que la Bible lui tombe des mains, que la lampe s'éteigne apparemment toute seule et qu'on pose un baiser sur sa joue. Puis il sentit comme en un rêve qu'il se détachait du sol et s'envolait.

Voler en rêve est peut-être vu comme une lubie par ceux à qui cela n'arrive jamais, mais sans doute envient-ils un peu malgré eux ceux qui y parviennent. Mack n'avait pas volé en rêve depuis des années, soit depuis que le Grand Chagrin s'était abattu sur lui, mais cette nuit-là, il plana dans les hauteurs d'un ciel rempli d'étoiles, où l'air était sec, frais et agréable. Il s'éleva au-dessus des lacs et des montagnes, il longea un littoral, il survola plusieurs îlots entourés de récifs coralliens.

Si étrange que cela paraisse, c'est *dans ses rêves mêmes* que Mack avait appris à voler ainsi, à décoller de terre sans aide aucune – fin seul, sans ailes et sans aéronef. Au début, il rasait le sol à quelques centimètres, surtout parce qu'il avait peur, plus exactement parce qu'il avait peur de tomber. Mais puisque chaque fois il prenait un peu plus d'altitude (d'abord quelques centimètres et ensuite beaucoup plus), et puisqu'il comprit que tomber n'avait rien d'effrayant – c'était plutôt une sorte de bond au ralenti – sa confiance s'affermit. Avec le temps, il put grimper jusqu'aux nuages, couvrir de vastes distances et atterrir tout doucement.

Il planait donc à volonté au-dessus de montagnes sauvages et de rivages cristallins, heureux de revivre enfin l'émerveillement du vol onirique, lorsque quelque chose l'agrippa soudain à la cheville et l'arracha au ciel. En quelques secondes, il fut ramené sur le plancher des vaches et projeté avec violence face contre terre dans un chemin boueux rempli d'ornières. Il y eut un coup de tonnerre, la terre trembla et la pluie le trempa aussitôt jusqu'aux os. Cette fois encore, un éclair illumina le visage de sa fille ; elle cria « papa » sans émettre aucun son, puis elle s'enfonça en courant dans l'obscurité et il eut à peine le temps de voir sa petite robe rouge avant que les ténèbres ne l'avalent. Il se débattit de toutes ses forces pour s'extirper de l'eau boueuse mais ne put que s'y enfoncer davantage. Au moment précis où la vase allait l'engloutir tout entier, il se réveilla en sursaut.

Son cœur battait la chamade et son imagination restait chevillée aux scènes de son cauchemar, si bien qu'il mit quelques moments à comprendre que ce n'était qu'un rêve. Mais celui-ci eut beau échapper à sa pensée consciente, les émotions qu'il avait suscitées ne faiblirent pas. Le rêve avait ramené le Grand Chagrin et, avant même de se lever, Mack affrontait à nouveau le désespoir qui avait déjà dévoré beaucoup trop de ses jours.

Il regarda autour de lui en grimaçant. La lumière grisâtre de l'aube pénétrait dans la pièce par les côtés du store. Ce n'était pas sa chambre; rien ne lui était familier. Où était-il? Pense, Mack, pense! Puis il se souvint. Il était au shack, en compagnie de trois curieux personnages qui se prenaient pour Dieu.

– Ce n'est pas possible, grommela-t-il en sortant les pieds de sous la couette. Il s'assit au bord du lit et cacha sa tête dans ses mains. Il repassa mentalement la journée précédente et se demanda s'il ne serait pas en train de devenir fou. Comme il n'était guère porté aux démonstrations de sentimentalisme, Papa – peu importe qui elle était – le rendait nerveux, et il ne savait que penser de Sarayu. Il admit sans peine que Jésus lui était très sympathique, mais des trois personnages, c'était lui qui ressemblait le moins à Dieu.

Il poussa un soupir profond et triste. Si Dieu était vraiment ici, pourquoi n'avait-il pas chassé ses cauchemars?

Ruminer un tel dilemme ne lui était d'aucun secours, décida-t-il, si bien qu'il se rendit à la salle de bains où il constata avec plaisir que tout ce dont il avait besoin pour prendre une douche avait été préparé avec soin. Il s'attarda

sous le jet d'eau chaude, il prit son temps pour se raser et, de retour dans sa chambre, il s'habilla lentement.

L'arôme pénétrant et attirant du café attira son regard vers la tasse fumante sur la petite table à côté de la porte. Il en but une gorgée, remonta le store et regarda par la fenêtre de sa chambre ce lac qui, la veille, n'avait été qu'une tache noire.

Il était parfait, lisse comme un miroir, sauf pour les vaguelettes concentriques que formait une truite quand elle sautait pour attraper son petit-déjeuner et qui, après avoir ondulé un peu sur la surface d'un bleu profond s'effaçaient complètement. Il estima au jugé que l'autre rive était distante d'environ un kilomètre. La rosée avait déposé sur toute chose des larmes de diamant qui scintillaient en reflétant l'amour du soleil matinal.

Les trois canots amarrés au quai l'un derrière l'autre étaient invitants, mais Mack haussa les épaules. Le canotage ne l'intéressait plus. Il réveillait en lui trop de mauvais souvenirs.

Le quai lui rappela la soirée de la veille. S'y était-il réellement allongé aux côtés du Créateur de l'univers ? Confus, Mack secoua la tête. Que se passait-il donc ? Qui étaient ces gens et que voulaient-ils de lui ? Quoi que ce soit qu'ils veuillent, il ne pouvait pas le leur donner, il en était sûr.

L'arôme des œufs et du bacon s'insinua dans sa chambre en même temps qu'un autre parfum, interrompant ses pensées. Il était temps pour lui de sortir et de réclamer sa portion. En entrant dans le séjour, il entendit une chanson populaire de Bruce Cockburn qui provenait de la cuisine ; une femme noire chantait aussi, et plutôt bien, d'une voix aiguë : « *Oh love that fires the sun, keep me burning.* » Quand il entra dans la cuisine, Papa avait un plat dans chaque main :

crêpes, pommes de terre rissolées et légumes verts. Elle avait revêtu une longue tunique fluide comme un boubou africain et elle était coiffée d'un turban multicolore. Elle était radieuse – presque rayonnante.

– Tu sais, s'écria-t-elle, j'adore les chansons de ce garçon Je suis très attachée à Bruce, tu vois ?

Elle regarda Mack qui s'assoyait à table. Il acquiesça. Il avait de plus en plus faim.

– Ouais, poursuivit-elle. Et je sais que toi aussi, tu aimes ses chansons.

Mack sourit. C'était juste. Cockburn était le chanteur préféré de sa famille depuis des années, d'abord le sien, puis celui de Nan, et ensuite celui de chacun des enfants à des degrés divers.

– Alors, mon chéri, fit Papa, en continuant de mettre la table. As-tu fait de beaux rêves ? Les rêves sont importants, tu sais ; ils nous permettent d'ouvrir la fenêtre et d'aérer.

Mack comprit qu'elle l'invitait à lui confier ses terreurs, mais il n'était pas encore prêt à lui demander de l'accompagner au fond de ce gouffre.

– J'ai bien dormi, merci, fit-il, puis il passa très vite à un autre sujet. C'est ton favori ? Bruce, je veux dire.

Elle s'arrêta pour le regarder.

– Mackenzie, je n'ai pas de favoris. Je lui suis seulement particulièrement attachée.

– Tu sembles particulièrement attachée à un tas de gens, fit Mack, le regard soupçonneux. Y en a-t-il auxquels tu n'*es pas* particulièrement attachée ?

Elle leva la tête et fronça les sourcils comme pour consulter l'inventaire de tous les êtres jamais créés.

– Non, pas un seul. Je suis ainsi faite, que veux-tu.

Elle éveilla la curiosité de Mack.

– Est-ce qu'il t'arrive de te fâcher contre eux?

– Ouiiiiii! Quel parent ne se fâche pas? Ce ne sont pas les raisons qui manquent! Quand je vois mes enfants semer le chaos et s'enfoncer dans la mouise jusqu'au cou… Ils prennent plein de décisions que je n'aime pas du tout. Mais cette colère – surtout en ce qui me concerne – est quand même une expression de mon amour. J'aime autant ceux qui me mettent hors de moi que ceux qui n'éveillent pas ma fureur.

– Mais… qu'en est-il de ton fameux courroux? Il me semble que, si tu prétends être Dieu Tout-Puissant, ta colère devrait être beaucoup plus terrible.

– Vraiment?

– Je le pense, oui. Est-ce que tu ne passais pas ton temps à tuer des gens, dans la Bible? Tu ne me sembles pas à la hauteur de ton rôle.

– Je sais à quel point tout ceci te désoriente. Mais il n'y a que toi qui joues un rôle ici. Je suis ce que je suis. Je n'essaie d'impressionner personne.

– Mais tu veux me faire croire que tu es Dieu, et je ne vois tout simplement pas…

Ne sachant pas du tout comment conclure, Mack capitula.

– Je ne te demande pas de croire à quelque chose. Je te dirai seulement que la journée d'aujourd'hui sera beaucoup plus facile pour toi si tu acceptes les choses telles qu'elles sont au lieu de t'efforcer de les ajuster à tes idées préconçues.

– Mais si tu es Dieu, pourquoi ne déverses-tu pas ton immense courroux sur les êtres humains? Pourquoi ne les précipites-tu pas dans un océan de flammes?

Mack sentait son dépit prendre le dessus et formuler des questions à sa place, et il regretta un peu de ne pouvoir garder son calme. Mais il continua de parler.

– Je pense que tu t'amuses à punir ceux qui te déçoivent, c'est juste ?

Papa interrompit ce qu'elle était en train de faire pour se tourner vers Mack. Il y avait dans ses yeux une immense tristesse.

– Je ne suis pas celle que tu crois, Mackenzie. Je n'éprouve aucun besoin de punir les pécheurs. Le péché porte sa propre punition, car il dévore celui qui a péché. Mon but n'est pas de punir ; ma joie est de guérir.

– Je ne comprends pas…

– C'est juste ; tu ne comprends pas, fit-elle avec un sourire encore un peu triste. Mais il faut dire que nous n'avons pas encore fini…

Au même instant, Jésus et Sarayu entrèrent par la porte arrière en riant, entièrement donnés à leur conversation. Vêtu à peu près comme la veille, Jésus portait un jean et une chemise bleu clair qui rehaussait ses yeux sombres. Quant à Sarayu, sa robe fine et vaporeuse flottait à la moindre brise, au moindre souffle des mots. Des couleurs d'arc-en-ciel chatoyaient, se déformant et se reformant à chacun de ses gestes. Mack se demanda si elle cessait jamais de bouger. Sans doute pas.

Papa se pencha pour regarder Mack dans les yeux.

– Tu soulèves des questions importantes ; nous y viendrons, je te le promets. Mais pour l'instant, c'est l'heure de manger.

Mack hocha la tête, encore une fois un peu confus, et il tourna son attention vers la nourriture. De toute façon, il avait faim, et la table était pleine de bonnes choses.

– Merci pour le repas, dit-il à Papa tandis que Jésus et Sarayu s'assoyaient à leur tour.

– Quoi ? fit-elle en se moquant un peu. Tu n'inclines pas la tête ? Tu ne baisses pas les yeux ?

Elle retourna dans la cuisine en marmonnant et en agitant la main par-dessus son épaule.

– Tsk, tsk, tsk. Dans quel monde vivons-nous ? Merci, mon chéri.

Elle revint un instant plus tard avec un autre mets fumant et appétissant qui sentait merveilleusement bon.

Les plats passèrent de l'un à l'autre. Envoûté, Mack regarda Papa se joindre à la conversation de Jésus et de Sarayu. Il y était question d'une famille en discorde qu'il leur fallait réconcilier ; ce qui fascinait Mack n'était pas tant le *sujet* de leur conversation que leur *manière* de l'aborder. Jamais n'avait-il été témoin d'une communication aussi limpide et aussi belle entre des êtres. Chacun semblait plus conscient des deux autres que de lui-même.

– Qu'en penses-tu, Mack ? fit Jésus, en ayant un geste dans sa direction.

– Je ne sais pas du tout de quoi vous parlez, répondit-il, la bouche pleine de délicieux légumes verts. Mais j'aime beaucoup la façon dont vous le faites.

– Hooo… du calme, dit Papa en revenant de la cuisine avec encore un autre plat. Vas-y mollo avec ces légumes. Ils vont te donner le va-vite si tu en manges trop.

– Promis, je vais faire attention, répondit Mack, la main tendue vers le plat qu'elle avait apporté. Puis, se tournant vers Jésus, il ajouta : « J'aime votre attitude les uns envers les autres. Je n'imaginais pas cela de Dieu. »

– Que veux-tu dire ?

– Eh bien, je sais que vous êtes Un, et que vous êtes trois. Mais vous vous parlez avec une telle délicatesse. L'un de vous n'est-il pas un peu le patron des deux autres ?

Ils se regardèrent comme s'ils n'avaient jamais envisagé pareille question. Mack se hâta de préciser sa pensée.

– Je veux dire, j'ai toujours imaginé Dieu le Père en grand patron, et Jésus en subalterne, sous ses ordres, vous comprenez ? Obéissant. Quant au Saint-Esprit, je ne sais trop où le caser là-dedans. Il... je veux dire, elle... heu...

Mack s'efforçait de ne pas regarder Sarayu.

– Quoi qu'il en soit, continua-t-il, l'Esprit m'a toujours fait songer à un... heu...

– Un Esprit libre ? suggéra Papa.

– Exactement – un Esprit libre, mais toujours soumis au Père. Est-ce que ç'a du sens ?

Jésus regarda Papa en s'efforçant manifestement de garder son sérieux.

– Est-ce que ç'a du sens pour toi, Abba ? Franchement, je ne comprends pas du tout de quoi il parle.

Papa fronça les sourcils, l'air de se concentrer très fort.

– Non. J'essaie de débrouiller ses propos, mais il m'a complètement perdue.

– Vous savez parfaitement de quoi je parle ! dit Mack, frustré. Je veux savoir qui commande. Il doit bien y avoir une hiérarchie entre vous ?

– Une hiérarchie ? Quelle horreur ! dit Jésus.

– En tout cas, ce serait contraignant, ajouta Papa comme ils s'esclaffaient tous les deux. Ensuite, Papa se tourna vers Mack et chantonna : « Fussent-elles en or, des chaînes sont des chaînes. »

– Ne fais pas attention à eux, dit Sarayu en prenant la main de Mack pour le réconforter. Ils se moquent de toi. En réalité, c'est un sujet qui nous intéresse beaucoup.

Mack hocha la tête avec soulagement, mais il était tout de même un peu chagrin de n'avoir pu garder son calme.

– Mackenzie, nous n'avons aucune notion de l'autorité suprême, seulement la notion du tout. Nous formons un *cercle relationnel*, non pas une voie hiérarchique, ou une « grande chaîne humaine », pour parler comme tes ancêtres. Tu es témoin ici d'une relation où n'intervient pas le moindre jeu de pouvoir. Nous n'avons aucun besoin de dominer les autres, car nous recherchons toujours le meilleur. Une voie hiérarchique n'aurait aucun sens pour nous. La hiérarchie, c'est ton problème, pas le nôtre.

— Ah oui ? Et comment donc ?

— L'espèce humaine est si perdue et si endommagée qu'elle ne parvient pas à comprendre que des gens puissent vivre ou travailler ensemble sans que ce soit sous les ordres d'un chef.

— Mais toutes les institutions humaines que je connais, affirma Mack, de la politique aux affaires en passant par le mariage, sont soumises à cette idéologie ; elle est la trame de notre tissu social.

— Quel gâchis ! dit Papa, en rapportant les plats vides à la cuisine.

— C'est une des raisons pour lesquelles il t'est si difficile de faire l'expérience d'un lien authentique, ajouta Jésus. Dès lors qu'une hiérarchie existe, il faut des règlements pour la protéger et l'administrer, puis des lois pour assurer l'application de ces règlements, et le résultat est forcément une organisation ascendante qui détruit les liens au lieu de les promouvoir. Il est rarissime que des êtres humains soient témoins d'une relation d'où le pouvoir est absent ou qu'ils en fassent l'expérience. La hiérarchie impose ses lois et ses règles, si bien que vous passez à côté de l'état relationnel auquel nous vous avions destinés.

— Pourtant, fit Mack avec sarcasme en s'appuyant au dossier de sa chaise, il me semble que nous nous sommes plutôt bien adaptés.

Sarayu répliqua du tac au tac: «Il ne faut pas confondre adaptation et intention, séduction et réalité.»

– Ainsi donc…. – dites, vous voulez bien me passer un peu de ces légumes verts? – Ainsi donc, nous aurions été leurrés, entraînés à nous soucier de l'autorité?

– D'une certaine façon, oui, répondit Papa. Et ne lui abandonnant pas sans résistance le plat de légumes, elle ajouta: «Je veille sur toi, mon fils…»

– Quand les humains ont opté pour leur autonomie au détriment de l'état relationnel, poursuivit Sarayu, ils sont devenus dangereux les uns pour les autres. Ils ont vu leur prochain comme un objet à manipuler ou à gérer pour leur satisfaction personnelle. Telle que vous l'envisagez habituellement, l'autorité n'est que le prétexte dont se servent les forts pour obliger les autres à se conformer à leurs exigences.

– Est-ce qu'elle ne sert pas aussi à empêcher les gens de se battre et de s'entre-tuer?

– Parfois. Mais dans un monde égoïste, elle sert aussi à faire beaucoup de tort.

– Mais est-ce que vous ne vous en servez pas pour mettre un frein à ce mal?

– Nous respectons beaucoup vos choix, dit Papa, si bien que nous intervenons dans le cadre de vos systèmes alors même que nous nous efforçons de vous en affranchir. L'humanité s'est engagée dans une voie bien différente de celle que nous aurions souhaitée pour elle. Dans notre univers, nous mesurons constamment la valeur de l'individu à la survie du système, que celui-ci soit politique, économique, social ou religieux. En fait, n'importe quel système. Une personne, puis quelques-unes et enfin un grand nombre sont sacrifiées pour le bien de ce système et sa perpétuation. Ce phénomène se retrouve d'une façon ou d'une autre dans toute lutte de pouvoir, tout préjugé, toute guerre et même toute forme de violence relationnelle. La « volonté de puissance et d'indépendance » est aujourd'hui si omniprésente qu'elle en est jugée normale.

– Ne l'est-elle pas ?

– Elle est le paradigme de l'espèce humaine. Elle est aussi prévalente que l'eau pour le poisson : on en vient à l'oublier et à ne pas la remettre en question. Elle est l'archétype, un stratagème diabolique qui vous a pris au piège et dont vous ignorez totalement l'existence.

Jésus prit le relais.

– Vous, les êtres humains ; vous, le plus grand triomphe de la Création, vous avez été créés à notre image, dégagés de toute structure, libres d'« être » en relation avec moi et les uns avec les autres, tout simplement. Si vous pensiez sincèrement que les préoccupations d'autrui comptent autant que les vôtres, il n'y aurait aucune place pour la hiérarchie.

Mack s'appuya au dossier de sa chaise, abasourdi devant la portée de ce qu'il entendait.

– Êtes-vous en train de me dire que chaque fois que les humains font appel au pouvoir pour se protéger…

– …ils se conforment à cet archétype, et non pas à nous, conclut Jésus.

– Et nous voici revenus à notre point de départ, dit Sarayu, à l'un de mes premiers énoncés : l'espèce humaine est si perdue et si endommagée qu'il lui est impossible de comprendre que l'état relationnel puisse exister hors de toute hiérarchie. Vous pensez par conséquent que Dieu fonctionne comme vous au sein d'une relation d'ordre. Mais ce n'est pas le cas.

– Comment remédier à cette situation ? On deviendrait victimes de toutes sortes de manipulations.

– Vraisemblablement. Mais nous ne te demandons pas d'agir ainsi avec les autres, Mack. Seulement avec nous. Il n'y a que là qu'une telle transformation peut prendre sa source. Et nous, nous ne te manipulerons pas.

– Mack, interjeta Papa d'une voix si intense que Mack n'eut pas le choix de lui prêter attention, nous voulons partager avec toi l'amour, la joie, la liberté et la lumière dont nous savons qu'elle existe déjà en nous. Nous t'avons créé, toi, l'humain, pour que tu sois en relation d'intimité avec nous, pour que tu participes à notre cercle d'amour. Même s'il t'est très difficile de comprendre cela, tout ce qui a lieu, a lieu exactement selon notre dessein, sans toutefois limiter tes choix ou porter atteinte à ton libre arbitre.

– Comment peux-tu dire une chose pareille quand il y a tant de souffrance en ce bas monde, des guerres et des catastrophes qui tuent tant de milliers de gens ?

La voix de Mack n'était plus qu'un souffle quand il ajouta : « Et que peut bien valoir le meurtre d'une petite fille par un détraqué ? » La question qui lui arrachait l'âme remonta une fois de plus à la surface. « Tu ne causes peut-être pas ces drames, mais tu ne les empêches pas non plus. »

– Mackenzie, dit Papa avec tendresse et sans paraître le moins du monde blessé par cette accusation ; nous avons des millions de raisons d'infliger des peines et des souffrances au lieu de les abolir, mais ces raisons ne sont compréhensibles que dans le contexte de la vie de chaque être. Je ne suis pas cruelle. C'est vous qui, dans vos relations, ouvrez si volontiers la porte à la peur, à la souffrance et au pouvoir. Mais il se trouve que vos décisions ne sont pas aussi puissantes que mes desseins, et que je me servirai de toutes vos décisions pour le plus grand bien de tous et pour le plus tendre des aboutissements.

– Tu vois, fit Sarayu, les humains malheureux construisent leur vie autour de ce qui leur semble bon pour eux, mais qui ne les comble ni ne les libère. Ils sont accros du pouvoir, ou de l'illusion de sécurité que ce pouvoir leur procure. Lorsqu'une catastrophe se produit, ces mêmes personnes se retournent contre les puissances factices en lesquelles ils avaient mis toute leur complaisance. Déçus, ils deviennent soit plus sensibles à moi, soit plus tenaces dans leur autonomie. Si seulement tu voyais comment tout cela finira et tout ce que nous pourrons accomplir sans porter atteinte à un seul libre arbitre, tu comprendrais. Un jour, tu comprendras.

– Mais à quel prix, bégaya Mack ; à quel prix – regarde la douleur, la souffrance, toutes ces horreurs, tout ce mal.

Il se tut et baissa les yeux.

– Songe au prix que tu as dû payer, toi. Est-ce que ça en a valu la peine ?

– Oui ! fusa leur réponse, unanime et joyeuse.

– Comment pouvez-vous dire une chose pareille ? rétorqua Mack. On croirait que, pour vous trois, la fin justifie les moyens et que vous êtes prêts à tout pour obtenir satisfaction, même à sacrifier la vie des milliards d'individus.

– Mackenzie…

La voix de Papa était particulièrement douce et tendre.

– Mackenzie, tu ne comprends pas encore. Tu t'efforces d'élucider le monde dans lequel tu vis en te basant sur une vision réductrice et imparfaite de la réalité. C'est comme regarder passer un défilé par le petit bout de la lorgnette de la peine, de la souffrance, de l'égocentrisme et du pouvoir en te répétant que tu es insignifiant et seul. Ce sont là de grands mensonges. Tu vois dans la souffrance et la mort le mal ultime, tu crois que Dieu t'a trahi ou, au mieux, qu'il est fondamentalement indigne de ta confiance. Tu dictes les termes, tu juges mes actes et tu me prononces coupable.

« La véritable faille sous-jacente de ta vie, Mackenzie, c'est que tu ne crois pas à ma bonté. Si tu étais persuadé de ma bonté et du fait que cette bonté embrasse tout – les moyens, les fins, et toutes les vies de tous les individus – tu mettrais ta confiance en moi sans toujours comprendre ce que je fais. Mais ce n'est pas le cas. »

– Ah non ? fit Mack, mais ce n'était pas vraiment une question. C'était une affirmation déguisée et il le savait. Les autres le savaient aussi et ils se turent.

Sarayu parla.

– Mackenzie, tu ne peux pas davantage produire de la confiance que tu ne peux prétendre à l'humilité. Elles sont ou ne sont pas. La confiance est le fruit d'une relation où tu te sais aimé. Puisque tu ne sais pas que je t'aime, tu *ne peux pas* avoir confiance en moi.

Le silence s'épaissit à nouveau, puis Mack leva les yeux vers Papa.

– Je ne sais pas ce qu'il faut faire pour remédier à cette situation.

– Tu n'y peux rien tout seul. Mais nous veillerons ensemble à ce que le changement ait lieu. Pour le moment, je veux seulement que tu restes près de moi en sachant qu'il n'y a pas de place dans notre relation pour le rendement et le désir de plaire. Je ne suis pas intimidante, je ne suis pas une petite divinité égocentrique et exigeante qui veut à tout prix qu'on lui obéisse. Je suis bonne, et je ne veux que ton bien. Seule une relation d'amour peut t'apporter cela, jamais la culpabilité, la condamnation ou la coercition. Et moi, je t'aime.

Sarayu se leva de table et regarda Mack dans les yeux.

– Mackenzie, fit-elle, si cela te tente, j'aimerais que tu viennes m'aider au jardin. J'ai des choses à faire avant la fête de demain. On pourra continuer à y parler de ce qui te préoccupe. S'il te plaît ?

– Entendu, répondit Mack en priant les autres de l'excuser. Mais avant de sortir il se retourna et dit :

– J'aurais encore juste une chose à dire. Je ne parviens pas à imaginer un aboutissement qui justifie tout cela.

Papa se leva et contourna la table pour venir le serrer dans ses bras,

– Mackenzie, nous ne justifions rien. Nous rachetons tout.

9

JE FERAI UN JARDIN

Même si nous pouvions trouver un autre Éden,
nous serions incapables d'en jouir parfaitement
ou de l'habiter pour toute l'éternité.

– HENRY VAN DYKE

M ack suivit Sarayu tant bien que mal par la porte arrière et le long de l'allée, passé la rangée de sapins. Emboîter le pas à une entité telle Sarayu équivalait à pourchasser un rayon de soleil. La lumière irradiait à travers elle, puis reflétait sa présence en plusieurs endroits à la fois. Elle était de la nature de l'éther, habitée par des ombres dynamiques, des nuances de couleur et du mouvement. « Ce n'est pas étonnant qu'elle intimide ceux qui désirent être en relation avec elle, songea Mack. Elle n'est guère prévisible. »

Mack fit en sorte de rester dans les limites de l'allée. Au détour des arbres, il vit pour la première fois un jardin et un verger magnifiques couvrant une superficie d'environ un hectare. Sans trop savoir pourquoi, Mack s'était attendu à un

jardin à l'anglaise, bien ordonné et parfaitement manucuré. Ce n'était pas du tout le cas !

Il avait sous les yeux une cacophonie de couleurs. Il chercha en vain un peu d'ordre dans ce chaos qui se souciait fort peu de la certitude. D'époustouflantes gerbes de fleurs explosaient parmi les légumes et les fines herbes plantés d'une façon tout à fait aléatoire, et ces végétaux ne ressemblaient à rien de ce que Mack avait pu voir dans sa vie. C'était étourdissant, ahurissant, et incroyablement beau.

– Vu d'en haut, c'est une fractale, lança Sarayu par-dessus son épaule d'un air satisfait.

– Une quoi ? fit Mack, distrait. Son cerveau s'efforçait encore d'assimiler et d'organiser cet indescriptible désordre d'images, de mouvements, d'ombres et de nuances. À chacun de ses pas le motif qu'il avait cru voir un instant plus tôt se transformait, et rien n'était plus pareil.

– Une fractale... une forme apparemment simple et ordonnée qui en réalité se compose de motifs répétés quelle que soit leur échelle de grandeur. Une fractale est complexe presque à l'infini. J'adore les fractales. J'en mets partout.

– Ça m'a plutôt l'air d'un fouillis, grommela Mack *sotto voce*.

Sarayu s'arrêta net et se retourna, radieuse.

– Mack ! Merci ! Quel beau compliment !

Elle embrassa le jardin du regard.

– C'est *précisément* de cela qu'il s'agit : un fouillis. Mais... – elle rayonnait en regardant Mack – ... ça reste tout de même une fractale.

Sarayu s'approcha d'une herbe et en cueillit quelques tiges.

– Tiens, dit-elle d'une voix musicale. Papa ne plaisantait pas tout à l'heure. Tu devrais mâcher un peu de cette herbe.

Elle compensera les effets « naturels » des légumes dont tu t'es empiffré, si tu vois ce que je veux dire.

Mack ricana et mit les herbes dans sa bouche.

– Mais c'était tellement bon !

Son estomac se détraquait déjà un peu et le vertige qu'il ressentait devant ce verdoyant jardin sauvage n'aidait pas. L'herbe avait bon goût : une saveur de menthe, et d'autre chose aussi qu'il connaissait sans doute sans pouvoir l'identifier. Ses borborygmes cessèrent peu à peu, et il détendit ce qu'il avait contracté à son insu.

Il suivit Sarayu sans parler à travers le jardin, mais non sans se laisser aisément distraire par le mariage inouï des couleurs : rouge groseille et vermillon, tangerine et chartreuse, parfois des tranches de platine et de fuchsia, d'innombrables nuances de vert et de brun. C'était merveilleusement déconcertant et enivrant.

Sarayu semblait intensément occupée à quelque chose. Mais fidèle à son nom, elle flottait comme une brise tourbillonnante dont Mack ne savait jamais dans quelle direction elle soufflait. Il eut beaucoup de mal à ne pas se laisser distancer par elle, comme lorsqu'il accompagne Nan au centre commercial.

Sarayu allait et venait dans le jardin en coupant des fleurs et des herbes qu'elle donnait aussitôt à Mack. Le bouquet improvisé, maintenant gigantesque, dégageait un capiteux parfum. Ce mariage aromatique d'herbes et d'épices ne rappelait à Mack rien de connu ; l'odeur en était si forte qu'il la goûtait presque.

Ils déposèrent le bouquet dans un petit cabanon que Mack n'avait pas encore remarqué, caché qu'il était sous un amas sauvage de vignes, de plantes diverses et, d'après Mack, de mauvaise herbe.

– Voilà une bonne chose de faite, dit Sarayu; il nous en reste une.

Elle remit à Mac une pelle, un râteau, une faucille et une paire de gants, puis elle lévita, on eût dit, vers un sentier particulièrement broussailleux qui semblait mener jusqu'au fond du jardin. Ici et là, elle ralentissait le pas pour toucher une plante ou une fleur, et toujours elle chantonnait la mélodie qui avait tant captivé Mack la veille. Il la suivit docilement en transportant les outils qu'elle lui avait confiés et s'efforça de ne pas la perdre de vue tout en s'émerveillant de ce qui l'entourait.

Sarayu s'arrêta, et dans sa distraction Mack faillit la heurter. Sans qu'il en ait eu conscience, elle avait changé de tenue et portait maintenant des vêtements de travail : un jean orné de motifs éclatés, une chemise, des gants. L'endroit où ils se trouvaient ressemblait un peu à un verger sans vraiment en être un. C'était une sorte de clairière bornée sur trois côtés par des pêchers et des cerisiers, avec, au milieu, des buissons de fleurs pourpres et jaunes en cascades d'une beauté à faire perdre le souffle.

Elle montra du doigt l'incomparable massif floral.

– Mackenzie, j'aimerais que tu m'aides à dégager complètement cet espace. Je veux y mettre quelque chose de très particulier demain, et il faut préparer le terrain.

Sans détacher son regard de Mack, elle prit la faucille qu'il tenait.

– Tu plaisantes ? s'écria-t-il. C'est si beau, et cet endroit est si abrité !

Mais Sarayu ne l'écouta pas. Sans plus d'explications, elle se mit à détruire le bel arrangement de fleurs, les coupant au ras du sol, sans effort apparent. Mack haussa les épaules, enfila des gants et entreprit de râteler au fur et à mesure les débris qu'elle accumulait. Il avait du mal à la suivre. Rien ne semblait la fatiguer, mais pour lui, c'était un dur labeur. Vingt minutes plus tard, toutes les fleurs avaient été coupées à la racine et le massif ressemblait à une blessure ouverte. En empilant les tiges et les branchages, Mack s'était égratigné les bras. Il était trempé de sueur, à bout de souffle, heureux d'en avoir terminé. Sarayu, debout sur ce qui restait de l'ancien massif floral, examina son travail.

– N'est-ce pas exaltant ? fit-elle.

– En fait d'objet d'exaltation, j'ai déjà vu mieux, rétorqua Mack.

– Ah, Mackenzie, si seulement tu savais. Ce n'est pas le travail mais le dessein qui fait que c'est spécial. Et c'est le seul auquel je m'adonne.

Mack s'appuya sur son râteau et parcourut le jardin des yeux, puis il examina les boursouflures rouges sur ses bras.

– Sarayu, je sais bien que tu es le Créateur, mais est-ce que tu as aussi créé les plantes vénéneuses, les orties et les moustiques ?

– Mackenzie, répondit Sarayu en accordant son mouvement à celui de la brise, un être créé ne peut prendre que ce qui existe déjà pour en faire autre chose.

– Autrement dit, tu as…

– …créé tout ce qui existe, y compris ce qui te semble mauvais. Mais quand je l'ai créé, c'était beau et bon, car je suis ainsi.

Mack crut qu'elle lui faisait une petite révérence avant de se remettre au travail. Mais il n'était pas satisfait de sa réponse.

– Dis-moi pourquoi tant de choses ont si mal tourné ?

Sarayu hésita une seconde.

– Vous, les humains, vous êtes si petits à vos propres yeux. Vous n'êtes pas conscients de votre rang dans la

Création. Puisque vous avez choisi la voie dévastée de l'indépendance, vous entraînez toute la création derrière vous et vous ne vous en rendez même pas compte.

Elle secoua la tête et le vent gémit dans les arbres tout proches.

– C'est triste, mais ça ne sera pas toujours ainsi.

Ils goûtèrent quelques instants de silence. Le regard de Mack se posa sur toutes les fleurs visibles d'où il était.

– Ainsi, ce jardin renferme des plantes vénéneuses ?

– Mais oui, s'exclama Sarayu. Certaines sont mes plantes préférées. Il y en a même dont le simple contact est dangereux, comme celle-ci.

Elle allongea la main vers un buisson et en cassa une brindille. Cela ressemblait à un morceau de bois mort auquel s'accrochaient de toutes petites feuilles. Elle l'offrit à Mack qui leva les deux mains pour ne pas y toucher.

Sarayu s'esclaffa.

– Je suis ici avec toi, Mack. Par moments, cette plante ne présente aucun danger, et en d'autres temps il faut être prudent. C'est cela, la merveille, l'aventure de l'exploration – ce que vous appelez la science –, ce besoin de discerner et de découvrir ce que nous avons caché et qu'il vous faut trouver.

– Alors pourquoi le cacher ?

– Pourquoi les enfants aiment-ils jouer à cache-cache ? Demande à tous les explorateurs, les découvreurs et les créateurs passionnés. Vous cacher des choses est un acte d'amour, c'est un cadeau que nous vous offrons en l'enveloppant dans le processus vital.

Du bout des doigts, Mack prit la brindille vénéneuse.

– Si tu ne m'avais pas dit que je ne courais aucun danger, est-ce que cette plante m'aurait empoisonné ?

– Absolument! Mais puisque c'est moi qui te dis d'y toucher, c'est différent. Pour tout être créé, l'autonomie est pure folie. Être libre, c'est se montrer confiant et soumis dans une relation d'amour. Par conséquent, si tu n'entends pas ma voix, tu ferais mieux de prendre le temps de bien étudier cette plante.

– Mais alors, pourquoi créer des plantes nocives? demanda Mack en lui rendant la brindille.

– Par ta question tu laisses entendre qu'un poison, c'est mauvais; que de telles créations n'ont aucun sens. Beaucoup de plantes supposément dangereuses, comme celle-ci, possèdent un incroyable potentiel de guérison ou deviennent de merveilleux remèdes lorsqu'on les associe à d'autres. Les humains sont très habiles à dire d'une chose qu'elle est bonne ou mauvaise sans le savoir vraiment.

La brève pause que Sarayu avait accordée à Mack était de toute évidence terminée. Elle lui remit une pelle et prit le râteau.

– Maintenant, il faut déterrer les racines de toutes les belles plantes qu'il y avait ici. C'est du boulot, mais ça en vaut la peine. Si on enlève ces racines elles ne pourront pas obéir à leur nature de racine et endommager les graines que nous allons semer.

– D'accord, grommela Mack en s'agenouillant avec elle au bord du lot à jardiner. Curieusement, Sarayu enfonçait la main profondément dans le sol, elle y trouvait l'extrémité des racines et ramenait celles-ci à la surface sans effort. Elle laissa les racines moins profondes à Mack qui dut les déterrer à la pelle. Après en avoir secoué la terre, ils les lancèrent sur la pile de débris que Mack avait râtelée plus tôt.

– Je les brûlerai tout à l'heure, fit-elle.

– Tu disais tantôt que les humains décident qu'une chose est bonne ou mauvaise sans vraiment savoir si c'est le cas, fit Mack, en secouant la terre d'une racine.

– Oui. Je parlais spécifiquement de l'arbre de la connaissance du bien et du mal.

– Le *célèbre* arbre de la connaissance du bien et du mal ?

– Exactement ! affirma-t-elle en se dilatant et en se contractant comme pour ponctuer son propos.

– Tu commences à comprendre pourquoi manger du fruit mortel de cet arbre a été si dévastateur pour l'espèce humaine.

– Je n'y avais jamais songé, fit Mack, intrigué par le tour que prenait leur conversation. Ce jardin a-t-il vraiment existé ? Je veux dire, l'Éden, et tout et tout.

– Évidemment. Ne t'ai-je pas dit que les jardins, c'est ma marotte ?

– Il y en a que cette nouvelle n'enchantera guère. Des tas de gens croient que ce n'est qu'un mythe.

– Eh bien, leur erreur n'est pas fatale. Ce que beaucoup de gens croient n'être que des mythes ou des légendes annonce souvent la gloire du divin.

– Certains de mes amis n'aimeront pas cela du tout, nota Mack en s'acharnant contre une racine particulièrement récalcitrante.

– C'est sans importance. Je leur suis particulièrement attachée.

– Tu m'étonnes, dit Mack avec un brin de sarcasme en lui souriant.

Il planta la pelle dans le sol et agrippa la racine avec ses mains.

– Très bien, alors. Parle-m'en donc, de cet arbre de la connaissance du bien et du mal.

– Nous en discutions justement ce matin au petit-déjeuner. Mais, d'abord, je vais *te* poser une question. Quand quelque chose t'arrive, comment fais-tu, *toi*, pour décider si c'est bien ou si c'est mal ?

Mack réfléchit avant de répondre.

– Eh bien, je n'y ai jamais pensé. Je dirais que c'est bon si ça me plaît, si ça m'aide à me sentir bien, si ça me procure un sentiment de sécurité. Et si ça me fait mal ou me prive de quelque chose, alors c'est mauvais.

– Donc, c'est très subjectif ?

– Je suppose que oui.

– Te crois-tu réellement capable de discerner ce qui est bon pour toi ou ce qui ne l'est pas ?

– Honnêtement, je tends à m'emporter – et cette colère me semble justifiée – quand mon « bien », je veux dire, ce que je crois mériter, est mis en péril. Mais si l'on excepte la réaction que les gens ou les événements suscitent en moi, je ne suis pas certain que ma décision de ce qui est bon ou de ce qui est mal se fonde sur un raisonnement logique.

Il s'arrêta pour reprendre son souffle et se reposer.

– Tout ça doit te sembler égocentrique et complaisant, je suppose. Et on ne peut pas dire que mon record de piste soit imposant. Certaines choses qui m'avaient paru excellentes au départ étaient au bout du compte terriblement destructrices, et certaines de celles que j'avais cru mauvaises, eh bien...

Il hésita avant d'aller au bout de sa pensée, mais Sarayu l'interrompit.

– Ainsi, c'est toi qui décides de ce qui est bien ou mal. Tu t'ériges en juge. Et pour compliquer les choses encore davantage, ce que tu juges bon se transformera avec le temps selon les circonstances. En outre – et c'est encore bien pis – vous êtes des milliards à agir de la sorte, à décider ce qui est bien et ce qui est mal. Par conséquent, lorsque votre notion du bien et du mal est en conflit avec celle de votre prochain, il en résulte des discussions, des querelles, parfois même des guerres.

Les coloris qui accompagnaient le mouvement de Sarayu foncèrent à mesure qu'elle parlait ; des gris et des noirs vinrent se mêler aux couleurs de l'arc-en-ciel et les assombrirent.

– Et s'il n'y a pas de réalité absolue du bien, votre jugement n'a aucune assise. Ce ne sont que des mots, et le mot «mal» pourrait tout aussi bien se substituer au mot «bien».

– Je vois le problème.

– Le problème? Sarayu était sur le point d'éclater quand elle se redressa pour lui faire face. Elle était profondément troublée, mais Mack savait que ce n'était pas à cause de lui.

– À qui le dis-tu! enchaîna-t-elle. La décision des humains de manger du fruit de cet arbre a démantelé l'univers parce qu'elle a violemment arraché le spirituel au physique. Ils ont choisi la mort, et ils ont exhalé dans leur dernier souffle le souffle même de Dieu. C'est un problème, en effet!

Emportée par sa passion, Sarayu avait lévité, et voilà qu'elle revenait doucement sur terre. Sa voix se fit plus chuchotante tout en restant parfaitement intelligible.

– Ce fut un jour de grand malheur, dit-elle en guise de conclusion.

Ils travaillèrent en silence pendant une dizaine de minutes. Tout en extirpant des racines du sol pour les jeter sur le tas de débris, Mack réfléchissait à ce qu'il venait d'entendre. Puis il rompit le silence.

– Je comprends, maintenant, que je voue la majeure partie de mon temps et de mes efforts à obtenir ce qui, selon moi, est bon, qu'il s'agisse de ma sécurité financière, de ma santé, de ma retraite, ou quoi encore. Et je consacre beaucoup d'énergie et d'inquiétudes à appréhender ce qui, selon moi, est mauvais.

Il poussa un profond soupir.

– C'est très juste, fit Sarayu avec douceur. N'oublie pas que cela te permet d'être autonome tout en jouant à être Dieu. C'est pour cette raison qu'une part de toi préfère ne pas reconnaître mon existence. Et tu n'as aucunement besoin de moi pour faire l'inventaire de ce que tu crois bon ou mauvais. Mais tu as besoin de moi si tu veux mettre fin à ton irrépressible soif d'autonomie.

– Alors, y a-t-il une solution ?

– Il faut que tu renonces à décider de ce qui est bien et de ce qui est mal. Cette pilule est difficile à avaler, je le sais ; mais tu dois choisir de ne vivre qu'en moi. Pour ce faire, tu dois me connaître assez pour mettre toute ta confiance en moi et pour te reposer dans ma bonté.

Sarayu se tourna vers lui, c'est du moins l'impression qu'il eut.

– Mackenzie, « mal » est le mot qui nous sert à décrire l'absence de Bien, tout comme le mot « ténèbres » décrit l'absence de Lumière, et celui de « mort » l'absence de Vie. Le mal et les ténèbres ne sont compréhensibles que dans leur rapport à la Lumière et au Bien. Ils n'ont aucune existence réelle. Je suis la Lumière et le Bien. Je suis Amour, et il n'y a pas de ténèbres en moi. La Lumière et le Bien existent. En t'écartant de moi, tu plonges dans les ténèbres. Ta déclaration d'indépendance a pour conséquence le mal, car sans moi, tu ne peux te nourrir qu'à toi-même. Agir ainsi, c'est mourir, car tu t'es séparé de moi qui suis la Vie.

– Bon sang… fit Mack en s'assoyant. Ça m'aide beaucoup que tu me parles de cette façon. Mais je devine que ça ne me

sera pas du tout facile de renoncer à mon autonomie. Ça pourrait vouloir dire que...

Sarayu l'interrompit encore.

– ... que, par exemple, le Bien pourrait prendre la forme d'un cancer, ou d'une perte de revenus, ou même d'une perte de vie.

– Ouais, mais dis ça à la personne qui est atteinte de cancer, ou au père dont la fille est morte, répliqua Mack plus sarcastiquement qu'il n'aurait voulu.

– Oh, Mackenzie, crois-tu que nous ne pensons pas à eux ? Chacun d'eux est au cœur d'une autre histoire qui n'a pas encore été racontée.

Mack sentit son calme le quitter. Il ficha la pelle dans le sol d'un coup sec.

– Missy n'avait-elle pas le droit d'être en sécurité ?

– Non, Mack. Une enfant est en sécurité parce qu'elle est aimée, et non pas parce qu'elle a le droit de l'être.

Il figea. Sarayu venait de chambouler son univers et il s'efforçait de ne pas perdre pied. Ne jouissait-il pas de certains droits légitimes ?

– Alors, qu'en est-il de...

– Les droits sont la porte de sortie de ceux qui restent, quand ils ne veulent pas travailler à leurs relations.

– Mais si je renonçais...

– Tu connaîtrais l'émerveillement et l'aventure de vivre en moi.

Ces interruptions irritaient Mack. Il haussa le ton.

– N'ai-je donc pas le droit de...

– ... d'aller au bout de ta pensée sans que je t'interrompe ? Non. Pas vraiment. Mais tant que tu en seras convaincu, toute interruption t'irritera, même si elle provient de Dieu.

Abasourdi, il se redressa et la regarda en face, hésitant entre la colère et le rire. Sarayu lui sourit.

– Mackenzie, Jésus n'a prétendu à aucun droit. Il est devenu un serviteur de son propre chef et il vit en fonction de sa relation avec Papa. Il a renoncé à tout et, dans sa dépendance, il a tracé la voie qui pouvait faire de vous des hommes libres et capables de renoncer à vos droits.

Ils virent alors Papa qui approchait dans l'allée en portant deux sacs en papier. Elle souriait.

– Eh bien, je vois que vous avez une belle conversation tous les deux?

Elle adressa un clin d'œil à Mack.

– La plus belle de toutes! s'écria Sarayu. Et devine? Il a dit que le jardin était un vrai fouillis. N'est-ce pas merveilleux?

Elles sourirent à Mack qui se demanda si elles se moquaient de lui. Il était plus calme, mais la colère lui brûlait encore les joues. Les deux femmes parurent ne pas s'en apercevoir.

Sarayu se hissa sur la pointe des pieds pour embrasser Papa sur la joue.

– Comme toujours, tu arrives au bon moment. Mackenzie a fini son travail.

Elle se tourna vers lui.

– Mackenzie, tu es sensass! Merci pour tout ce que tu as fait!

– Je n'ai pas fait grand-chose, fit-il, l'air de s'excuser. Je veux, dire, regardez-moi ces dégâts…

Son regard parcourut le jardin qui les entourait.

– C'est tout de même très beau, et ça te représente, Sarayu. Même s'il reste encore beaucoup à faire, je me sens étrangement bien ici, je m'y sens chez moi.

Les deux femmes se regardèrent en souriant, puis Sarayu s'approcha de lui au point d'envahir son espace personnel.

– Tant mieux s'il en est ainsi, Mackenzie, car ce jardin est ton âme. Ce fouillis, c'est *toi* ! Nous y avons travaillé ensemble, toi et moi, et avec le dessein que tu portes dans ton cœur. Ce jardin est sauvage, et beau, et il se développe à la perfection. Il a l'air d'un fouillis à tes yeux, mais moi j'y vois un motif en pleine émergence, quelque chose qui grandit et qui vit – une véritable fractale !

Ces mots eurent raison de presque toutes les réserves de Mack. Il regarda à nouveau le jardin, – son jardin – et il y vit un fouillis, certes, mais un fouillis grandiose et magnifique. En outre, Papa était présent dans ce fouillis que Sarayu adorait. Cela dépassait presque son entendement. Ses émotions jusque-là soigneusement contenues menacèrent à nouveau de déborder.

– Mackenzie, Jésus aimerait t'amener faire une promenade, si tu en as envie. Je t'ai préparé un casse-croûte au cas où tu aurais une fringale. Ça t'aidera à tenir jusqu'à l'heure du thé.

Quand Mack se tourna vers Papa pour prendre les sacs, Sarayu le frôla et l'embrassa sur la joue. Il ne la vit pas s'éloigner. Il crut voir sa trace, qui ressemblait à celle de la brise quand les plantes ploient sous elle comme pour prier. Puis, ce fut au tour de Papa de se dissoudre dans le décor. Mack alla retrouver Jésus dans la remise. Ils avaient rendez-vous.

10

HISTOIRES D'EAU

Nouveau monde – vaste horizon
Ouvrez les yeux, vous verrez qu'il est là
Le nouveau monde – par-delà les terrifiantes
Vagues bleues

– DAVID WILCOX

Dans la remise, Jésus achevait de sabler le bois d'un cercueil. Il passa ses doigts sur la bordure lisse, fit oui de la tête et laissa tomber le papier d'émeri sur l'établi. Voyant Mack s'approcher, il sortit en époussetant la poussière de bois qui s'était accumulée sur son jean et sur sa chemise.

– Hé, Mack! je mettais la dernière main à un petit boulot pour demain. Ça te dirait qu'on aille faire une promenade?

Mack se remémora les moments qu'ils avaient passés ensemble la veille, sous les étoiles.

– Volontiers. Pourquoi parlez-vous toujours de demain tous les trois?

– Demain sera une journée importante pour toi. Demain est une des raisons pour lesquelles tu es ici. Allons. Il y a un endroit très spécial que j'aimerais te montrer de l'autre côté du lac. Le panorama y est indescriptible. De là, on aperçoit même certains des sommets les plus hauts des montagnes.

– Formidable! fit Mack, avec enthousiasme.

– Je vois que tu as nos casse-croûte. Alors, allons-y.

Au lieu de bifurquer à droite ou à gauche où Mack supposait qu'un sentier contournait le lac, Jésus se dirigea carrément vers le quai. Il faisait un temps splendide, le soleil réchauffait la peau sans la brûler, et une brise légère et parfumée caressait doucement leurs visages.

Mack crut qu'ils emprunteraient l'un des canots amarrés aux poteaux, mais il n'en fut rien : Jésus passa outre même au troisième des canots et se rendit jusqu'au bout du quai, puis, tout sourire, il se tourna vers Mack.

– Après toi, dit-il, en faisant moqueusement la révérence.

– C'est une blague? répliqua Mack. Nous allons nous promener ou nous allons nous baigner?

– Nous allons nous promener. Je me suis dit que ça irait plus vite de traverser le lac au lieu de le contourner.

– Je ne suis pas très bon nageur, et de toute façon, l'eau a l'air mauditement froide, répondit Mack, mécontent.

Il rougit.

– Heu... je veux dire, l'eau a l'air vraiment très très froide.

Jésus semblait s'amuser fort de son malaise.

– Bon, fit Jésus en croisant les bras. Nous savons tous les deux que tu es un excellent nageur. Si je ne m'abuse, tu as même été surveillant de baignade. Et l'eau est non seulement mauditement froide, elle est aussi profonde. Mais nous ne traverserons pas le lac à la nage. Nous le traverserons à pied.

Mack saisit enfin ce que Jésus voulait dire : à pied, *sur* l'eau. Anticipant son hésitation, Jésus s'empressa d'ajouter : « Allons, Mack. Si Pierre a pu le faire... »

Mack ricana nerveusement. Pour être sûr d'avoir bien compris, il lui demanda encore :

– Tu veux que je me rende de l'autre côté du lac en marchant sur l'eau, c'est bien ce que tu as dit ?

– Tu comprends vite, Mack... On voit bien que personne ne te passera un sapin... Allez, viens. On va bien s'amuser !

Et il éclata de rire.

Mack s'approcha du bord et regarda l'eau. Elle était toute proche, mais il eut l'impression que trente mètres l'en séparaient. Plonger serait facile, il l'avait fait mille fois, mais comment passe-t-on d'un quai à la surface de l'eau ? Faut-il sauter comme on sauterait sur une surface de béton, ou enjamber le bord du quai comme lorsqu'on sort d'une barque ? Il regarda à nouveau Jésus qui ricanait.

– Pierre s'est posé la même question : comment sortir de la barque. Mais ce n'est pas plus compliqué que de descendre une marche d'escalier.

– Est-ce que je vais me mouiller les pieds ?

– Évidemment ! De l'eau, c'est mouillé !

Mack regarda l'eau à nouveau, puis Jésus.

– Pourquoi est-ce si difficile ?

– Dis-moi ce qui t'effraie, Mack.

– Eh bien, voyons voir... De quoi ai-je peur ? J'ai peur de me rendre ridicule. J'ai peur que tu sois en train de te moquer de moi. J'ai peur de couler comme une pierre. J'imagine que...

– Exactement, l'interrompit Jésus. Tu *imagines*. Le pouvoir de l'imagination est inouï. Elle pourrait à elle seule te rendre identique à nous. Mais sans la sagesse, l'imagination est un tyran implacable. Je vais te le prouver. Sais-tu si les humains ont été conçus pour vivre dans le présent, dans le passé ou dans le futur ?

– Eh bien, fit Mack, hésitant ; il me semble évident que nous avons été conçus pour vivre dans le présent. Mais je me trompe peut-être.

Jésus gloussa.

– Détends-toi. Ce n'est pas un concours, mais une conversation. Cela dit, tu as parfaitement raison. Dis-moi maintenant où ton imagination t'entraîne le plus souvent. Dans le présent ? Dans le passé ? Dans le futur ?

Mack réfléchit quelques instants avant de répondre.

– J'avoue que je passe bien peu de temps dans le présent. Je m'occupe beaucoup du passé, mais la plupart du temps, j'essaie d'appréhender l'avenir.

– Comme la plupart des gens. Quand je repose en toi, je le fais dans l'instant présent – je vis dans le présent. Non pas dans le passé, bien que nous ayons de nombreux souvenirs et que le passé ait beaucoup à nous apprendre. C'est bien de le visiter, mais il ne faut pas y séjourner trop longtemps. Et il est certain que je ne réside pas dans ce futur que vous visualisez ou imaginez. Comprends-tu, Mack ? Ta vision de l'avenir – qui est presque toujours le produit de ta peur – m'inclut rarement, pour ne pas dire jamais.

Mack réfléchit. C'était juste. Il passait beaucoup de temps à s'inquiéter du lendemain, et sa vision de l'avenir était souvent sordide et déprimante quand elle n'était pas carrément terrifiante. Jésus avait aussi raison de dire que Dieu était toujours absent de sa vision de l'avenir.

– Qu'est-ce qui me fait agir ainsi ?

– Le besoin désespéré de dominer ce qui échappe à ton contrôle. Tu ne peux pas maîtriser l'avenir parce que l'avenir n'a aucune réalité et qu'il n'en aura *jamais*. Tu joues à être Dieu, tu crains que le mal qui t'effraie ne se réalise, et ensuite tu t'efforces de planifier, de parer à toute éventualité dans le but de fuir ce qui te terrorise.

– Ouais, c'est bien ce que Sarayu me disait. Alors, pourquoi toute cette peur dans ma vie ?

– Parce que tu ne *crois* pas en nous. Tu *ne sais pas* que nous t'aimons. La personne qui vit sous le joug de sa peur ne s'en affranchira pas dans mon amour. Je ne parle pas des peurs rationnelles que t'inspirent des dangers légitimes ; je parle de tes peurs imaginées, et surtout de la projection de ces peurs dans le futur. Compte tenu de la place qu'occupe la peur dans ta vie, tu ne crois pas à ma bonté et, au fond de ton cœur, tu ne *sais pas* que je t'aime. Tu parles de mon amour et tu en chantes les louanges, mais tu ne le connais pas.

Mack regarda l'eau une fois de plus et un soupir monta des tréfonds de son âme.

– J'ai un si long chemin à parcourir.

– À vue de nez, quelques centimètres, pas plus, dit Jésus en riant.

Il posa une main sur l'épaule de Mack. Ce fut suffisant. Mack descendit du quai. Pour croire que la surface du lac était solide et ne pas se laisser distraire par le mouvement de l'eau, il garda les yeux fixés sur l'autre rive ; et au cas où – il ne voulait pas mouiller les casse-croûte – il leva les bras.

Son amerrissage fut plus souple que prévu. Il se mouilla les pieds, mais l'eau ne lui arriva même pas à la cheville. Parce que le lac ondulait quand même autour de lui, il faillit perdre l'équilibre. C'était une très étrange sensation. Il s'aperçut que ses pieds étaient en contact avec une surface solide qu'il ne voyait pas. À côté de lui, Jésus tenait ses chaussures et ses chaussettes à la main.

– Nous, on se déchausse toujours avant de faire ça, dit-il en riant.

Mack secoua la tête et rit à son tour, puis il s'assit au bord du quai.

– Je pense bien que je vais le faire aussi.

Il retira ses chaussures, essora ses chaussettes et roula ses jambes de pantalon, toujours au cas où.

Ainsi, chaussures et casse-croûte en mains, ils se mirent en marche vers la rive opposée, à un peu moins d'un kilomètre. L'eau était fraîche. Mack frissonna. Marcher ainsi sur l'eau aux côtés de Jésus lui parut soudain la manière la plus naturelle qui soit de se déplacer sur un lac. Il avait le sourire accroché aux oreilles à la seule pensée de ce qu'il était en train de faire. De temps en temps, il baissait les yeux vers l'eau dans l'espoir d'apercevoir une truite.

– Tu sais que ce que nous sommes en train de faire est ridicule et impossible ? s'exclama-t-il enfin.

– Parfaitement, approuva Jésus en souriant.

Ils atteignirent bientôt la rive opposée. Mack entendit alors un grondement de cataracte, mais ne sut d'où il provenait. À quelque vingt mètres de la rive, il s'arrêta. À leur gauche, derrière un chaînon rocheux, il y avait une chute magnifique haute d'environ trente mètres dont l'eau tombait dans un bassin au fond du canyon. Ce bassin s'ouvrait en un large torrent qui se déversait dans le lac, mais trop loin pour que Mack puisse le voir. Un pré couvert de fleurs sauvages semées au hasard par le vent le séparait de la chute. C'était d'une beauté époustouflante. Mack s'en imprégna pendant quelques minutes. Une vision de Missy traversa son esprit et mourut aussitôt.

Au sortir de l'eau, ils trouvèrent une grève de galets. Derrière, la forêt riche et dense grimpait jusqu'au pied d'une montagne que couronnait une neige fraîchement tombée.

Un peu à gauche, au fond d'une petite clairière et de l'autre côté d'un ruisseau gazouillant, une piste s'enfonçait dans la forêt obscure. Pieds nus, Mack tituba sur les galets jusqu'à un tronc d'arbre tombé où il s'assit. Il essora une fois de plus ses chaussettes et les mit à sécher avec ses chaussures sous le soleil de midi.

Seulement alors se tourna-t-il pour regarder la rive d'où ils étaient venus. Le paysage y était d'une extraordinaire beauté. Il aperçut la maisonnette et la fumée qui montait de la cheminée dont le rouge des briques tranchait sur le vert du verger et de la forêt. Mais ce décor lui parut minuscule sous l'immense chaîne de montagne qui le surplombait comme une sentinelle au garde-à-vous. Avec Jésus à ses côtés, Mack s'imprégna de cette symphonie visuelle.

– Tu fais du beau travail, murmura-t-il.

– Merci, Mack. Pourtant, tu n'as pas vu grand-chose. Pendant encore quelque temps, il n'y a que moi qui pourrai voir et savourer presque tout le créé, comme s'il s'agissait de toiles entreposées au fond du studio d'un peintre, mais un jour... Et peux-tu imaginer cette scène dans un monde sans guerre, un monde qui ne lutte pas tant pour sa survie ?

– Tu veux dire quoi, au juste ?

– Notre terre est pareille à une enfant qui a grandi orpheline, sans personne pour la guider ou la diriger.

Une angoisse sous-jacente fit s'enfler la voix de Jésus.

– Des gens ont voulu l'aider, mais la plupart se sont simplement servis d'elle. Les humains, qui avaient reçu la mission de gouverner délicatement la terre, au contraire la pillent sans retenue pour satisfaire leurs caprices. Et ils ne pensent guère aux enfants qui hériteront ce manque d'amour. Alors ils usent et abusent de la terre avec insouciance, et quand elle tremble ou souffle, ils s'en offusquent et montrent le poing à Dieu.

– Tu fais de l'écologie, dit Mack, comme s'il portait une accusation.

– Cette grosse boule bleue et verte dans l'espace, si remplie de beauté encore aujourd'hui, si maltraitée, si violentée, si belle.

– On dirait des paroles de chansons. Tu dois beaucoup aimer la Création, dit Mack avec un sourire.

– Cette grosse boule bleue et verte dans l'espace, elle est à moi ! affirma péremptoirement Jésus.

Ils ouvrirent leurs sacs en papier. Papa y avait mis des sandwiches et des gâteries, et ils mangèrent de bon appétit. Mack mordit dans quelque chose qui lui plut, mais dont il ne put décider s'il s'agissait d'une viande ou d'un légume. Il se dit qu'il valait sans doute mieux ne pas poser trop de questions.

– Dans ce cas, pourquoi ne la répares-tu pas, demanda Mack, en mangeant son sandwich. La terre, je veux dire.

– Parce que nous vous l'avons donnée.

– Et tu ne peux pas nous la reprendre ?

– Bien sûr que si, mais alors l'histoire prendrait fin avant même d'avoir eu lieu.

Mack posa sur Jésus des yeux atones.

– N'as-tu pas remarqué que, même si vous m'appelez mon Seigneur et mon Roi, je n'ai jamais agi avec vous comme un souverain ? Je n'ai jamais pris vos décisions à votre place ; je ne vous ai jamais imposé ma volonté, même lorsque vos actions ont été destructrices ou nocives pour vous-mêmes et pour les autres ?

Mack regarda le lac avant de répondre.

– Il y a des jours où j'aurais aimé que tu prennes notre sort en mains. Cela nous aurait épargné beaucoup de souffrance, à moi et aux gens que j'aime.

– Imposer une volonté, voilà précisément ce que l'amour ne fait pas. Nous sommes soumis les uns aux autres, nous l'avons toujours été et nous le serons toujours. Papa est aussi soumis à moi que moi à lui, ou que Sarayu m'est soumise ou que Papa est soumis à Sarayu. La soumission n'a rien à voir avec l'autorité ou l'obéissance et tout à voir avec l'amour et le respect. En fait, nous te sommes soumis exactement de la même façon.

– Comment est-ce possible ? fit Mack, tout surpris. Pourquoi le Dieu de l'univers voudrait-il se soumettre à moi ?

– Parce que nous voulons que tu te joignes à nous dans notre cercle relationnel. Je ne veux pas d'esclaves. Je veux des frères et des sœurs avec qui partager la vie.

– Et c'est de cette façon que tu voudrais que nous nous aimions les uns les autres, je suppose ? Je veux dire, entre mari et femme, parents et enfants ? Dans toute relation ?

– Tout à fait ! Quand je suis votre vie, la soumission est l'expression la plus vraie de mon caractère et de ma nature, et elle sera l'expression la plus vraie de la nouvelle nature de vos relations.

Comprenant soudain, Mack secoua la tête.

– Dire que je ne voulais rien d'autre qu'un Dieu qui arrange tout pour que personne ne souffre. Mais je ne suis pas un maître ès relations ; pas comme Nan.

Ayant fini son goûter, Jésus referma le sac et le déposa à côté de lui. Il fit tomber les miettes de sa moustache et de sa barbichette, puis, se saisissant d'un bout de bois, il se mit à dessiner dans le sable.

– C'est parce que, comme la plupart des hommes, tu crois te réaliser dans ton travail et Nan, comme la plupart des femmes, croit se réaliser dans ses relations. Cette forme de langage lui est plus familière.

Un balbuzard plongea dans le lac à quelques mètres d'eux puis reprit lentement son vol. Entre ses griffes, une truite tentait de s'échapper.

– Est-ce que ça veut dire qu'il n'y a pas d'espoir pour moi ? demanda Mack. Je veux tellement vivre ce que vous partagez tous les trois, mais je n'ai aucune idée de ce qu'il faut faire pour en arriver là.

– Il y a beaucoup d'obstacles sur ta route en ce moment, mais rien ne t'oblige à les tolérer.

– Ça n'a jamais été facile pour moi et c'est encore plus vrai depuis que Missy n'est plus là.

– Il n'y a pas que le meurtre de Missy que tu affrontes. Quelque chose de plus grand encore fait qu'il t'est difficile de partager notre vie. Le monde est endommagé parce qu'au jardin d'Éden vous avez préféré l'affirmation de votre autonomie à l'état relationnel qu'il y avait entre nous. La plupart des hommes ont manifesté leur indépendance en travaillant à la sueur de leur front et en puisant leur identité, leur sentiment de valeur personnelle et leur sécurité dans ce labeur. En décidant de ce qui est bien et de ce qui est mal, vous cherchez à définir votre destinée. Ce point de bascule est la cause de toutes vos souffrances.

Jésus se leva en prenant appui sur son bâton et attendit que Mack ait avalé sa dernière bouchée. Ensemble, ils se promenèrent sur le rivage.

– Mais ce n'est pas tout. Le désir de la femme de… – non. le mot juste est son « détournement ». La femme ne s'est pas détournée vers le travail, mais vers l'homme. Et la réaction de l'homme a été de la « dominer », de lui imposer sa force, de devenir son maître. Auparavant, la femme trouvait son identité, sa sécurité et sa connaissance du bien et du mal uniquement en moi. C'était aussi le cas de l'homme.

– Ce n'est pas étonnant que j'aie l'impression d'échouer avec Nan. Je ne peux pas être cela pour elle.

– Tu n'as pas été créé dans ce but. Et si tu t'y essaies, ça équivaudra à jouer à être Dieu.

Mack ramassa une pierre plate; il la lança et elle rebondit sur l'eau.

– Que faire pour m'en sortir?

– C'est très simple, et pourtant ce n'est jamais facile. En te *re-détournant*. En revenant vers moi. En renonçant au pouvoir et à la manipulation. En me revenant.

Jésus semblait le supplier.

– En général, les femmes ont du mal à tourner le dos à un homme pour revenir vers moi, à cesser d'exiger qu'il rencontre tous leurs besoins, qu'il les protège et assure leur identité. En général, les hommes ont du mal à se détourner de leur travail pour revenir vers moi, ils ont du mal à tourner le dos à leur quête de pouvoir, de sécurité et de sens.

– Je me suis toujours demandé pourquoi les hommes éprouvaient le besoin de commander. Ils sont la cause de tant de souffrances dans le monde. Ils sont responsables de la plupart des crimes, et beaucoup des victimes de ces crimes sont des femmes et... et des enfants.

– Les femmes, enchaîna Jésus en lançant à son tour un caillou sur l'eau, se sont détournées de nous pour entrer dans un autre état relationnel, tandis que les hommes se sont tournés vers eux-mêmes et se sont regardé le nombril. Si les femmes gouvernaient le monde, le monde serait à bien des égards beaucoup plus serein et apaisant. Beaucoup moins d'enfants auraient été sacrifiés aux dieux du pouvoir et de l'argent.

– Elles auraient tellement mieux rempli ce rôle.

– Oui, sans aucun doute, mais ça n'aurait quand même pas suffi. Entre les mains d'êtres indépendants, qu'ils soient hommes ou femmes, le pouvoir est toujours un instrument de corruption. Ne comprends-tu pas que le simple fait de jouer un rôle est contraire à l'état relationnel ? Nous voulons que les mâles et les femmes s'équivalent, qu'ils soient égaux l'un en face de l'autre, tout en restant uniques et différents, distincts en genre mais complémentaires, et que seule les anime Sarayu, car c'est d'elle que sont issus le seul vrai pouvoir et la seule véritable autorité. Souviens-toi que je n'ai rien à voir avec le rendement et l'ajustement à des structures humaines, et que j'ai tout à voir avec le simple fait d'*être*. Si tu entres avec moi dans une vraie relation, tes actes refléteront l'être que tu es réellement.

– Mais puisque tu as pris forme humaine, ça en dit long, il me semble.

– Oui, mais ce n'est pas ce que beaucoup d'entre vous croyez. Je me suis incarné pour parfaire l'image sublime de notre création de l'être humain. Dès le premier jour, nous avons dissimulé la femme en l'homme pour l'en extraire au moment opportun. L'homme n'a pas été créé pour vivre seul ; nous avions prévu dès le départ de lui donner une compagne. En l'extrayant de lui, l'homme lui a en quelque sorte donné naissance. Nous avons ainsi créé un cercle relationnel semblable au nôtre, mais conçu pour vous. *Elle* est née de *lui*, et depuis, tous les hommes, moi inclus, sont nés d'elle, et ainsi tous les humains sont nés de Dieu.

– Je vois, interjeta Mack en lançant un caillou sur l'eau. Si la femme avait été créée en premier, il n'y aurait pas eu de cercle relationnel ; donc, aucune possibilité de relation d'égal à égale entre l'homme et la femme. C'est juste ?

– Parfaitement juste.

Jésus le regarda en souriant.

– Nous désirions créer un être avec un homologue qui serait son égal, autrement dit, l'homme et la femme. Mais votre volonté d'indépendance, votre quête de pouvoir et de plénitude ont détruit la relation même à laquelle vous aspirez.

– Et voilà, répondit Mack, en cherchant le plus plat des galets. On revient toujours à ça : le pouvoir, et comment ce pouvoir est contraire à la relation que tu partages avec tes deux autres. J'aimerais connaître avec toi et Nan une telle relation.

– C'est pour ça qu'on est ici.

– J'aimerais que Nan y soit aussi.

– Si seulement... fit Jésus l'air songeur.

Mack ne comprit pas.

Le silence s'installa. On n'entendait que les grognements qu'ils faisaient en lançant des cailloux, et le bruit des cailloux qui rebondissaient à la surface de l'eau.

Comme Mack allait lancer un autre galet, Jésus arrêta brusquement son geste et dit :

– Il y a autre chose dont j'aimerais que tu te souviennes avant de partir.

– Avant de partir où ?

Jésus feignit de ne pas l'entendre.

– Tu ne peux pas plus inventer la soumission que l'amour, et encore moins par toi-même. Si ma vie n'est pas en toi, tu ne peux pas te soumettre à Nan ou à tes enfants ou à qui que ce soit d'autre, y compris à Papa.

– Tu veux dire que je ne peux pas simplement demander « Qu'est-ce que Jésus ferait à ma place ? », dit Mack sur un ton un peu sarcastique.

– L'intention est bonne, dit Jésus avec un ricanement, mais l'idée est mauvaise. Tu me diras, le cas échéant, si ça fonctionne.

Il se tut et son visage s'assombrit.

– Sérieusement, ma vie n'est pas censée être un exemple à imiter. Me suivre ne signifie pas «être comme Jésus». Me suivre signifie la mort de ton autonomie. Je suis venu te donner la vie, la vraie vie, ma vie. Nous viendrons vivre notre vie en toi afin que tu voies avec nos yeux, que tu entendes avec nos oreilles, que tu touches avec nos mains, et que tes pensées soient les nôtres. Mais nous ne t'imposerons jamais cette union. Si tu veux vivre ta vie comme tu l'entends, vas-y. Nous avons tout notre temps.

– Ce doit être ça, la petite mort quotidienne dont parlait Sarayu, dit Mack en hochant la tête.

– Le temps file et tu as quelque chose à faire, dit Jésus en lui montrant du doigt le sentier qui s'enfonçait dans la forêt de l'autre côté du pré. Suis ce sentier et entre là où il s'arrêtera. Je t'attendrai ici.

Il ne servait à rien de prolonger la conversation même si c'est ce que Mack aurait voulu faire. Songeur et silencieux, il enfila ses chaussettes et ses chaussures. Les chaussettes étaient encore un peu humides, mais pas trop inconfortables. Il se leva sans un mot, longea la rive jusqu'au bout de la grève, s'arrêta quelques secondes pour admirer la chute, sauta par-dessus le petit ruisseau et s'engagea dans le sentier balisé et bien entretenu qui s'enfonçait dans la forêt.

11

CRITIQUE DU JUGEMENT

Quiconque prétend s'ériger en juge de la vérité et du savoir s'expose à périr sous les éclats de rire des dieux.

– ALBERT EINSTEIN

Oh, mon âme... prépare-toi à affronter celui qui sait poser des questions.

– T. S. ELIOT

M ack suivit la piste qui contournait la chute et s'éloi-gnait du lac en traversant un dense bouquet de thuyas. En moins de cinq minutes, il se retrouva dans une impasse. Le sentier l'avait conduit devant une paroi rocheuse où se démarquait à peine le contour d'une porte. De toute évidence, c'était là qu'il devait entrer ; il toucha la porte comme pour la pousser, mais sa main traversa la paroi. Mack avança avec précaution jusqu'à ce que tout son corps

ait franchi l'apparent flanc rocheux de la montagne. À l'intérieur, il y avait un noir d'encre, et il ne vit rien.

En inspirant profondément et en allongeant les mains
devant lui, il fit deux petits pas en avant avant de s'arrêter. Il
était terrifié. Il manquait d'air. Il se demandait s'il devait ou
non continuer. Il avait l'estomac noué et il sentait une fois de
plus le Grand Chagrin s'abattre sur ses épaules de tout son
poids et le suffoquer. Il souhaitait désespérément ressortir à
la lumière du jour, mais il se dit au bout du compte que Jésus
ne l'aurait pas conduit là sans raison. Il alla de l'avant.

Ses yeux se firent peu à peu au brusque passage de la
lumière aux ténèbres profondes, et une minute plus tard il
perçut un couloir étroit qui s'ouvrait sur sa gauche. Il s'y
engagea, et la clarté de l'entrée qu'il laissait derrière fut remplacée par une faible lueur que semblait refléter une paroi
quelque part devant.

À une trentaine de mètres le tunnel faisait un coude
abrupt vers la gauche. Mack vit l'entrée d'une immense
caverne – du moins le supposa-t-il, car au début, il avait cru
se trouver face à un vide infini. La seule lumière perceptible,
un faible rayonnement qui l'encerclait en allant mourir à
quelque trois mètres de lui, renforçait cette illusion. Au-delà,
seul un noir profond était visible. L'air, lourd et oppressant,
dégageait une froide humidité qui l'étouffait. Baissant la tête,
il vit avec soulagement une surface luisante : ce n'était pas le
roc poussiéreux du tunnel, mais un sol lisse et noir comme
du mica poli.

Avançant courageusement d'un pas, il constata que le
cercle de lumière se déplaçait en même temps que lui et
éclairait un peu son chemin. Quelque peu rassuré, il marcha
lentement et délibérément dans cette direction, le regard rivé
au sol de peur que celui-ci ne s'ouvre brusquement sous lui.

Il regardait ses pieds avec tant d'attention qu'il faillit tomber lorsqu'il heurta quelque chose.

C'était une chaise, un fauteuil plutôt, en bois et d'apparence confortable, posé au beau milieu de... de rien. Mack décida sur-le-champ de s'asseoir et d'attendre. Ce faisant, il s'aperçut que le cercle de lumière qui l'avait éclairé ne l'avait pas attendu et continuait d'avancer quand même. Droit devant, il vit un bureau en ébène, immense et dépouillé. Mais quand le cercle de lumière s'arrêta en un point précis et qu'*il la vit, elle,* il se leva d'un bond. Une grande et belle femme était assise à ce bureau, une femme à la peau mate et aux traits hispaniques, vêtue d'une ample toge de couleur sombre. Elle se tenait toute droite, souveraine tel un juge de la Cour suprême, et elle était d'une indescriptible beauté.

«Elle est la beauté incarnée, songea-t-il; tout ce que voudrait être la sensualité sans jamais y parvenir.»

Il lui était difficile dans la pénombre de discerner les contours de son visage, puisque ses cheveux et sa robe se fondaient à eux. Ses yeux étincelants s'ouvraient sur la vastitude de la nuit étoilée et reflétaient une lumière qui prenait sa source en elle.

Il n'osa pas parler, craignant que sa voix ne soit avalée par l'émotion intense qui régnait dans la pièce et qui se concentrait sur la femme. Il songea: «Je suis comme Mickey Mouse qui s'apprêterait à adresser la parole à Pavarotti.» Cette image le fit sourire. On eût dit qu'elle avait partagé avec lui le plaisir tout simple de cette vision grotesque, car elle sourit à son tour, et tout s'éclaira. Mack comprit aussitôt qu'il était attendu ici, et le bienvenu. La femme lui parut étrangement familière, comme s'il l'avait connue ou croisée autrefois, mais il savait qu'il ne l'avait jamais vraiment vue ou rencontrée auparavant.

– Puis-je vous demander… enfin, je veux dire, qui êtes-vous ? bredouilla Mack. Sa voix, qui ressemblait à s'y méprendre à celle de Mickey, ne laissa aucune empreinte sur le silence des lieux, mais resta suspendue comme l'ombre d'un écho.

La femme ignora sa question.

– Sais-tu pourquoi tu es ici ?

Comme la brise balaie la poussière, sa question fut balayée hors de la salle par sa voix. Mack sentit presque les mots de la femme pleuvoir sur sa tête et se diluer dans son dos, et il en eut des fourmillements dans tous les membres. Il frissonna et décida de ne jamais plus ouvrir la bouche. Il se contenterait de l'écouter, elle ; elle lui parlerait ou elle parlerait à quelqu'un d'autre et il l'écouterait, heureux simplement d'être là. Mais elle attendit.

– *Vous*, vous le savez, dit-il tout bas, mais sa voix était tout à coup si vibrante et si riche que Mack fut tenté de se retourner pour voir qui avait parlé. Il avait dit la vérité, il en était sûr… cela ressemblait absolument à la vérité. « Moi, balbutia-t-il encore les yeux baissés, je n'en ai aucune idée. Personne ne me l'a dit. »

– Eh bien, Mackenzie Allen Phillips, je suis ici pour te venir en aide.

Elle rit, et à ce rire, Mack releva la tête. S'il avait pu entendre un arc-en-ciel se former ou une fleur qui pousse, c'est le rire de cette femme qu'il aurait entendu : une cascade de lumière, une invitation au dialogue. Mack rit avec elle sans raison.

Quand ils se turent, le visage toujours aussi doux de la femme acquit une grande intensité, comme si elle avait pu voir en lui au-delà des faux-semblants et des apparences jusqu'aux tréfonds dont on ne parle que rarement, sinon jamais.

– Aujourd'hui est une journée très importante ; elle a de graves conséquences.

Elle se tut un moment, comme pour donner plus de poids encore à ses lourds propos.

– Mackenzie, tu es ici en partie à cause de tes enfants, mais aussi parce que...

– Mes enfants ? interrompit Mack. Que voulez-vous dire, à cause de mes enfants ?

– Tu aimes tes enfants comme ton père n'a jamais su vous aimer, toi et tes sœurs.

– Bien sûr que j'aime mes enfants, affirma Mack. Tous les parents aiment leurs enfants. Mais quel rapport cela a-t-il avec ma présence ici ?

– En un certain sens, tous les parents aiment leurs enfants, dit-elle, sourde à la seconde partie de sa question. Mais certains d'entre eux sont trop brisés pour les aimer convenablement, et d'autres y parviennent à peine – tu dois comprendre cela. Tandis que toi, tu sais aimer tes enfants, tu les aimes très bien.

– C'est Nan qui me l'a appris.

– Nous le savons. Mais tu as appris, n'est-ce pas ?

– Je suppose que oui.

– Entre autres mystères de votre humanité malade, il y a un phénomène remarquable : vous pouvez apprendre et vous savez accepter le changement.

Elle était aussi sereine qu'une mer d'huile.

– Or donc, Mackenzie, puis-je te demander lequel de tes enfants tu préfères aux autres ?

Mack sourit intérieurement. Cette question l'avait tourmenté à la naissance de chacun d'eux.

– Je n'en préfère aucun, dit-il en pesant bien ses mots. J'aime chacun différemment.

– Explique-moi ça, Mackenzie, fit-elle avec curiosité.

– Eh bien, chacun de mes enfants est unique, dit Mack en s'adossant au fauteuil. Et cette unicité, cette personnalité particulière suscite en moi une réaction tout aussi unique. Je me souviens qu'après la naissance de Jon, mon premier, j'étais si émerveillé par la vie qui animait cette petite personne que je me suis demandé si j'aurais en moi assez d'amour pour aimer un autre enfant. Puis Tyler est arrivé, et ce fut comme si ce nouveau-né m'avait offert un présent très spécial : l'aptitude à l'aimer, lui. À vrai dire, c'est un peu comme lorsque Papa dit qu'elle est particulièrement attachée à quelqu'un. Quand je songe à chacun de mes enfants individuellement, je sais que je suis particulièrement attaché à chacun d'eux.

– Bien dit, Mackenzie !

Elle était manifestement d'accord, mais elle s'inclina un peu vers lui. D'une voix toujours douce mais grave, elle ajouta :

– Mais que se passe-t-il lorsqu'ils ont des écarts de conduite, lorsque leurs décisions te contrarient, lorsqu'ils sont impolis ou lorsqu'ils se révoltent ? Comment réagis-tu s'ils te font honte en public ? Est-ce que cela affecte ton amour pour eux ?

Mack répondit lentement et de façon très réfléchie.

– Non… pas vraiment.

Il savait que c'était la vérité, même si Kate n'était pas forcément du même avis.

– J'avoue que cela m'affecte parfois, enchaîna-t-il, et qu'il m'arrive d'avoir honte ou de me fâcher, mais même quand un enfant a une mauvaise conduite, il est encore mon fils ou ma fille, il est encore Josh ou Kate, et il le restera toujours. Son comportement affecte sans doute mon orgueil, mais pas mon amour pour lui.

Rayonnante, elle s'appuya au dossier du fauteuil.

– Tu possèdes la sagesse de l'amour vrai, Mackenzie. Tant de gens croient que l'amour grandit, mais c'est la *connaissance* qui grandit tandis que l'amour se dilate pour la contenir. L'amour n'est que l'épiderme de la connaissance. Tu aimes tes enfants, que tu connais fort bien, d'un amour vrai et merveilleux.

Peu habitué aux compliments, Mack baissa les yeux.

– Bien... merci... mais je ne suis pas comme ça avec tout le monde. Mon amour est le plus souvent conditionnel.

– Peu importe, c'est un début, n'est-ce pas, Mackenzie ? Et tu n'as pas surmonté les inaptitudes de ton père tout seul ; tu as changé et tu as pu aimer comme tu le fais avec le secours de Dieu. Maintenant, tu aimes tes enfants comme le Père aime ses enfants à lui.

Mack sentit ses mâchoires se serrer malgré lui et la colère l'envahir. Ce qui se voulait un commentaire élogieux et rassurant ressemblait beaucoup plus à une potion amère qu'il refusait d'avaler. Il essaya de se détendre pour masquer ses émotions, mais au regard de la femme il sut qu'il était trop tard.

– Mackenzie, fit-elle pour l'encourager, y a-t-il quelque chose que tu voudrais dire ?

Le silence s'installa entre eux. Mack tenta de se ressaisir. Il entendit à son oreille la voix de sa mère : « Si tu n'as rien d'aimable à dire, tais-toi. »

– Euh... non ! Pas vraiment.

– Mackenzie, le moment est mal choisi pour t'appuyer sur le gros bon sens de ta mère. Ceci est l'instant de vérité et d'honnêteté. Tu ne crois pas que le Père aime vraiment ses enfants, n'est-ce pas ? Tu ne crois pas réellement à sa divine bonté, n'est-ce pas ?

– Est-ce que Missy est son enfant ? répliqua-t-il.

– Bien entendu !

– Alors, non, cracha-t-il en se levant d'un bond. Je ne crois pas à l'amour de Dieu pour ses enfants !

C'était dit, et son accusation rebondit sur les parois de la salle. Mack, en colère, sembla sur le point d'exploser, mais la femme conserva son calme et ne changea pas d'attitude. Elle se leva lentement de sa chaise à haut dossier, la contourna pour se placer derrière, et fit signe à Mack d'approcher.

– Pourquoi ne t'assoirais-tu pas ici ?

– Voilà que ma franchise me vaut la sellette, maintenant ? grommela-t-il avec sarcasme ; mais il ne bougea pas et se contenta de regarder la femme dans les yeux.

– Mackenzie, dit-elle sans bouger ; j'ai commencé à te dire tantôt pourquoi tu étais ici. Non seulement es-tu ici à cause de tes enfants, mais tu es ici parce que c'est ton jour de Jugement.

Tandis que les parois de la salle réverbéraient ces mots, la panique agrippa Mack comme une marée montante. Il s'écrasa lentement dans son fauteuil. Aussitôt, il se sentit coupable et une masse de souvenirs envahit son cerveau comme des rats fuient une inondation. Il empoigna les bras du fauteuil pour ne pas perdre pied devant l'assaut des images et des émotions. Ses échecs lui parurent énormes, il entendit presque une voix intérieure lui réciter le catalogue de ses péchés, et son sentiment d'épouvante crut à la mesure de cette liste. Il était sans défense. Il était perdu. Et il le savait.

– Mackenzie ? fit-elle.

Il l'interrompit.

– Je comprends, je comprends : je suis mort, n'est-ce pas ? C'est pour ça que je ne peux pas voir Jésus et Papa ; c'est parce que je suis mort ?

Il s'adossa en tentant de percer l'obscurité du regard. Il avait la nausée.

– Ce n'est pas vrai ! Je n'ai rien senti !

Il regarda la femme qui l'observait en silence.

– C'est arrivé quand ?

– Mackenzie, fit-elle, je suis désolée de te décevoir, mais tu ne t'es pas encore endormi dans ton monde à toi, et je crois que tu as...

Derechef, Mack l'interrompit.

– Je ne suis pas mort ?

Incrédule, il bondit de son fauteuil.

– Vous voulez dire que tout cela est vrai et que je suis encore en vie ? Mais n'avez-vous pas dit que j'étais ici parce que c'est mon jour de Jugement ?

– C'est ce que j'ai dit, fit-elle avec désinvolture, l'air amusé. Mais, Macken...

Il lui coupa la parole une troisième fois, assimilant ce qu'elle venait de dire, et la panique céda la place à la colère.

– Mon jour de Jugement ? Et je ne suis même pas mort ? Ce n'est pas juste !

Son émotivité n'aidait pas les choses, et il en était conscient.

– Est-ce que ces choses-là arrivent aux autres ? Je veux dire, est-ce qu'ils passent en jugement avant même de mourir ? Mais si je changeais ? Si je devenais meilleur ? Si je me repentais ? Que se passerait-il alors ?

– Y a-t-il quelque chose dont tu te repens, Mackenzie ? demanda-t-elle, sans se laisser perturber par ce déferlement d'émotion.

Mack se rassit lentement. Il regarda le sol lisse, puis il secoua la tête avant de répondre.

– Je ne saurais pas par où commencer, marmonna-t-il. Je suis vraiment dans la panade, n'est-ce pas ?

– Oui, tu es dans la panade.

Quand Mack leva les yeux sur elle, elle lui sourit.

– Une grande panade, une panade destructrice. Mais tu n'es pas ici pour te repentir, Mackenzie, du moins pas selon ta conception du repentir. Tu n'es pas ici pour passer en jugement.

– Mais... l'interrompit-il, je croyais que vous aviez dit que...

– ... que c'était ton jour de Jugement?

Elle avait terminé sa phrase à sa place, aussi détachée et placide qu'une brise d'été.

– C'est bien ce que j'ai dit. Mais *ce n'est pas toi* qui es jugé aujourd'hui.

Soulagé, Mack inspira profondément.

– Aujourd'hui, c'est toi le *juge*!

Le nœud dans son estomac se resserra aussitôt quand il saisit la portée de ce qu'elle venait de dire et son regard tomba sur la chaise à haut dossier qui l'attendait.

– Quoi? Moi? J'aimerais mieux pas.

Une pause. Puis:

– Je n'ai aucune aptitude au jugement.

– Oh... ça, c'est faux, répliqua-t-elle aussitôt avec un soupçon de sarcasme. Tu as déjà fait tes preuves en ce sens, même en ces brefs moments que nous avons passés ensemble. Tu as souvent jugé ton prochain. Tu as jugé ses actes et ses mobiles, comme si tu le connaissais intimement. Tu l'as jugé sur la couleur de sa peau, son langage corporel, son odeur. Tu t'es érigé en juge du passé et des relations humaines. Tu as même déduit de l'importance d'une personne à la lumière de ta conception toute personnelle de la beauté. Au dire de tous, tu excelles à cette activité.

Mack sentit le rouge lui monter aux joues. Force lui était d'admettre qu'il avait beaucoup jugé les autres dans sa vie.

En ce sens, il n'était guère différent de la plupart des gens, n'est-ce pas ? Qui ne juge pas les autres en se basant sur l'effet qu'ils produisent sur lui ? Voilà qu'il se laissait encore aller à une vision étroite et égocentrique du monde. Il s'aperçut soudain que la femme l'observait attentivement, et il baissa les yeux.

– Dis-moi, fit-elle, si je puis me permettre cette question, sur quels critères fondes-tu ton jugement ?

Mack voulut soutenir le regard de la femme, mais quand il s'y essaya, il vacilla. Il ne parvenait pas à la regarder tout en maintenant le fil logique et cohérent de sa pensée. Pour se ressaisir, il dut détourner les yeux vers la pénombre de la salle.

– En cet instant précis, sur rien qui vaille, avoua-t-il la voix cassée. J'avoue que ces jugements m'avaient paru justifiés, mais maintenant...

– Évidemment.

C'était un énoncé pur et simple, routinier. La femme ne s'arrêta pas même une seconde à la honte et à la détresse évidentes de Mack.

– Pour porter un jugement, il faut se croire supérieur à celui que l'on juge. Eh bien, l'occasion t'est donnée aujourd'hui de tirer parti de toutes tes aptitudes. Viens, ajouta-t-elle en tapotant le dossier de la chaise. Viens t'asseoir ici. Tout de suite.

Hésitant mais soumis, il s'approcha d'elle et de la chaise, qui avait l'air d'un trône. Il eut l'impression de rapetisser à chaque pas, ou bien c'était la femme et la chaise qui grandissaient – il n'aurait su le dire. Il grimpa et s'assit, petit comme un enfant, devant le bureau massif. Ses pieds touchaient à peine le sol.

– Et... je dois juger quoi, au juste ? demanda-t-il, se retournant pour la regarder.

– Pas quoi, dit-elle en se plaçant à côté du bureau. Qui.

Son malaise s'intensifiait de seconde en seconde et cette espèce de trône où il était assis n'aidait en rien sa cause. De quel droit jugerait-il quelqu'un d'autre ? Oui, dans une certaine mesure il s'était érigé en juge de presque toutes les personnes qu'il avait connues, comme de beaucoup d'autres individus qu'il n'avait pourtant jamais rencontrés. Mack admettait volontiers son égocentrisme : comment avait-il *osé* juger son prochain ? Tous ses jugements avaient été superficiels, il les avait fondés sur des apparences et sur des actes, sur toute matière pouvant être interprétée en fonction de son état d'esprit du moment ou des préjugés qui étayaient son besoin de s'élever, de se sentir en sécurité, d'appartenir. La panique le gagna.

Elle interrompit le fil de sa pensée.

– Ton imagination n'est pas très fiable en ce moment.

« Vous m'en direz tant, Sherlock », songea-t-il, mais il ne parvint qu'à chuchoter « Je ne peux pas aller plus loin ».

– Il est trop tôt pour décider si tu le peux ou non, dit-elle avec le sourire. Et je ne m'appelle pas Sherlock.

Au grand soulagement de Mack, l'obscurité ambiante dissimula son embarras. Le bref silence qui s'ensuivit parut se prolonger beaucoup plus longtemps que les quelques secondes qu'il mit à retrouver sa voix et formuler enfin la question qui lui brûlait les lèvres.

– Alors, qui dois-je juger ?

– Dieu.

Silence.

– Dieu et l'espèce humaine.

Elle avait parlé avec désinvolture. Les mots avaient coulé de sa bouche simplement, comme des banalités.

– C'est une plaisanterie ! dit Mack, ahuri.

– Pourquoi le serait-ce ? Dans le monde où tu vis, nombreux sont ceux qui méritent d'être jugés, selon toi. Quelques-uns sûrement sont responsables de la douleur et de la détresse humaines, non ? Que penses-tu des êtres âpres au gain qui profitent des pauvres et des démunis ? Que penses-tu de ceux qui sacrifient leurs enfants à la guerre ? Et des hommes qui infligent des sévices corporels à leur femme, Mackenzie ? Ou des pères qui frappent leur fils pour soulager leur propre affliction ? Ne méritent-ils pas ton jugement, Mackenzie ?

Les conflits non résolus de Mack remontèrent à la surface tels des raz-de-marée. Il s'adossa à la grande chaise pour ne pas perdre pied sous l'assaut des images, mais il ne put se maîtriser. Il serra les poings et, l'estomac noué, il haleta.

– Et qu'en est-il de l'homme qui s'attaque à d'innocentes petites filles ? Que penses-tu de lui, Mackenzie ? Est-il coupable ? Devrait-il être porté en jugement ?

– Oui ! hurla Mack. Qu'il brûle en enfer !

– Est-il responsable de ta perte ?

– Oui !

– Et son père, l'homme qui a fait de lui un être immonde, qu'en est-il de lui ?

– Lui aussi !

– Jusqu'où faut-il reculer, Mackenzie ? Ces héritages de vies brisées remontent jusqu'à Adam. Que penses-tu d'Adam ? Et pourquoi t'arrêter là, tandis que tu y es ? Que penses-tu de Dieu ? Puisque c'est Dieu qui est à l'origine de tout, ne faut-il pas le blâmer aussi ?

Mack était furieux. Il n'avait pas du tout l'impression d'être le juge, mais l'accusé.

Elle ne tarissait pas.

– N'est-ce pas ici que tu t'embourbes, Mackenzie ? N'est-ce pas cela qui nourrit ton Grand Chagrin ? Le fait que Dieu est indigne de ta confiance ? Un père aussi aimant que toi est certes en mesure de juger *le Père* ?

Sa fureur monta encore plus haut comme une flamme. Il avait envie de parler, de lui dire ce qu'il pensait de tout cela, mais elle avait raison; inutile de le nier.

– N'est-ce pas cela que tu reproches à Dieu, Mackenzie ? De t'avoir abandonné et d'avoir abandonné Missy ? D'avoir su avant la Création que Missy serait un jour brutalisée et de l'avoir créée quand même ? D'avoir *permis* à cette pauvre âme torturée de t'arracher ta Missy quand il avait le pouvoir de prévenir ce drame ? Dieu est-il coupable, Mackenzie ?

Mack gardait les yeux baissés; un flot d'images chamboulait ses émotions. Il parla enfin, plus fort qu'il ne l'aurait voulu, et pointa un doigt vers la femme.

– Oui ! Dieu est coupable !

Le maillet s'abattit sur son cœur et son accusation resta en suspens.

– Très bien, dit-elle d'un ton définitif. Si tu peux juger Dieu avec une telle désinvolture, tu peux certes juger l'humanité.

Elle avait parlé froidement, sans la moindre émotion.

– Tu dois choisir maintenant deux de tes enfants; ceux-là vivront dans le ciel et la terre de l'éternité de Dieu pour les siècles des siècles. Tu ne peux en choisir que deux.

– Quoi ? s'écria-t-il, incrédule.

– Et tu dois choisir parmi tous tes enfants, les trois qui passeront l'éternité en enfer.

Cela n'avait aucun sens. Mack sentit la panique le gagner.

La voix de la femme redevint celle, douce et merveilleuse, qu'il avait d'abord entendue.

– Je te demande seulement d'agir comme tu t'imagines que Dieu agit. Il *connaît* chaque individu jamais conçu, il les connaît tous beaucoup mieux et profondément que tu ne connaîtras jamais tes propres enfants. Il aime chacun d'eux en fonction de la connaissance qu'il possède de ce fils ou de cette fille. Toi, tu crois qu'il les condamnera presque tous à une éternité de tourments loin de Sa présence et de Son amour. Je dis vrai?

– Je suppose que oui. Je n'avais jamais vu les choses sous cet angle.

Sous le choc, il bégayait presque.

– J'ai cru que Dieu était capable d'agir de la sorte, c'est tout. L'enfer a toujours été une abstraction pour moi; il ne m'était jamais venu à l'esprit que ça pouvait toucher des personnes que...

Mack hésita, conscient de l'injustice apparente de ce qu'il allait dire.

– ... des personnes que j'aime vraiment.

– Ainsi donc, selon toi Dieu est capable d'un tel acte, mais pas toi? Allons, Mackenzie. Lesquels de tes trois enfants condamnes-tu aux enfers? Tes rapports sont les plus difficiles avec Katie en ce moment. Elle n'est pas particulièrement aimable avec toi, elle t'a même dit des choses cruelles. Ne devrais-tu pas en toute justice la choisir la première? Ce serait logique. *C'est à toi de juger*, Mackenzie, et tu *dois* choisir.

– Je refuse de m'ériger en juge, dit Mack en se levant.

Mille pensées le torturaient. Rien de cela ne pouvait être vrai! Comment Dieu pouvait-il lui demander de choisir parmi ses propres enfants? Condamner Katie ou n'importe quel autre de ses enfants aux flammes éternelles parce qu'ils auraient mal agi? Impossible. Il ne saurait pas s'y résoudre même si Katie, Josh, Jon ou Tyler avait commis un crime atroce. Il en était incapable! Leurs actes n'entraient même pas en ligne de compte. Seul comptait son amour pour eux.

– Je ne peux pas, dit-il tout bas.

– Tu dois le faire.

– Je ne peux pas, dit-il avec plus de véhémence.

– Tu dois le faire, répéta-t-elle d'une voix plus douce.

– Je… ne… le… ferai… pas ! cria-t-il, tandis que le sang bouillonnait dans ses veines.

– Tu dois le faire, murmura-t-elle.

– Je ne peux pas. Je ne peux pas. Je ne le ferai pas !

Il avait hurlé, et cette fois les mots et les émotions s'entrechoquèrent en lui. La femme se contenta de le regarder et d'attendre. Il eut enfin pour elle un regard implorant.

– Ne pourrais-je pas y aller à leur place ? Est-ce que c'est possible ? Dites-moi que je peux y aller ?

Il s'affaissa à ses pieds en pleurant et en la suppliant.

– Je vous en prie, laissez-moi y aller à leur place, je vous en supplie, j'irai avec joie… Je vous en supplie, je vous en supplie, je vous en supplie…

– Mackenzie, Mackenzie… dit-elle tout bas.

Ses mots le rafraîchirent comme une douche d'eau fraîche un jour de canicule. L'aidant à se relever, elle caressa ses joues du bout des doigts. À travers les larmes qui lui brouillaient la vue, il vit son sourire radieux.

– On croirait entendre Jésus. Ton jugement a été juste, Mackenzie. Je suis si fière de toi !

– Mais je n'ai rien jugé, dit Mack, confus.

– Oh, si. Tu as jugé que tes enfants étaient dignes de ton amour, quel qu'en soit le prix. C'est ainsi que Jésus aime.

En entendant ces mots, il revit en pensée son nouvel ami qui l'attendait au bord du lac.

– Et maintenant, tu peux voir au fond du cœur de Papa, tu vois qu'il aime tous ses enfants du même parfait amour.

Une vision de Missy traversa sa pensée. Il se raidit. Sans réfléchir, il grimpa à nouveau sur la chaise du juge.

– Qu'est-ce qui se passe, Mackenzie ?

Il ne crut pas utile de le lui cacher.

– Je comprends la nature de l'amour de Jésus. Quant à celui de Dieu, c'est une tout autre histoire. Selon moi, ils ne se ressemblent pas du tout.

– Tu n'as pas aimé partager la compagnie de Papa ? dit-elle avec étonnement.

– J'aime Papa, peu importe qui elle est. Elle est extraordinaire, mais elle ne ressemble en rien au Dieu que j'ai connu.

– Sans doute est-ce ta perception de Dieu qui est gauchie ?

– C'est possible. Je ne vois tout simplement pas comment l'amour de Dieu pour Missy a pu être parfait.

– Tu persistes donc à le juger ? fit-elle d'une voix triste.

Ces paroles le poussèrent à réfléchir, mais cela ne dura pas.

– Que voulez-vous que je fasse ? Je ne comprends pas que Dieu ait pu aimer Missy s'il lui a fait vivre une telle horreur. Elle n'avait rien fait pour mériter ça.

– Je sais.

– Est-ce que Dieu s'est servi d'elle pour me punir de ce que j'ai fait à mon père ? Ce serait injuste. Elle ne méritait pas ça. Nan non plus ne méritait pas ça.

Des larmes lui coulaient le long des joues.

– Moi, je le méritais peut-être, mais pas elles.

– Est-ce là ton Dieu, Mackenzie ? Ce n'est pas étonnant que tu te noies dans ton chagrin. Papa n'est pas ainsi fait, Mackenzie. Elle ne te punit pas, ni Missy, ni Nan. Ce n'est pas elle qui a fait ça.

– Mais elle n'a pas empêché que ça arrive.

– Non, elle n'a pas empêché que ça arrive. Beaucoup de choses font souffrir Papa sans qu'elle y mette un terme. L'humanité est gravement malade. Vous avez exigé votre indépendance, et vous voilà furieux contre le Dieu qui vous aimait assez pour vous la donner. Rien n'est tel que cela doit être, tel que Papa souhaite que ce soit, tel que ce sera un jour. Votre univers a sombré dans les ténèbres et le chaos, et les êtres auxquels Papa est particulièrement attaché connaissent un sort affreux.

– Alors, pourquoi ne fait-il rien ?

– Il a déjà fait quelque chose...

– Vous parlez de Jésus... ?

– N'as-tu pas vu les cicatrices aux mains de Papa ?

– Je n'ai pas saisi leur portée. Comment peut-il...

– Par amour. Il a choisi le chemin de la croix, où la miséricorde triomphe de la justice par amour. Aurais-tu préféré qu'il choisisse la justice pour tous ? *Toi*, mon cher juge, désires-tu la justice ?

Elle sourit en disant ces mots.

– Non, je ne la désire pas, répondit-il en baissant la tête. Ni pour moi ni pour mes enfants.

Elle attendit.

– Mais je n'arrive toujours pas à comprendre pourquoi Missy a dû mourir.

– Rien ne l'y obligeait, Mackenzie. Cela ne faisait pas partie des projets de Papa. Papa n'a jamais eu besoin de puiser dans le mal les moyens d'accomplir ses desseins. Les humains ont choisi le mal et Papa a réagi par le bien. Ce qui est arrivé à Missy est l'œuvre du mal. Personne au monde n'est à l'abri du mal.

– Mais c'est insoutenable. Il doit bien y avoir une meilleure solution ?

– Oui. Mais tu ne la vois pas encore. Renonce à ton indépendance, Mackenzie. Cesse de juger Papa et accepte-la telle qu'elle est. Tu pourras ainsi accueillir son amour au cœur de ta douleur au lieu de le repousser avec ta notion égocentrique de l'univers. Papa s'est insinué dans ta vie pour être près de toi et près de Missy.

Mack se leva.

– Je ne veux plus de ce rôle de juge. Je veux mettre toute ma confiance en Dieu.

Une grande lumière inonda la salle pendant qu'il contournait le bureau pour se rasseoir dans le fauteuil tout simple des débuts.

– Mais j'aurai besoin d'aide.

Elle vint enlacer Mack.

– Eh bien, on dirait que tu es prêt à prendre le chemin du retour, Mackenzie. Oui, on le dirait bien.

Des rires d'enfants brisèrent tout à coup le silence de la caverne. Ils semblaient provenir de l'autre côté d'une des parois. Mack y voyait mieux maintenant que la salle sortait de l'ombre. Tandis qu'il regardait dans cette direction, le roc se fit peu à peu translucide et la lumière du jour filtra à l'intérieur. Mack plissa les yeux pour mieux voir à travers les particules de poussière en suspension et il distingua enfin au loin des silhouettes d'enfants qui jouaient.

– On dirait *mes* enfants, fit-il, bouche bée.

Comme il s'approchait de la paroi, le rideau de particules lumineuses s'écarta et il vit tout à coup un pré, plus loin le lac, et tout au fond les montagnes majestueuses revêtues de forêts denses et couronnées de neige. Il distingua nettement la maisonnette où Papa et Sarayu l'attendaient. Devant lui, un large torrent surgit de nulle part puis alla se déverser dans le lac voisin des prés herbus couverts de fleurs. L'air regorgeait de chants d'oiseaux et des doux parfums capiteux de l'été.

Mack vit, entendit et huma tout cela en moins d'une seconde, mais son regard fut aussitôt attiré par les enfants qui s'amusaient près des remous, là où le torrent se jetait dans le lac. Il y avait Jon, Tyler, Josh et Kate. Et aussi quelqu'un d'autre !

Il haleta, s'efforçant de mieux voir. Quand il voulut s'approcher d'eux, une force invisible l'en empêcha, comme si la paroi de roc était encore devant lui. Puis, soudain, il l'aperçut.

– Missy !

Elle était pieds nus, elle barbotait dans l'eau. Avait-elle entendu sa voix ? Elle se détacha des autres et courut sur le sentier qui prenait fin devant lui.

– Oh mon Dieu ! Missy !

Il cria et tenta de franchir le voile qui le séparait d'elle. Mais quelque chose l'en empêchait, une sorte de force magnétique qui contrecarrait tous ses efforts et qui le repoussait dans la grotte. Il était consterné

– Elle ne t'entend pas.

Mack n'en avait cure.

– Missy ! hurla-t-il.

Elle était si proche ! Le souvenir qu'il avait tant voulu garder vivant mais qui l'avait abandonné petit à petit afflua aussitôt. Il chercha un appui, un levier qui l'aide à franchir l'obstacle devant lui et afin qu'il puisse s'approcher de sa fille. En vain.

Entre-temps, Missy était venue vers lui et se tenait à quelques pas. Elle ne le regardait pas directement mais semblait attirée par quelque chose qui les séparait, quelque chose de grand qui manifestement n'était visible que pour elle.

Mack renonça à lutter contre la force qui le retenait et se tourna vers la femme.

– Est-ce qu'elle me voit ? fit-il, désespéré. Est-ce qu'elle sait que je suis ici ?

– Elle sait que tu es ici, mais elle ne peut pas te voir. Là où elle est, elle voit une chute d'eau et rien de plus. Mais elle sait que tu es derrière.

– Une chute ! s'exclama Mack en riant intérieurement. Elle adore les chutes !

Mack concentra toute son attention sur Missy pour mémoriser chaque détail de son expression, de ses cheveux, de ses mains. Pendant ce temps, un grand sourire illumina le visage de la petite fille en y creusant des fossettes. Au ralenti, avec beaucoup d'exagération, elle prononça à la muette les mots : «Ne t'inquiète pas, je... »

Elle adopta le langage des signes pour terminer sa phrase :

– ... je t'aime.

C'en fut trop pour Mack qui, de joie, éclata en sanglots. Il ne cessait de la regarder à travers ses larmes qui coulaient sur ses joues comme une chute. Être si proche d'elle était déchirant, la voir être si totalement Missy, si pareille à elle-même, une jambe légèrement en avant, une main appuyée sur la hanche, le poignet replié.

– Est-ce qu'elle va bien ?

– Beaucoup mieux que tu ne penses. Votre vie n'est que l'antichambre d'une plus grande réalité à venir. Aucun être n'atteint son plein potentiel dans votre monde. Cette vie n'a qu'un but : vous préparer au destin que Papa vous réserve depuis toujours.

– Puis-je la toucher ? supplia-t-il tout bas. La prendre dans mes bras une seule fois ? L'embrasser ?

– Non. C'est ainsi qu'elle l'a voulu.

– Elle a voulu ça ?

Mack était confus.

– Oui. Ta Missy est une très sage petite fille. Je lui suis particulièrement attachée.

– Vous êtes sûre qu'elle sait que je suis ici ?

– Oui, j'en suis sûre. Elle attendait ce jour avec beaucoup d'impatience. Elle avait hâte de jouer avec ses frères et sa sœur, et d'être près de toi. Elle aurait aussi beaucoup aimé que sa mère soit présente, mais ce sera pour une autre fois.

Mack se tourna vers la femme.

– Mes autres enfants sont-ils vraiment là ?

– Oui et non. Seule Missy est réellement ici. Les autres rêvent et chacun d'eux n'aura de cette journée qu'un vague souvenir. Certains s'en souviendront plus en détail, mais aucun d'eux ne pourra se la remémorer parfaitement. Ils dorment d'un sommeil paisible, sauf Kate. Ce rêve sera pénible pour elle. Quant à Missy, elle est tout à fait éveillée.

Mack observait chacun des gestes de sa Missy adorée.

– Est-ce qu'elle m'a pardonné ?

– Pardonné quoi ?

– Je n'ai pas été là pour elle, gémit-il.

– Ce serait dans sa nature de te pardonner si elle avait quelque chose à te pardonner. Mais ce n'est pas le cas.

– Mais je n'ai pas empêché cet homme de la ravir. Il l'a enlevée pendant que j'étais distrait…

Sa voix se perdit dans le silence.

– N'oublie pas que tu étais en train de sauver la vie de ton fils. Tu es le seul être sur terre qui se croit responsable. Missy n'est pas de ton avis, ni Nan, ni Papa. Il serait sans doute temps que tu en finisses avec ce mensonge. Et même à supposer que tu sois responsable, l'amour de Missy est beaucoup plus fort que ta faute ne le sera jamais.

À ce moment, une voix que Mack reconnut appela Missy. Elle gazouilla de plaisir et se hâta d'aller retrouver les autres. Puis elle s'arrêta brusquement et rebroussa chemin. Elle fit le geste de serrer Mack dans ses bras et, les yeux fermés, elle lui donna un énorme baiser. De l'autre côté de sa barrière, Mack la serra à son tour contre lui. Elle resta parfaitement immobile pendant quelques secondes, comme si elle avait su qu'elle lui faisait ainsi le présent d'un souvenir, puis elle le salua de la main, vira les talons et courut vers les autres.

Mack voyait maintenant très bien la personne qui avait rappelé sa Missy : c'était Jésus ; il jouait avec ses enfants. Missy lui sauta au cou. Il la fit tournoyer une ou deux fois avant de la remettre par terre, puis tous éclatèrent de rire et cherchèrent des cailloux à faire sauter sur l'eau. Leur bonheur résonna au cœur de Mack comme une musique. En les regardant, il ne cessait de pleurer.

Tout à coup, une trombe d'eau dévala devant lui sans prévenir, oblitérant tout, le spectacle de ses enfants et leurs voix. Il recula d'un bond et vit que les parois de la caverne s'étaient dissoutes. Il était dans une grotte derrière une chute.

La femme posa les mains sur ses épaules.

– C'est fini ? demanda-t-il.

– Pour tout de suite, répondit-elle d'une voix tendre. Mackenzie, juger n'est pas détruire ; juger, c'est remettre les choses en place.

Il sourit.

– Je ne me sens plus pris au piège.

Elle le guida gentiment au bord de la chute et il put voir à nouveau Jésus, qui l'attendait toujours en lançant des cailloux à la surface de l'eau.

– Quelqu'un t'attend, on dirait.

Les mains de la femme pressèrent doucement ses épaules puis les relâchèrent, et Mack n'eut pas à regarder pour savoir qu'elle n'était plus là. En négociant prudemment des rochers glissants et des pierres mouillées, il contourna la chute, traversa ses embruns, et sortit à la lumière du jour.

Épuisé et profondément heureux, Mack s'arrêta un moment et ferma les yeux pour graver à jamais dans son esprit tous les détails de la visite de Missy. Il voulait être capable, dans les prochains jours, de ramener à son esprit chaque geste et chaque nuance de chacune des secondes qu'il avait passées auprès d'elle.

Il éprouva tout à coup une immense, une indicible nostalgie de Nan.

12
DANS LE VENTRE DE LA BÊTE

L'homme ne fait jamais le mal plus complètement
et avec plus de bonheur que lorsqu'il le fait au nom
d'une croyance religieuse.

– BLAISE PASCAL

Abolissez Dieu et le gouvernement deviendra votre Dieu.

– G. K. CHESTERTON

Dans le sentier du lac, Mack s'aperçut tout à coup qu'il lui manquait quelque chose. Le Grand Chagrin, qui l'avait toujours oppressé, n'était plus là. Les embruns de la chute semblaient s'en être emparés à l'instant même où Mack en avait traversé le rideau. Cette absence lui parut curieuse et presque pénible. Le Grand Chagrin qui définissait depuis des années sa notion de normalité avait disparu inopinément. «La normalité est un mythe», songea-t-il.

Dorénavant, le Grand Chagrin ne ferait plus partie de son identité. Mack savait que Missy ne lui en tiendrait pas rigueur s'il refusait d'en porter le fardeau. En fait, elle ne voudrait pas le savoir enveloppé de ce suaire et sans doute souffrirait-elle pour lui si c'était le cas. Il se demanda quel homme il serait maintenant qu'il lâchait prise, maintenant qu'il s'apprêtait à vivre chaque journée sans cette culpabilité et ce désespoir qui avaient gommé de toute chose les couleurs de sa vie.

En entrant dans la clairière, il vit Jésus qui l'attendait.

– Hé! Je crois bien avoir réussi trente rebonds! fit-il en venant à la rencontre de Mack. Mais Tyler a gagné avec trois de plus, et un des cailloux que Josh a lancés a rebondi si vite et si longtemps qu'on a perdu le fil.

En le serrant dans ses bras, Jésus ajouta:

– Tes enfants sont formidables, Mack. Toi et Nan avez su les aimer. Kate a des problèmes, comme tu sais, mais on n'en a pas fini avec elle.

L'aisance et l'intimité avec laquelle Jésus parlait de ses enfants le touchèrent profondément.

– Alors, ils sont partis?

Jésus desserra son étreinte.

– Oui. Ils ont réintégré leurs rêves. Sauf Missy, bien entendu.

– Est-ce qu'elle...?

– Elle était folle de joie d'être si près de toi, et ravie de constater que tu vas mieux.

Mack se ressaisit avec peine. Compatissant, Jésus changea de sujet.

– Alors, comment ça s'est passé avec Sophia?

– Sophia? C'est son nom? s'écria Mack, perplexe. Mais alors, vous êtes quatre? Est-elle Dieu elle aussi?

– Non, Mack, dit Jésus en riant. Nous ne sommes que trois. Sophia est la personnification de la sagesse de Papa.

– Je vois... Comme dans les Proverbes, où la sagesse est représentée sous les traits d'une femme qui erre dans les rues en criant, en cherchant quelqu'un qui acceptera de l'écouter ?

– C'est elle.

– Mais...

Mack se tut le temps de défaire ses lacets de chaussures.

– ... elle m'a paru si vraie.

– Elle est très vraie ! répondit Jésus.

Puis il regarda tout autour comme pour s'assurer que personne ne les entendrait et il murmura :

– Elle fait partie du mystère de Sarayu.

– J'aime Sarayu, fit Mack en se redressant et étonné de sa soudaine candeur.

– Moi aussi ! affirma Jésus avec aplomb.

Ils se rapprochèrent du rivage et, en silence, ils regardèrent le shack sur la rive opposée. Mack répondit enfin à la question que Jésus lui avait posée un peu plus tôt.

– Ces moments avec Sophia ont été merveilleux et terribles à la fois.

Le soleil était encore très haut dans le ciel.

– Combien de temps ai-je été parti ?

– Pas longtemps. Une quinzaine de minutes.

Voyant l'expression ahurie de Mack, il ajouta :

– Le temps passé auprès de Sophia ne s'écoule pas comme le temps ordinaire.

– Ouais, marmonna Mack. Rien n'est ordinaire avec elle.

– En réalité, dit Jésus avant de lancer un dernier caillou, tout est ordinaire et d'une élégante simplicité avec elle. Mais parce que tu es si indépendant et si perdu, tu lui imposes des tas de complications. C'est pourquoi sa simplicité te semble aussi impénétrable.

– Autrement dit, je suis complexe et elle est simple. Pfiou ! Mon univers est *vraiment* sens dessus dessous.

Assis sur un tronc d'arbre tombé, Mack se déchaussait en prévision de leur traversée du lac.

– Explique-moi : on est en plein après-midi, mes enfants étaient ici et ils rêvaient. Comment tout cela est-il possible ? Est-ce que ç'a vraiment lieu ? Est-ce que je suis, moi aussi, en train de rêver ?

Jésus rit à nouveau.

– Tu veux savoir comment ça fonctionne ? Ne pose pas de questions, Mack. C'est un peu ardu – ç'a quelque chose à voir le couplage de dimensions temporelles. Des trucs à la Sarayu. Le temps, tel que tu te le représentes, n'a pas de limites pour Celle qui l'a créé. Tu peux lui en parler, si tu veux.

– Non, je pense que je vais attendre un peu, fit-il en ricanant. J'étais un peu curieux, c'est tout.

– Mais pour répondre à ta question « Est-ce que ç'a vraiment lieu ? » : oui. C'est encore plus réel que tu ne l'imagines.

Jésus se tut, le temps que Mack lui accorde toute son attention.

– « Qu'est-ce que la réalité ? », enchaîna-t-il ; voilà qui serait une question plus opportune.

– Je commence à croire que je ne le sais pas du tout, fit Mack.

– Ces occurrences seraient-elles moins « réelles » si elles avaient lieu en rêve ?

– Je crois que j'en serais déçu.

– Pourquoi ? Mack, il se passe beaucoup plus de choses que tu n'es en mesure de percevoir. Je t'assure que tout ce dont tu es en train de faire l'expérience est très réel, beaucoup plus réel que ta vie, telle que tu l'as connue jusqu'ici.

Mack hésita avant de foncer :

– Il y a encore une chose qui me chicote à propos de Missy.

Jésus vint s'asseoir à côté de lui. Mack s'inclina en appuyant les coudes sur ses genoux et regarda les cailloux par terre. Il parla enfin.

– Missy toute seule dans ce camion, si terrifiée… Je ne parviens pas à chasser cette image de ma tête.

Jésus posa une main sur son épaule.

– Elle n'a jamais été seule, dit-il d'une voix douce ; je ne l'ai jamais quittée. Nous ne l'avons pas quittée, même une seconde. Je ne peux pas plus l'abandonner, ou t'abandonner, toi, que je puis m'abandonner moi-même.

– Est-ce qu'elle savait que tu étais là ?

– Oui, elle le savait. Pas au début – elle était terrifiée et elle était sous le choc. Il a fallu des heures à son ravisseur pour venir jusqu'ici. Mais quand Sarayu l'a enveloppée, Missy s'est calmée. Le long trajet nous a même donné l'occasion de dialoguer.

Mack s'efforçait d'assimiler les paroles de Jésus, mais il était muet.

– Elle n'avait que six ans, mais Missy et moi sommes de grands amis. Nous avons des conversations. Elle ignorait tout de ce qui allait se passer. Elle s'inquiétait surtout pour toi et les autres enfants, car elle savait que tu ne la retrouverais pas. Elle a prié pour toi, pour que tu sois en paix.

Les larmes de Mack noyèrent ses joues, mais il n'en eut cure. Jésus l'attira doucement à lui et le serra dans ses bras.

– Je ne crois pas que tu veuilles connaître tous les détails de ce qui est arrivé. Ça ne servirait à rien. Mais je puis t'assurer que nous avons été avec elle à chaque instant. Ma paix était en elle ; tu aurais été très fier d'elle. Elle a été très courageuse.

Mack pleurait sans arrêt, mais cette fois, c'était différent. Il n'était plus seul. Il sanglota sans retenue sur l'épaule de l'homme qu'il avait appris à aimer. À chacun de ses hoquets, la tension le quittait un peu plus, remplacée par un apaisement profond. Il redressa la tête et prit une grande respiration.

Puis, sans un mot, il se leva, glissa sur son épaule les chaussures nouées par les lacets et s'avança dans l'eau. Quand il toucha le fond au premier pas, il en fut quelque peu surpris mais pas inquiet. Il s'arrêta, roula par précaution ses jambes de pantalon jusqu'au-dessus des genoux et fit un pas de plus dans l'eau glacée. Cette fois, il enfonça jusqu'à mi-mollet, et la fois d'ensuite, jusqu'aux genoux. Il touchait toujours le fond. Il se retourna et vit que Jésus le regardait de la rive, bras croisés sur sa poitrine.

Mack regarda derechef de l'autre côté du lac. Il ne comprenait pas pourquoi ça ne fonctionnait plus, mais il était déterminé à persévérer. Jésus étant là, il n'avait aucune raison d'avoir peur. Franchir le lac glacé à la nage ne lui souriait pas du tout, mais il pourrait certes le faire s'il n'avait pas le choix.

Heureusement, au prochain pas, il n'enfonça pas aussi profondément et de fois en fois, il remonta un peu plus, si bien qu'il en vint à rester à la surface. Jésus le rejoignit et tous deux se mirent en marche.

– C'est toujours plus facile quand on fait ça ensemble, tu ne crois pas ? fit Jésus en souriant.

– Je suppose que j'en ai encore long à apprendre, dit Mack en lui rendant son sourire.

En fait, ça lui était égal de franchir le lac à la nage ou à pied, même si c'était formidable de pouvoir le faire à pied. L'important était que Jésus soit à ses côtés. Sans doute commençait-il à lui accorder sa confiance, fût-ce un tout petit peu.

– Merci d'être avec moi, merci de m'avoir parlé de Missy. Je ne m'étais vraiment jamais confié à personne ; c'était un poids si énorme, si terrifiant. Mais on dirait qu'il n'a plus le même pouvoir sur moi.

– Les ténèbres dissimulent la vraie dimension de la peur, des mensonges et des regrets, expliqua Jésus. En vérité, puisque ce sont moins des réalités que des ombres la noirceur les fait paraître plus grands. Quand la lumière baigne les lieux où ils ont vécu en toi, tu peux les voir exactement tels qu'ils sont.

– Mais pourquoi gardons-nous de telles cochonneries en nous ? demanda Mack.

– Parce que nous pensons y être plus en sécurité. Parfois, pour un enfant qui essaie de survivre, c'est en effet plus sécuritaire. Ensuite il grandit, mais intérieurement il est toujours un enfant perdu dans une caverne obscure pleine de monstres. L'habitude faisant le reste, il continue à enrichir sa collection de dragons. Nous collectionnons tous des choses précieuses, n'est-ce pas ?

Jésus faisait allusion à Sarayu et à sa collection de larmes.

– Dans ce cas, comment un homme comme moi, un homme perdu dans ses ténèbres, peut-il remédier à une telle situation ?

– La plupart du temps, très lentement. Souviens-toi que tu n'y parviendras pas seul. Certaines personnes s'y essaient par toutes sortes de mécanismes d'adaptation et de distractions mentales. Mais les monstres sont toujours là, n'attendant que l'occasion de se manifester.

– Qu'est-ce que je dois faire, maintenant?

– Ce que tu fais déjà, Mack: apprendre à vivre en étant aimé. Ce n'est pas une notion facile à assimiler pour un être humain. Vous ne partagez rien facilement.

Il ricana avant de poursuivre.

– Alors ce que nous souhaitons de toi, c'est que tu nous «reviennes», pour que nous puissions entrer en toi et t'habiter, et ainsi tout partager. Notre amitié est bien réelle; elle n'est pas le fruit de ton imagination. Il est dit que nous devons faire ensemble l'expérience de cette vie, ta vie, en dialoguant, en épousant un même parcours. Tu dispenseras ainsi ta sagesse, tu apprendras à aimer par notre amour, et nous... eh bien, nous pourrons t'entendre ronchonner, bougonner, rouspéter, et...

Mack s'esclaffa et poussa Jésus du coude.

– Stop! cria Jésus en figeant sur place.

Mack crut l'avoir offensé, mais Jésus regardait au fond de l'eau.

– L'as-tu vue? Regarde. Elle revient.

– Quoi?

Mack se pencha et plaça ses mains en visière sur les yeux pour voir aussi ce que Jésus voyait.

– Regarde! Regarde! fit Jésus, presque en chuchotant. Quelle beauté! Elle doit bien mesurer près d'un mètre!

C'est alors que Mack la distingua aussi: une énorme truite de lac qui nageait sous la surface, apparemment indifférente à la commotion qu'elle causait.

– Ça fait des semaines que j'essaie de l'attraper, et voilà qu'elle me nargue, dit-il en riant.

Fasciné, Mack regarda Jésus courant de-ci de-là en essayant de prendre le poisson. Finalement, il capitula. Il était aussi excité qu'un petit garçon.

– Elle est formidable, n'est-ce pas ? Je ne réussirai sans doute jamais à m'en emparer.

– Jésus, fit Mack, abasourdi, pourquoi ne lui ordonnes-tu pas de... je ne sais pas, de sauter dans ta barque ou de mordre à ton hameçon ? N'es-tu pas le Seigneur de la Création ?

– Bien sûr, dit Jésus en se penchant pour caresser de la main la surface de l'eau. Mais ça ne serait pas aussi amusant !

Il leva les yeux et sourit.

Mack ne sut s'il devait rire ou pleurer. Il comprit à quel point il en était venu à aimer cet homme, cet homme qui était Dieu.

Jésus se redressa et, ensemble, ils se remirent à marcher. Mack osa une autre question.

– Si je peux me permettre... pourquoi ne m'as-tu pas parlé de Missy avant aujourd'hui ? Pourquoi pas hier soir, ou il y a un an, ou...

– Ne va pas croire que nous n'avons pas essayé. N'as-tu pas remarqué que, dans ta détresse, tu m'accusais de tous les torts ? Il y a longtemps que je te parle, mais aujourd'hui, c'est la première fois que tu m'entends. Les fois d'avant n'ont cependant pas été perdues. Une à une, elles ont ouvert des fissures dans ton mur, et ces fissures, réunies en réseau, t'ont préparé à l'expérience d'aujourd'hui. Il faut se donner la peine d'amender le sol pour qu'une graine puisse y germer.

– Je ne comprends pas très bien pourquoi nous résistons tant, songea Mack, pourquoi nous *te* résistons à ce point. C'est un peu stupide.

– La grâce choisit son moment, Mack. Si l'univers ne comptait qu'un seul être, ce ne serait pas bien compliqué. Mais il suffit qu'il y en ait deux, puis... enfin, tu vois ce que je veux dire. Chaque décision de chaque être traverse le temps et les relations et rebondit sur d'autres décisions. Du chaos qui semble en découler, Papa tisse une toile extraordinaire. Seul Papa peut démêler tout ça, et elle le fait avec grâce.

– Je suppose qu'il ne me reste plus qu'à la suivre, conclut Mack.

– C'est juste. Tu commences à comprendre ce qu'être humain veut dire.

Quand ils arrivèrent au quai, Jésus y sauta et aida Mack à y monter. Ils s'assirent au bord en laissant tremper leurs pieds dans l'eau et en regardant les jeux du vent sur la surface du lac. Mack fut le premier à briser le silence.

– Quand j'ai vu Missy, ai-je aussi vu le paradis ? Ça ressemblait plutôt à ici.

– Eh bien, notre destin ultime ne correspond pas à la représentation du paradis que tu as en tête, tu vois ? Pas de seuils magnifiques, pas de rues pavées d'or. Il s'agit plutôt d'un univers comme celui-ci mais épuré et purifié.

– Alors, c'est quoi, cette histoire de seuils magnifiques et de rues pavées d'or ?

– Cette histoire, mon frère, dit Jésus en s'allongeant sur le quai et en fermant les yeux sous la chaleur et la luminosité du jour, c'est une image de moi et de la femme dont je suis amoureux.

Mack le regarda. C'était une blague ou quoi ? Mais Jésus était absolument sérieux.

– C'est l'image de mon épouse, l'Église : une communauté d'individus, une cité spirituelle traversée par un fleuve vivant dont les deux rives sont plantées d'arbres fruitiers qui guérissent les blessures et les peines de toutes les nations. Cette cité est toujours ouverte, et chacune des grilles qui en permettent l'accès est faite d'une unique perle…

Il ouvrit un œil et regarda Mack.

– Cette perle, c'est moi.

Voyant l'expression interrogative de Mack, il poursuivit :

– Des perles, Mack. De tous les joyaux, la perle est le seul qui provienne de la douleur, de la souffrance et, enfin, de la mort.

– Je vois. C'est par toi qu'on y entre, mais...

Mack cherchait ses mots.

– Tu parles de l'Église, reprit-il, comme d'une femme dont tu es amoureux ; je suis certain de ne pas la connaître. Elle n'est certainement pas là où je vais le dimanche, dit-il presque tout bas, n'osant trop parler plus fort.

– Mack, tu dis ça parce que tu ne vois pas au-delà de l'institution, du système conçu par les humains. Ce n'est pas ça que je suis venu construire ici. Ce qui compte pour moi, ce sont les gens, leur vie, la communauté vivante de tous ceux qui m'aiment, et non pas des édifices et des rituels.

Mack sursauta un peu d'entendre Jésus parler ainsi, mais il n'en fut pas vraiment surpris. Au contraire, il en fut soulagé.

– Qu'est-ce que je dois faire pour être accueilli dans *cette Église-là* ? Par cette femme qui te rend fou ?

– Ce n'est pas compliqué. Tout tient aux relations et au partage de la vie. Autrement dit, il te suffit de faire ce que nous faisons en ce moment, d'être ouvert et disponible à ceux qui t'entourent. Mon Église, c'est l'ensemble des êtres ; la vie, ce sont les relations entre eux. Tu ne peux pas édifier cette Église. C'est à moi de le faire et j'avoue que j'excelle à ce travail, dit Jésus en gloussant.

Mack accueillit ces propos comme une bouffée d'air frais ! C'était si simple. Il n'y avait là rien d'exigeant, pas de longue liste d'obligations, pas d'interminables et ennuyeuses assemblées de fidèles dont on ignore à peu près tout.

– Mais… commença Mack.

Mack avait-il bien compris ? N'était-ce pas *beaucoup trop simple* ? Des tas de questions se bousculèrent soudain dans sa tête, mais il se tut. Pour en arriver à compliquer à ce point les choses les plus simples, il fallait que l'humanité soit vraiment perdue et beaucoup trop indépendante ! Il sentit le besoin de réfléchir avant de poser des questions qui risquaient de semer le désordre dans ce qu'il commençait enfin à percevoir. S'il le faisait maintenant, il aurait l'impression de lancer une motte de terre dans une flaque d'eau propre.

– Oublie ça…

– Mack, il n'est pas nécessaire que tu comprennes tout. Contente-toi d'être avec moi.

Mack hésita un moment, puis il s'allongea sur le quai à côté de Jésus. Tout en protégeant ses yeux du soleil, il regarda les nuages balayer lentement l'après-midi naissant.

– En toute franchise, avoua-t-il, je ne suis pas trop déçu que cette histoire de rues pavées d'or ne soit pas vraie. Ça m'a toujours semblé soporifique ; en tout cas, ce n'est certes pas aussi merveilleux que d'être ici comme ça, à côté de toi.

Un certain apaisement le gagna tandis qu'il s'absorbait dans le bonheur de l'instant. Il entendait la caresse murmurante du vent dans les branches et le rire du ruisseau tout proche qui se déversait dans l'eau du lac. C'était une journée majestueuse et les alentours étaient d'une sidérante beauté.

– Sincèrement, je veux comprendre ; je veux dire, ta manière d'être est si différente de tout le pieux baratin auquel on nous a habitués.

– La machine religieuse peut avaler tout le monde, si bien intentionnée soit-elle ! dit Jésus, non sans fermeté. Beaucoup de ce que l'on fait en mon nom n'a rien à voir avec moi et va même souvent à l'encontre de mes desseins, fût-ce accidentellement.

– Tu n'aimes guère la religion et les institutions ? fit Mack, sans trop savoir s'il posait une question ou énonçait une observation.

– Je ne crée pas des institutions ; je ne l'ai jamais fait et je ne le ferai jamais.

– Qu'en est-il de l'institution du mariage ?

– Le mariage n'est pas une institution. C'est un état relationnel.

Jésus enchaîna, cette fois d'une voix calme et patiente.

– J'ai dit que je ne crée pas d'institutions ; c'est une occupation pour ceux qui jouent à être Dieu. Alors, non. La religion ne me passionne pas tellement. La politique et l'économie non plus.

Jésus avait pris un ton sarcastique. Il s'assombrit.

– Pourquoi me passionneraient-elles ? Ce sont des inventions humaines. Elles composent la Trinité des terreurs qui ravagent la terre et trompent ceux que j'aime. Tous les tourments et les angoisses de l'humanité ne leur sont-ils pas dus ?

Mack ne savait que répondre. Tout cela le dépassait. Voyant les yeux vitreux de Mack, Jésus décéléra quelque peu.

– Plus simplement, ces trois terreurs sont les instruments dont se servent de nombreux êtres pour magnifier leur illusoire sentiment de sécurité et de contrôle. L'incertitude fait peur, l'avenir aussi. Ces institutions, ces structures et ces idéologies s'efforcent en vain de créer des certitudes rassurantes là où il n'y en a pas. Tout est faux ! Aucun système ne peut te protéger. Il n'y a que moi qui puis le faire.

– Ça alors !

Mack ne sut mieux formuler sa pensée. Les moyens que lui-même et tous les êtres qu'il avait connus avaient utilisés

pour gérer leur vie et y naviguer venaient d'être réduits en lambeaux.

– Donc... fit Mack.

Mais puisqu'il n'avait pas fini d'assimiler cette idée et n'avait rien d'intéressant à dire, il passa du mode affirmatif au mode interrogatif.

– Donc ?

– Je n'obéis pas à un ordre du jour, Mack. Bien au contraire. Je suis venu te donner la Vie dans toute son entièreté. Ma vie.

Puisque Mack avait encore du mal à comprendre, Jésus enchaîna :

– La simplicité et la pureté d'une amitié toujours plus grande.

– Ça y est, je l'ai !

– Si tu voulais vivre cette expérience sans moi, sans le dialogue de notre parcours commun, ce serait comme si tu essayais de marcher sur l'eau sans mon aide. C'est impossible ! Si tu essaies, tu couleras malgré toutes tes bonnes intentions.

Connaissant fort bien la réponse à la question qui montait aux lèvres de Mack, Jésus dit :

– As-tu déjà essayé de sauver la vie de quelqu'un qui se noyait ?

Mack sentit sa poitrine se serrer et tous ses muscles se tendre. Il ne voulait pas songer à Josh et à l'accident en canot, il ne voulait pas du sentiment de panique qui l'étreignait à cette pensée.

– Il est extrêmement difficile de secourir une personne si celle-ci n'accepte pas de te faire confiance.

– C'est très juste.

– Voilà tout ce que je te demande. Quand tu croiras être en train de te noyer, laisse-moi te secourir.

Ça paraissait simple, mais Mack avait l'habitude d'être le surveillant de baignade, pas le noyé.

– Jésus, je ne suis pas sûr de savoir comment...

– Je vais te montrer. Continue de me donner ce peu que tu possèdes, et ensemble, nous le regarderons grandir.

Mack enfila ses chaussettes et ses chaussures.

– Assis ici avec toi, en cette minute, ça ne m'a pas l'air trop difficile. Mais quand je songe à ma vie ordinaire, je ne suis pas certain de pouvoir la simplifier comme tu le demandes. Je suis prisonnier du même désir de pouvoir que le reste du monde. La politique, l'économie, les structures sociales, les factures, la famille, les engagements... tout cela peut en venir à nous dépasser. J'ignore ce qu'il faut faire pour y mettre fin.

– Personne ne te le demande, dit Jésus avec tendresse. Ça, c'est la responsabilité de Sarayu et elle sait comment y parvenir sans brutaliser personne. C'est un lent processus, ce n'est pas un événement. Tout ce que je voudrais, c'est que tu aies confiance en moi autant que tu pourras, et que tu grandisses en aimant les personnes de ton entourage du même amour que je partage avec toi. Ce n'est pas à toi de les transformer ou de les convaincre. Tu es libre d'aimer sans arrière-pensée.

– C'est ça que je veux apprendre.

– C'est ça que tu apprends, fit Jésus avec un clin d'œil.

Jésus se leva, s'étira, et Mack l'imita.

– J'ai entendu tant de mensonges, avoua Mack.

Jésus l'attira à lui et le serra dans ses bras.

– Je sais, Mack. Moi aussi. Mais je n'y ai pas cru.

Ils remontèrent le quai jusqu'au rivage. Ralentissant le pas, Jésus posa une main sur l'épaule de Mack.

– L'ordre du monde est tel qu'il est. Les institutions, les structures, les idéologies et tous les vains, les inutiles efforts de l'espèce humaine qui en découlent sont omniprésents, si bien qu'il est impossible de les éviter. Mais je peux te rendre libre de te dissocier des structures de pouvoir qui chercheraient à t'enfermer, que celles-ci soient religieuses, économiques, sociales ou politiques. Tu apprendras à vivre librement à l'intérieur ou en dehors de toute sorte d'institutions, et à te déplacer librement parmi elles. Ensemble, toi et moi, nous pouvons y être sans en faire partie.

– Mais beaucoup des gens que j'aime semblent y être *et* en faire partie !

Mack songeait à ses amis et aux coreligionnaires qui lui avaient exprimé leur affection pour lui et pour sa famille. Ils aimaient Jésus, il en était sûr, mais il savait aussi qu'ils se sacrifiaient à la religion et au patriotisme.

– Mack, je les aime. Et les jugements que tu portes sur certains d'entre eux sont erronés. Ne crois-tu pas que nous devrions trouver des façons d'aimer et de servir ceux qui sont à l'intérieur de ces structures et qui en font partie ? N'oublie pas que les êtres qui me connaissent vivent et aiment librement, sans aucun ordre du jour.

– C'est cela, être chrétien ?

Cette interrogation parut stupide à Mack, mais elle lui permettait de résumer sa pensée.

– Qui parle de christianisme ? Je ne suis pas chrétien !

Mack ne put s'empêcher de sourire à cette réaction curieuse et inattendue.

– Non ; je suppose que non !

Ils arrivèrent à la remise. Jésus s'arrêta.

– Ceux qui m'aiment proviennent de toutes les religions et idéologies existantes, qu'ils soient bouddhistes ou mormons, baptistes ou musulmans, démocrates ou républicains, qu'ils n'exercent pas leur droit de vote, qu'ils n'assistent à aucun office dominical ou qu'ils ne soient membres d'aucune institution religieuse. Certains de ceux qui me suivent sont des meurtriers ou des vaniteux, d'autres des banquiers ou des preneurs aux livres ; ils sont américains et irakiens, juifs et palestiniens. Je n'ai aucune envie d'en faire des chrétiens, mais je veux les accompagner tout au long de leur transformation en fils et filles de Papa, en mes frères et sœurs, en mes Bien-Aimés.

– Veux-tu dire que tous les chemins mènent à toi ?

– Pas du tout, fit Jésus en s'apprêtant à ouvrir la porte. La plupart des chemins ne mènent nulle part. Mais cela veut aussi dire que je peux emprunter n'importe quel chemin pour te trouver.

Il se tut un instant.

– Mack, j'ai un petit boulot à terminer ; on se voit plus tard ?

– Entendu. Que voudrais-tu que je fasse maintenant ?

– Fais ce que tu *veux*. Le reste de l'après-midi t'appartient.

Jésus lui tapota l'épaule en souriant de toutes ses dents.

– Une dernière chose. Tu m'as remercié de t'avoir permis de revoir Missy, tu t'en souviens ? C'est Papa qui en a eu l'idée.

Ce disant, il lui tourna le dos et le salua de la main.

Mack sut tout de suite ce qu'il avait envie faire : aller au shack retrouver Papa.

13
L'ALLIANCE DES CŒURS

Le faux est susceptible d'une infinité de combinaisons ;
mais la vérité n'a qu'une manière d'être.

— JEAN-JACQUES ROUSSEAU

n arôme merveilleux accueillit Mack quand il arriva à
la maisonnette : scones ou muffins, ou quelque autre
pâtisserie. Compte tenu des bizarreries temporelles de
Sarayu, à peine une heure s'était écoulée depuis le déjeuner,
mais il avait une faim de loup et même aveugle il n'aurait eu
aucun mal à trouver le chemin de la cuisine. En y entrant
par la porte arrière, il fut surpris et déçu de constater qu'elle
était vide.

– Il y a quelqu'un ?

– Sur la galerie, Mack, lui répondit une voix par la fenêtre ouverte. Prends-toi quelque chose à boire et viens me
retrouver.

Mack se versa du café et sortit. Les yeux fermés, Papa se
dorait au soleil dans une vieille chaise Adirondack.

– Dis donc, voilà que Dieu a le temps de paresser au soleil ? Tu n'as rien de mieux à faire cet après-midi ?

– Tu n'as aucune idée de ce que je suis en train de faire.

Il alla s'asseoir dans la chaise en face d'elle. Elle ouvrit un œil pour le regarder. Entre eux, sur une table, il y avait un plateau rempli de merveilleux petits pains, de beurre, de confitures et de gelées.

– Mmmm…. ça sent bon !

– Vas-y, sers-toi. C'est une recette que j'ai empruntée à ton arrière-arrière-grand-mère. Et j'ai tout fait de zéro, dit-elle, tout sourire.

Mack ignorait ce que « de zéro » pouvait bien signifier, s'agissant de Dieu, et il opta pour ne pas essayer de le savoir. Il prit un des scones et mordit dedans sans lui ajouter quoi que ce soit. Nature, tout chaud sorti du four, il fondit dans sa bouche.

– Ça alors, c'est rudement bon ! Merci !

– Eh bien, tu remercieras ton aïeule quand tu la verras.

– J'ose espérer, répondit Mack entre deux bouchées, que ce ne sera pas de sitôt.

– Tu aimerais le savoir, n'est-ce pas ? dit Papa avec un clin d'œil amusé, puis elle referma les yeux.

Au deuxième scone, Mack trouva en lui le courage de parler du fond du cœur.

– Papa ?

Pour la première fois, le fait d'appeler Dieu Papa ne lui parut pas insolite.

– Oui, Mack, fit-elle en ouvrant les yeux et en souriant de plaisir.

– Je n'ai pas été gentil avec toi.

– Aahh, on dirait bien que Sophia t'a impressionné.

– Tu parles ! Jamais je n'aurais cru t'avoir jugé à ce point. J'ai trouvé ça terriblement arrogant.

– Parce que ça l'est, répondit Papa avec le sourire.

– Je le regrette vraiment beaucoup, fit Mack en hochant la tête. Je n'avais aucune idée de...

– Tout ça est du passé. Je ne veux même pas de tes regrets. Je veux seulement que nous grandissions ensemble sans porter de jugements.

– Moi aussi, c'est ce que je veux, dit Mack en prenant un autre scone. Tu ne manges pas ?

– Non ; mais mange, mange ! Tu sais ce que c'est – on cuisine, on goûte un peu de ceci, un peu de cela, et on finit par s'user l'appétit. Mais mange, toi, mange.

Elle poussa le plateau vers lui.

Il se resservit et s'adossa pour savourer un quatrième petit pain.

– Jésus m'a dit que c'est toi qui as eu l'idée de me faire passer un moment avec Missy cet après-midi. Mes mots sont impuissants à dire combien je t'en suis reconnaissant.

– Il n'y a pas de quoi, mon chéri. Ça m'a rendue très heureuse aussi ! J'avais tellement hâte de vous réunir tous les deux ! Je ne tenais plus en place !

– J'aurais tant aimé que Nan soit là.

– Ç'aurait été parfait ! approuva Papa avec enthousiasme.

Mack se tut, ne sachant ce qu'elle voulait dire ni comment il devait réagir.

– Elle est vraiment spéciale, ta Missy, n'est-ce pas ? dit Papa en hochant la tête à répétition. Ah oui ah oui ah oui... Je lui suis tout particulièrement attachée.

– Moi aussi !

Mack rayonna à la seule pensée de sa princesse derrière le rideau de la chute... Princesse ? Chute ? Hé, attendez une minute ! Les pièces du casse-tête tombaient en place. Papa observait Mack.

– Je sais que tu sais que ma fille avait une passion pour les chutes, et surtout pour la légende de la princesse multnomah…

Papa acquiesça.

– C'est donc de cela qu'il s'agit ? Est-ce que Missy a dû mourir pour que tu puisses me sauver, moi ?

– Oooohhh, Mack, arrête, dit Papa en se penchant vers lui. Je ne fais pas ce genre de choses.

– Mais elle adorait cette histoire !

– Bien sûr ! C'est grâce à cette histoire qu'elle a compris ce que Jésus faisait pour les Multnomah et pour l'humanité tout entière. Les légendes où une personne accepte de sacrifier sa vie pour les autres sont les fils d'or qui illuminent la trame de votre monde. Elles révèlent à la fois votre besoin et mon amour.

– Mais si elle n'était pas morte, je ne serais pas ici…

– Mack, le fait que je tire un bien incroyable d'insoutenables tragédies ne signifie pas que j'orchestre ces drames. Ne va pas croire que, si je me sers d'une tragédie, cela signifie que je l'ai provoquée ou qu'elle est indispensable à mes desseins, car tu te tromperais beaucoup sur mon compte. La grâce ne dépend pas de la souffrance pour exister, mais là où il y a de la souffrance, tu trouveras plusieurs facettes et plusieurs nuances de la grâce.

– En fait, tu me rassures. Je ne supporterais pas de penser que ma souffrance ait pu raccourcir sa vie.

– Elle n'a pas été ton sacrifice. Elle est et sera toujours ta joie. Cela lui suffit.

– Me voilà rassasié ! dit Mack. Il s'appuya au dossier de la chaise et admira le panorama.

– Il y a de quoi ! Tu as mangé presque tous les scones.

– Ce n'est pas ce que je voulais dire, fit-il en riant, et tu le sais. Je suis repu et comblé, le monde est mille fois plus clair, et je me sens mille fois plus léger.

– Tu l'es ! Ce n'est pas facile de juger l'espèce humaine tout entière.

En voyant Papa sourire, Mack sut qu'il ne trébuchait pas.

– Ou te juger toi, dit-il. J'ai été vraiment pitoyable. Plus terrible que je ne l'aurais cru. J'avais très mal compris ce que tu représentais pour moi.

– N'exagère pas, s'il te plaît. Nous avons aussi eu de très bons moments.

– Mais je t'ai toujours préféré Jésus. Il me paraissait si aimable, tandis que toi, tu paraissais si...

– Courroucée ? Comme c'est triste. Jésus est venu apprendre aux hommes qui je suis, et la plupart des gens s'imaginent que lui seul est bon. La plupart du temps, ils font de nous deux des adversaires. Surtout les gens d'Église. Pour que ces gens aient des comportements qu'ils estiment justes, ils font appel à un Dieu intransigeant. Quand ils ont besoin de miséricorde, ils font appel à Jésus.

– Exact, dit Mack en levant un doigt.

– Pourtant nous étions tous en lui. Il reflétait parfaitement mon amour : je vous aime tous et je vous invite à m'aimer.

– Mais pourquoi m'aimes-tu, moi ? Je veux dire, pourquoi Mackenzie Allen Phillips ? Pourquoi aimes-tu un aussi pauvre type ? Après tout le mal que j'ai pensé de toi, après tous les reproches que je t'ai adressés, pourquoi t'acharnerais-tu à vouloir me faire entendre raison ?

– Parce que c'est ce que fait l'amour. N'oublie pas, Mackenzie, je ne m'inquiète pas de ce que tu feras ou de tes décisions. Je sais déjà tout ça. Supposons, par exemple, que je cherche à t'apprendre à ne pas te cacher derrière des mensonges – je parle pour la forme, bien entendu, fit-elle avec un clin d'œil. Et supposons que je sache que tu devras vivre quarante-sept expériences et occurrences avant de comprendre ce que je te dis, avant de m'entendre avec assez de clarté pour acquiescer à ma demande et pour changer. Si tu ne m'entends pas la première fois que je te parle, je ne t'en veux pas et je ne suis pas déçue; j'en suis heureuse, parce qu'il ne te reste plus que quarante-six expériences à vivre pour y parvenir. Cette première fois est le premier pilier du pont qu'un jour – aujourd'hui – tu franchiras pour aller vers ta guérison.

– Bien. Voilà que je me sens coupable, avoua-t-il.

– Dis-moi un peu quel effet ça te fait, ricana Papa. Blague à part, Mackenzie, ça n'a rien à voir avec la culpabilité. La culpabilité ne t'aidera jamais à trouver en moi ta liberté. Elle pourra tout au plus t'inciter à te conformer à une éthique extérieure. Moi, j'ai tout à voir avec l'intérieur.

– Mais pour revenir à ce que tu as dit – se cacher dans les mensonges… Je suppose que j'ai fait ça toute ma vie d'une manière ou d'une autre?

– Mon chéri, tu es un survivant. Il n'y a pas de honte à y avoir. Ton père t'a fait atrocement mal. La vie t'a blessé. Le mensonge est le refuge le plus accessible aux survivants. Il te procure un sentiment de sécurité, il t'offre un lieu où tu ne dépends que de toi-même. Mais il y fait très noir, n'est-ce pas?

– Très noir, marmonna Mack avec un hochement de tête.

– La question est de savoir si tu es prêt à renoncer au pouvoir et au sentiment de sécurité que te procure le mensonge.

– Que veux-tu dire? fit Mack en levant les yeux vers elle.

– Les mensonges sont une petite forteresse à l'intérieur de laquelle tu te sens fort et en sécurité. Tu y gères ta vie et tu y manipules ton entourage. Quand ta forteresse a besoin de nouvelles murailles pour la renforcer, tu lui en ériges. Ces murailles sont les justifications de tes mensonges. Tu comprends ? Tu crois agir ainsi pour protéger tes êtres chers, pour qu'ils ne souffrent pas. Mais tu fais tout cela pour être bien dans tes mensonges.

– Si je n'ai pas parlé de ton message à Nan, c'est parce que ç'aurait été trop pénible pour elle.

– Tu vois ? Tu vois comme tu cherches à te justifier ? Ce que tu viens de dire est un pur mensonge, et tu ne t'en rends même pas compte.

Elle se pencha vers lui.

– Veux-tu que je te dise la vérité ?

Papa voulait aller au fond des choses, c'était évident. Mack était à la fois soulagé de pouvoir aborder cette question et presque tenté d'éclater de rire. Il n'en éprouvait pas le plus petit malaise.

– Noooooon, répondit-il le plus lentement qu'il put. Mais dis-le-moi quand même.

Elle sourit, puis redevint sérieuse.

– La vérité, Mack, la vraie raison qui t'a empêché d'en parler à Nan, ce n'est pas que tu voulais lui épargner une souffrance. La vraie raison, c'est que toi tu avais peur d'affronter les émotions que cette révélation susciterait et en elle et en toi. Les émotions te font peur, Mack. Tu as menti non pas pour protéger Nan, mais pour te protéger, toi.

Il s'appuya au dossier de sa chaise. Papa avait absolument raison.

– Qui plus est, enchaîna-t-elle, un mensonge comme celui-là est mal aimant. Au nom de ton amour pour Nan, il a inhibé votre relation et la relation qui existe entre Nan et moi. Si tu lui avais dit la vérité, elle serait sans doute ici avec nous.

Mack reçut les mots de Papa comme un coup de poing en pleine poitrine.

– Tu voulais qu'elle vienne aussi ?

– Cette décision vous appartenait à toi et à Nan. Il aurait fallu que tu lui permettes de la prendre. Là où je veux en venir, Mack, c'est que tu ignores ce qui se serait passé, car tu as trop cherché à protéger Nan.

Mack se sentit encore plus coupable.

– Et maintenant, qu'est-ce que je fais ?

– Tu lui dis exactement ce qui en est. Tu sors courageusement de l'obscurité et tu lui parles, tu lui demandes pardon, et tu laisses son pardon te guérir. Demande-lui de prier pour toi. Cours le risque d'être honnête. La prochaine fois que tu te tromperas, demande pardon encore une fois. C'est un processus, mon chéri. La vie est déjà assez vraie comme ça sans qu'il soit nécessaire de l'obscurcir avec des mensonges. N'oublie pas que je suis plus grande qu'eux et que je peux agir au-delà d'eux. Mais ça ne les absout pas, ça n'efface pas les dommages qu'ils occasionnent et les souffrances qu'ils causent aux autres.

– Mais si Nan ne me pardonne pas ?

Mack savait bien que sa peur était très profonde et que le fait d'empiler mensonge sur mensonge le réconfortait.

– Ah... c'est là un risque inhérent à la foi. La foi ne se renforce pas dans les certitudes. Je ne suis pas ici pour te dire que Nan te pardonnera. Il se pourrait qu'elle ne veuille pas ou ne puisse pas le faire. Mais ma vie en toi puisera à ce sentiment de risque et d'incertitude pour que tes propres décisions fassent de toi un homme qui dit la vérité – et ce sera un miracle plus grand que de ressusciter un mort.

Mack laissa ces propos le pénétrer.

– Est-ce que tu veux bien me pardonner ? fit-il enfin.

– C'est fait depuis longtemps. Si tu ne me crois pas, demande à Jésus. Il y était.

Mack but une gorgée de café et s'étonna de ce qu'il était aussi chaud que lorsqu'il l'avait versé dans sa tasse.

– J'ai pourtant tout fait pour te fermer la porte au nez.

– L'espèce humaine est tenace quand il s'agit du trésor de son indépendance illusoire. Elle multiplie les maladies et s'y agrippe de toutes ses forces. Elle trouve son identité et son sentiment de valeur personnelle dans cette précarité qu'elle défend et protège farouchement. Il n'est pas étonnant que la grâce l'attire aussi peu. Ainsi, toi, tu as tout fait pour verrouiller de l'intérieur la porte de ton cœur.

– J'ai échoué.

– Parce que mon amour est beaucoup plus grand que ta stupidité, dit Papa avec un clin d'œil. Je me suis servi des choix que tu as faits pour réaliser mes desseins parfaitement. Beaucoup de gens te ressemblent, Mackenzie; ils finissent par s'enfermer dans une pièce minuscule en compagnie d'un monstre qui les trahira un jour, qui ne les comblera jamais et ne leur donnera pas ce qu'ils attendent de lui. Pendant qu'ils partagent leur prison avec ce dragon terrifiant, ils ont une fois de plus l'occasion de me revenir. Le trésor dans lequel ils ont mis toute leur confiance finira par les détruire.

– Donc, tu te sers de la souffrance des gens pour les forcer à te revenir? demanda Mack qui de toute évidence n'approuvait pas ces méthodes.

Papa se pencha vers Mack pour lui caresser la main.

– Mon chéri, je t'ai même pardonné de croire que je puisse agir ainsi. Je comprends à quel point ça t'est difficile; tu es si égaré dans ta conception de la réalité et si convaincu de l'exactitude de tes propres jugements que tu ne peux même pas percevoir – encore moins imaginer – *qui*

est amour et bonté. Le véritable amour n'est une contrainte pour personne.

Elle lui serra la main et se cala dans sa chaise.

– Mais si je comprends bien ce que tu es en train de me dire, répondit Mack, les conséquences de notre égoïsme font partie du processus qui nous conduit au bout de nos illusions et nous aide à te trouver. Est-ce pour cette raison que tu ne mets pas un terme à la cruauté? Est-ce pour cette raison que tu ne m'as pas prévenu du danger que courait Missy? Que tu ne nous as pas aidés à la trouver?

Il n'y avait enfin aucun ton accusateur dans la voix de Mack.

– Si seulement c'était aussi simple, Mackenzie. Personne ne peut concevoir toutes les horreurs que j'ai épargnées à l'humanité, car personne ne peut concevoir ce qui n'a jamais eu lieu. Tout le mal procède de votre indépendance, et cette indépendance, c'est vous qui l'avez choisie. Si je me contentais de révoquer tous les choix d'indépendance de l'espèce humaine, le monde tel que tu le connais cesserait d'exister et l'amour n'aurait plus aucun sens. Le monde n'est pas un terrain de jeu où je garde mes enfants à l'abri du mal. Le mal est le chaos actuel que vous m'avez offert, mais il n'aura pas le dernier mot. Il affecte maintenant tous les êtres que j'aime, ceux qui me suivent et ceux qui ne me suivent pas. Si j'effaçais les conséquences du libre choix de l'humanité, je détruirais toute possibilité d'amour. L'amour obligatoire n'est pas de l'amour.

Mack se passa la main dans les cheveux en soupirant.

– C'est si difficile à comprendre.

– Mon chéri, je vais t'expliquer une des raisons qui font que tu ne comprends pas. C'est parce que ta notion de l'être humain est beaucoup trop restreinte. Toi, et toute la Création, vous êtes extraordinaires, que tu en aies ou non conscience. Vous êtes des chefs-d'œuvre au-delà de tout chef-d'œuvre. Le fait de prendre des décisions épouvantables et destructrices ne vous rend pas moins dignes de respect pour votre nature inhérente – vous, le pinacle de ma Création, le centre de mes affections.

– Mais… commença Mack.

– Aussi, fit-elle en l'interrompant, n'oublie pas que même dans votre détresse et dans votre affliction, la beauté vous entoure, les merveilles de la Création, celles de l'art, de votre musique et de votre culture, celles du rire et de l'amour, celles des espoirs murmurés et des fêtes, celles des vies nouvelles et des transformations, de la réconciliation et du pardon. Tout cela aussi est le résultat de vos décisions, qui toutes importent, même les décisions occultes. Ainsi, quelles décisions devrions-nous révoquer, Mackenzie? Aurais-je dû ne jamais rien créer? Aurais-je dû empêcher Adam de choisir son autonomie? Et que devons-nous penser de ta décision d'avoir une autre fille, ou de la décision de ton père de frapper son fils? Vous exigez votre indépendance, et vous vous lamentez ensuite de ce que je vous aime assez pour vous l'accorder.

Mack sourit.

– Il me semble avoir déjà entendu ça.

Papa lui sourit en retour et prit un petit pain.

– Je n'ai pas eu tort de dire que Sophia t'avait impressionné… Mackenzie, mes desseins n'ont pas pour objectif de me réconforter. Ils sont et ont toujours été une expression de mon amour. J'ai le dessein de soutirer la vie à la mort, d'extraire la liberté de la souffrance et de transformer les ténèbres en lumière. Le chaos que tu vois est pour moi une fractale. Toutes choses doivent se déployer, même quand cela

précipite les êtres que j'aime – fussent-ils mes proches les plus bien-aimés – dans d'épouvantables tragédies.

– Tu fais allusion à Jésus ? fit Mack d'une voix douce.

– Ouais... J'adore ce garçon, dit Papa en regardant au loin et en hochant la tête. C'est lui que tout cela concerne, tu sais. Un jour vous comprendrez ce à quoi il a renoncé pour vous tous. Les mots sont impuissants à le dire.

Mack sentit une vague d'émotion le submerger. Quelque chose l'avait touché profondément pendant que Papa parlait de son fils. Il hésita à intervenir, mais se décida quand même à briser le silence.

– Papa, je voudrais que tu m'aides à comprendre quelque chose. Qu'est-ce que Jésus a accompli au juste en mourant ?

Papa regardait encore la forêt. Elle eut un geste de la main.

– Oh, pas grand-chose, dit-elle avec désinvolture. Seulement la substance de tout le créé que l'amour concevait déjà avant les fondements de la Création.

Elle se tourna vers Mack et sourit.

– Pfiou... c'est plutôt vaste, fit-il. Tu ne pourrais pas simplifier un peu ?

L'audace de sa question le surprit. Mais au lieu de lui en vouloir, Papa sembla s'en amuser et elle rayonnait.

– Eh bien, quelle arrogance... donnez-lui long comme un doigt et il en veut long comme le bras...

Mack lui rendit son sourire, mais puisqu'il avait la bouche pleine, il se tut.

– J'ai dit que tout le concerne. La Création et l'histoire de l'humanité, tout concerne Jésus. Il est au cœur même de notre dessein, et c'est *en lui* que *nous sommes* maintenant tout à fait humains, si bien que notre dessein et notre destinée sont à jamais liés. On pourrait dire que nous avons mis tous nos œufs dans le même panier. Et nous n'avons pas de plan de rechange.

– N'est-ce pas risqué ?

– Pour vous, sans doute, mais pas pour moi. Il a toujours été certain que ce que je veux depuis le début, je l'aurai.

Papa s'avança un brin et appuya ses bras croisés sur la table.

– Mon chéri, tu m'as demandé ce que Jésus avait accompli sur la croix. Écoute-moi bien : sa mort et sa résurrection m'ont complètement réconcilié avec l'humanité tout entière.

– L'humanité tout entière ou l'humanité qui croit en toi ?

– Toute l'espèce humaine, Mack. Je dis seulement que la réconciliation fonctionne dans les deux sens, et que moi j'ai fait ce que j'avais à faire, totalement, complètement, absolument. Il n'est pas dans la nature de l'amour de forcer une relation, mais il est dans sa nature de lui ouvrir la voie.

À ces mots, Papa se leva pour rapporter la vaisselle à la cuisine. Mack secoua la tête.

– Résumons : je ne sais pas vraiment ce qu'est la réconciliation et j'ai peur de mes émotions. C'est bien ça ?

Papa ne répondit pas tout de suite. Elle se contenta de hocher la tête en entrant dans la cuisine. Puis elle grommela *sotto voce*.

– Les hommes ! C'est fou ce qu'ils peuvent être stupides.

Il n'en crut pas ses oreilles.

– Ai-je bien entendu ? Dieu vient de me traiter d'idiot ? lança-t-il par la moustiquaire.

Il la vit hausser les épaules avant de disparaître au bout du couloir, puis il l'entendit qui criait :

– Si le chapeau te fait, mon chéri. Oui, monsieur ; si le chapeau te fait...

Mack rit et se rassit. Il était épuisé. Son cerveau était aussi repu que son estomac. Il décida d'apporter ce qui restait de vaisselle à la cuisine, la posa sur le comptoir, embrassa Papa sur la joue et sortit par la porte arrière.

14
ET LE VERBE S'EST FAIT CHAIR

Dieu est un Verbe.

— BUCKMINSTER FULLER

M ack sortit dans le soleil du plein après-midi. Chose curieuse, il se sentait à la fois parfaitement lessivé comme un vieux torchon et vivant jusqu'à l'euphorie. Quelle extraordinaire journée que celle-là, et elle n'en était rendue qu'à la moitié. Il hésita un moment avant de descendre jusqu'au lac, incertain de ce qu'il désirait faire. Quand il aperçut les canots amarrés au quai, il sut que cette vision serait sans doute à jamais douce-amère pour lui, mais l'idée d'embarquer dans l'un d'eux pour aller faire un tour le dynamisa pour la première fois depuis des années.

Il défit l'amarre de la dernière des embarcations et y prit place, puis il se mit à pagayer vers la rive opposée. Pendant deux heures, il explora tous les recoins du lac. Il trouva deux rivières et un ou deux ruisseaux qui s'alimentaient à des sources situées en montagne ou qui allaient se déverser dans les bassins inférieurs, et il découvrit un endroit idéal pour se laisser aller à la dérive en admirant la chute. Une flore alpine s'épanouissait partout et couvrait le paysage de grandes taches de couleurs. Un profond sentiment de sérénité et de paix comme il n'en avait pas ressenti depuis des années, voire depuis toujours, enveloppa Mack.

Il chanta – un ou deux vieux hymnes et des chansons de folklore – tout simplement parce qu'il en avait envie. Il n'avait pas chanté depuis très très longtemps. Reculant loin dans le temps, il se mit à fredonner l'absurde petit air qu'il réservait à Kate : « K-K-K-Katie… ma petite Katie… toi ma poupée adorée… » Il hocha la tête en songeant à sa fille, si courageuse et à la fois si fragile. Il se demanda s'il parviendrait jamais à l'atteindre. La facilité avec laquelle ses yeux se remplissaient de larmes ne l'étonnait plus.

À un moment donné, il tourna la tête pour observer les tourbillons et les remous que creusaient la pelle de l'aviron et la poupe du canot, et quand il regarda à nouveau devant lui, il sursauta. Sarayu était à la proue, les yeux sur lui.

– Bon sang ! Tu m'as fait peur !

– Excuse-moi. Mais le souper est presque prêt ; je suis venue te demander de revenir au shack.

– Étais-tu avec moi tout ce temps ? demanda Mack, qu'une soudaine montée d'adrénaline exaltait.

– Bien sûr. Je suis toujours avec toi.

– Dans ce cas, pourquoi ne l'ai-je pas senti ? Ces derniers temps, je m'en rends compte quand tu es dans les parages.

– Que tu l'aies senti ou non n'a rien à voir avec le fait que je suis ou ne suis pas là. Je suis toujours près de toi ; seulement, il y a des moments où je veux que tu en aies conscience d'une façon toute spéciale, plus délibérée.

Mack acquiesça et fit pivoter le canot vers le rivage et le shack. Il sentit alors la présence de Sarayu très distinctement par un picotement de sa colonne vertébrale. Ils sourirent de concert.

– Est-ce que je pourrai toujours te voir ou t'entendre comme maintenant, même quand je serai rentré chez moi ?

– Mackenzie, dit Sarayu en souriant, tu pourras toujours me parler et je serai toujours près de toi, que tu ressentes ou non ma présence.

– Je le sais maintenant, mais comment vais-je pouvoir t'entendre ?

– Tu apprendras à accueillir mes pensées dans les tiennes, Mackenzie, fit-elle, rassurante.

– Est-ce que ce sera clair ? Qu'arrivera-t-il si je confonds ta voix avec celle de quelqu'un d'autre ? Si je me trompe ?

Sarayu rit, et son rire ressemblait à la musique de l'eau qui dévale un rocher.

– Tu te tromperas, évidemment ; tout le monde se trompe. Mais à mesure que se renforcera notre relation, tu reconnaîtras ma voix plus facilement.

– Je ne tiens pas à me tromper, marmonna Mack.

– Oh, Mackenzie... se tromper fait partie de la vie, et Papa accomplit aussi ses desseins dans les erreurs des hommes.

Elle s'amusait manifestement ; Mack ne put s'empêcher de lui rendre son sourire. Il comprenait ce qu'elle voulait dire.

– C'est si différent de ce que j'ai toujours connu, Sarayu. Ne te méprends pas – j'aime ce que tu m'as donné ce week-end. Mais j'ignore comment je vais pouvoir réintégrer mon existence de tous les jours. C'était plus facile de vivre avec Dieu quand je l'imaginais en maître intraitable, et même plus facile de composer avec la solitude du Grand Chagrin.

– Tu crois ça ? Vraiment ?

– En tout cas, j'avais l'impression de dominer la situation.

– Tu en avais *l'impression*... Et ça t'a donné quoi ? Le Grand Chagrin et une souffrance insupportable, une souffrance qui s'est même transmise à tes êtres les plus chers.

– Papa dit que c'est parce que j'ai peur de mes émotions, révéla Mack.

Sarayu éclata de rire.

– J'ai trouvé votre petit échange absolument hilarant.

– Mais c'est vrai que j'ai peur de mes émotions, avoua Mack, un peu déçu qu'elle ne semble pas prendre la chose au sérieux. Je n'aime pas ce qu'elles me font ressentir. J'ai blessé des gens à cause d'elles, et je ne peux pas leur faire confiance. As-tu créé toutes les émotions ou seulement les émotions positives ?

– Mackenzie...

Sarayu parut léviter. Il avait toujours un peu de mal à la regarder en face, mais dans le soleil du tard après-midi que le lac reflétait, c'était encore plus compliqué.

– Les émotions sont les couleurs de l'âme ; elles sont spectaculaires, incroyables. Quand tu ne ressens rien, le monde est triste et gris. Songe un peu à quel point le Grand Chagrin a réduit les couleurs de ta vie à des gris et des noirs monotones.

– Alors, aide-moi à les comprendre, supplia Mack.

– Il n'y a pas grand-chose à comprendre, en réalité. Les émotions ne sont ni bonnes ni mauvaises. Elles existent, c'est tout. Voici quelque chose qui t'aidera à démêler tout ça, Mackenzie : *les paradigmes alimentent la perception et les perceptions alimentent les émotions.* La plupart de tes émotions sont des réactions à ta perception, à ce que tu perçois de vrai dans une situation donnée. Si ta perception est fausse, ta réaction émotionnelle sera fausse aussi. Assure-toi de l'exactitude de tes perceptions, et assure-toi aussi de l'exactitude de tes paradigmes – ce à quoi tu crois. Croire fermement à une chose ne la rend pas vraie. Sois disposé à toujours réexaminer tes certitudes. Plus tu vivras dans la vérité, plus tes émotions t'aideront à mieux voir. Mais, même alors, tu ne devras pas leur accorder plus de confiance qu'à moi.

Mack laissa l'aviron tourner contre sa paume en suivant le fil de l'eau.

– Tu sais, te faire confiance, te parler... c'est comme vivre dans un état relationnel. Je veux dire, c'est un peu plus compliqué qu'obéir à un certain nombre de règles.

– De quelles règles parles-tu, Mackenzie ?

– Tu sais bien, tout ce que les Écritures nous disent de faire.

– Bon, bon, fit-elle, un peu hésitante. Et de quoi s'agit-il, au juste ?

– Mais tu le sais, répliqua-t-il, sarcastique ; faites le bien, ne faites pas le mal, aidez les pauvres, lisez la Bible, priez, fréquentez l'église... ce genre de trucs.

– Je vois. Et qu'est-ce que ça t'apporte ?

– Eh bien, dit-il en riant, je n'ai jamais vraiment su obéir à ces règles. Par moments, ça va plutôt bien, mais il y a toujours quelque chose qui me donne du tintouin ou qui me culpabilise. Je me suis dit que je devrais m'y efforcer davantage, mais je n'ai pas beaucoup de constance dans mes résolutions.

– Mackenzie, dit-elle, l'air de le gronder. La Bible n'enseigne pas à obéir à des règles. Elle offre le portrait de Jésus. Certes, ces textes décrivent Dieu et te disent même ce qu'il attend de toi, mais tu ne peux *rien* accomplir seul. La vie et

tout ce qui vit habitent en lui et en nul autre. Bon sang, j'espère que tu n'as pas cru que tu pouvais vivre par toi-même dans la droiture divine ?

– Bien… d'une certaine façon, oui, c'est ce que j'ai cru… répondit-il, penaud. Mais avoue que les règles et les principes sont plus simples que les relations.

– C'est juste ; les relations sont beaucoup plus complexes que des règles, mais ces règles n'apporteront jamais de réponses aux interrogations profondes du cœur et elles ne t'aimeront pas non plus.

Jouant dans l'eau du bout des doigts, il observa les dessins que traçaient ses mouvements.

– Je me rends compte à quel point il me manque des réponses… à tout. Tu sais, tu m'as complètement viré à l'envers, tu m'as mis sens dessus dessous.

– Mackenzie, la religion prétend avoir les bonnes réponses, et certaines de ses réponses sont justes, en effet. Mais *moi*, je suis le processus qui te conduit à Dieu, la *réponse vivante* que tu cherches, et quand tu l'auras trouvé, il te transformera au dedans. Il y a des tas de gens intelligents qui sortent des choses intelligentes de leur tête parce qu'on leur a transmis les bonnes réponses, mais ces gens-là ne me connaissent pas du tout. Or, comment leurs réponses peuvent-elles être justes même en étant justes, tu me suis ?

Sa plaisanterie la fit sourire. Elle enchaîna :

– Donc, même s'ils ont raison, ils ont tort.

– Je comprends, dit Mack. J'ai fait ça pendant des années après le séminaire. J'avais parfois les bonnes réponses, mais je ne te connaissais pas. Ce week-end, ta présence à mes côtés a été infiniment plus éclairante pour moi que toutes ces réponses ne l'ont jamais été.

Le canot continuait à dériver dans le courant.

– Est-ce que je vais te revoir ? demanda-t-il timidement.

– Certainement. Tu me trouveras dans une œuvre d'art, une pièce musicale, dans le silence, dans les gens, dans la Nature créée, ou dans ta joie et tes peines. Mon aptitude à la communication est infinie, vivante et transformatrice, et elle est toujours syntonisée sur la bonté et l'amour de papa. Tu me verras et m'entendras aussi dans la Bible, d'une toute nouvelle façon. Seulement, renonce aux règles et aux principes. Cherche l'état relationnel – la manière de nous retrouver.

– Ce ne sera quand même pas comme maintenant, avec toi dans mon embarcation.

– Non, ce sera beaucoup mieux que ce que tu as connu jusqu'à présent, Mackenzie. Et quand tu en seras à ton dernier sommeil, nous aurons toute l'éternité pour vivre ensemble, face à face.

Sur ces mots, elle disparut. Mais il savait qu'elle n'était pas vraiment partie.

– Aide-moi, je t'en prie, aide-moi à vivre dans la vérité, dit-il à haute voix.

Et il se demanda s'il venait de prier.

ෆෆෆ

Quand Mack entra dans le shack, Jésus et Sarayu étaient déjà à table. Comme d'habitude, elle croulait sous les plats appétissants que Papa avait préparés. Mack n'en reconnut que quelques-uns, et même ceux-là, il dut les regarder à deux fois pour se rendre compte qu'ils lui étaient familiers. Curieusement, il n'y avait aucun légume vert. Il alla faire une brève toilette à la salle de bains et, à son retour, les trois autres avaient déjà entamé leur repas. Il tira la quatrième chaise et s'assit.

– Rien ne vous oblige à manger, n'est-ce pas ? demanda-t-il en se versant un bol de soupe claire aux fruits de mer, avec de la pieuvre, du poisson et d'autres ingrédients plus difficiles à identifier.

– Rien ne nous oblige à rien, affirma Papa avec fermeté.

– Alors pourquoi mangez-vous ?

– Pour te tenir compagnie, mon chéri. Toi, il faut que tu manges. N'est-ce pas une belle façon d'être ensemble ?

– De toute façon, ajouta Jésus, nous adorons faire la cuisine. Et moi, j'adore manger. Rien de tel qu'un peu de shao-mai, d'ugali, de nipla ou de kori bananje pour réjouir mes papilles gustatives. Ensuite, pour finir, un pouding au caramel ou un tiramisu avec du thé chaud. Mmm… ! Difficile de faire mieux.

Éclat de rire général. Ensuite, on se remit à passer les plats et à remplir les assiettes. Tout en mangeant, Mack écoutait la conversation des trois autres. Ils parlaient et riaient comme de vieux amis qui n'ont plus de secrets l'un pour l'autre. En réalité, c'était certainement beaucoup plus vrai pour eux que pour qui que ce soit d'autre, dans et hors de la Création. Mack enviait leur désinvolture respectueuse et il se demandait comment la transposer dans ses conversations avec Nan et peut-être dans celles qu'il avait avec certains de ses amis.

Mack s'étonna une fois de plus du caractère à la fois merveilleux et absurde de ce moment. Il songea à ses extraordinaires dialogues des dernières vingt-quatre heures. Bon sang ! N'était-il ici que depuis une journée ? Et que devait-il faire de tout ça en rentrant chez lui ? Il raconterait tout à Nan. Elle ne le croirait sans doute pas, mais il ne pourrait pas lui en vouloir ; à sa place, lui non plus n'en croirait pas un mot.

Plus les idées se bousculaient dans sa tête, plus il se dissociait de son entourage. Ça ne pouvait pas être vrai. Il ferma les yeux et tenta de se fermer à la conversation de ses hôtes. Soudain, il entendit le silence. Il ouvrit lentement les yeux, s'attendant presque à se réveiller chez lui. Mais il vit Papa, Jésus et Sarayu qui l'observaient avec un sourire idiot. Il n'essaya même pas de s'expliquer. Il savait qu'ils savaient.

Il montra plutôt un des plats et dit:

– Est-ce que je pourrais goûter à cela?

Les conversations reprirent, et cette fois, il porta attention. Quand il sentit qu'il se repliait à nouveau, il se secoua et posa une question.

– Pourquoi aimez-vous les humains? Je suppose que je...

Voyant qu'il n'avait pas très bien formulé sa question, il se reprit.

– Je veux dire, j'aimerais savoir pourquoi vous m'aimez alors que je n'ai rien à vous offrir?

– Réfléchis, Mackenzie, répondit Jésus, et tu verras qu'il peut être très libérateur de savoir que tu n'as rien à nous offrir, ou du moins rien qui puisse nous apporter ou nous enlever quelque chose... Cela devrait suffire à atténuer tes exigences de rendement.

– Et toi, aimes-tu davantage tes enfants quand ils ont un rendement supérieur? ajouta Papa.

– Non. Mais je vois où vous voulez en venir. Cependant, leur présence dans ma vie me fait éprouver un sentiment de plénitude plus grand – pas vous?

– Non, dit Papa. Notre plénitude est déjà tout entière en nous. Vous avez été conçus pour vivre en communion, ayant été créés à notre image. Ainsi, le fait de ressentir cette communion avec vos enfants, ou de ressentir quoi que ce soit qui vous « apporte » quelque chose de plus est tout à fait normal et juste. Ne perds pas de vue, Mackenzie, qu'intrinsèquement je ne suis pas un être humain en dépit du fait que nous ayons choisi de passer ce week-end avec toi. Je suis réellement humain en Jésus, mais je suis par nature autre, et complètement distinct de lui.

– Vous savez, n'est-ce pas, dit Mack en ayant l'air de s'excuser – mais bien sûr, vous n'ignorez pas que je vous comprends seulement jusqu'à un certain point ? Qu'ensuite, vous me perdez et que mon cerveau tourne à la purée ?

– Je comprends, acquiesça Papa. Tu ne peux pas visualiser ce dont tu ne peux faire l'expérience.

– Je suppose que c'est ça... Ou enfin... Peu importe... Tu vois ? De la purée.

Quand ils eurent fini de rire, Mack continua.

– Vous savez à quel point je vous suis reconnaissant pour tout, mais vous m'en avez beaucoup mis sur les épaules en ces deux jours. Qu'est-ce que je devrai faire à mon retour à la maison ? Qu'attendez-vous de moi ?

Jésus et Papa se tournèrent vers Sarayu dont la fourchette resta suspendue en l'air. Elle la posa lentement sur son assiette et réagit au regard confus de Mack.

– Tu dois pardonner à ces deux-là, Mack. L'espèce humaine a l'habitude de restructurer la langue en fonction de son autonomie et de son besoin de rendement. Alors quand je constate qu'ils déforment la langue en faveur des règles et au détriment de la vie que nous partageons, il m'est difficile de me taire.

– Et c'est très bien comme ça, ajouta Papa.

– Qu'est-ce que j'ai dit ? fit Mack, curieux.

– Allez, mange, dit Papa. Ça ne nous empêchera pas de parler.

En parlant, Sarayu parut léviter et chatoyer dans une danse de nuances et de couleurs, et la pièce se remplit peu à peu de mille et un parfums capiteux comme de l'encens.

– Permets que je réponde à ta question par une autre question. Pourquoi crois-tu que nous avons écrit les Dix Commandements ?

Cette fois, ce fut la fourchette de Mack qui resta suspendue en l'air. Mais il la mit quand même dans sa bouche en cherchant une réponse.

– Je suppose – du moins, c'est ce qu'on m'a enseigné – qu'il s'agit d'un ensemble de lois auxquelles les humains doivent obéir afin de vivre dans le bien et dans vos bonnes grâces.

– Si c'était le cas – et ça ne l'est pas – répliqua Sarayu, combien d'êtres humains vivraient selon toi suffisamment dans le bien pour jouir de nos bonnes grâces ?

– S'ils sont comme moi, ils ne sont pas nombreux.

– En fait, un seul y est parvenu : Jésus. Jésus a non seulement obéi à la lettre de la loi, il en a aussi pleinement respecté l'esprit. Mais, comprends ceci, Mackenzie : pour agir de la sorte, il a dû s'appuyer complètement sur moi, dépendre entièrement de moi.

– Alors, pourquoi nous avoir donné ces Commandements ?

– En vérité, nous voulions que vous renonciez à essayer d'être justes par vous-mêmes. Les Commandements sont le miroir qui devait vous montrer à quel point votre visage est sale quand vous insistez pour vivre indépendamment de nous.

– Mais vous savez tous les trois qu'ils sont fort nombreux à se prétendre justes parce qu'ils observent les Commandements.

– Peux-tu te laver le visage avec le miroir qui te renvoie la saleté de ton reflet ? Il n'y a ni miséricorde ni grâce divine dans les Commandements, pas même pour une faute unique. C'est pourquoi Jésus a tout assumé pour vous, afin que cela ne vous domine plus. Et la Loi qui renfermait des exigences impossibles (« Tu ne feras pas ceci… Tu ne feras pas cela… ») est devenue une promesse que nous réalisons en toi.

Elle discourait sans s'arrêter, et sa forme ondulait et bougeait.

– Mais n'oublie pas que si tu vis ta vie seul et de façon autonome, cette promesse demeure vide. Jésus a retiré de la Loi toutes ses exigences ; la Loi ne peut ni accuser ni commander. Jésus est à la fois la promesse et sa réalisation.

– Veux-tu dire que rien ne m'oblige à observer les Commandements ?

Mack avait cessé de manger pour se donner tout entier à la conversation.

– Exactement. En Jésus, tu n'es soumis à *aucune* loi. Tout est juste et bon.

– Tu plaisantes ! fit Mack, dépité. Tu te moques de moi !

– Mackenzie, poursuivit Sarayu, ceux que la liberté effraie sont ceux qui ne nous laissent pas vivre en eux. Observer la Loi, c'est annoncer ton indépendance, ton refus de lâcher prise.

– Est-ce pour cette raison que nous sommes si attachés à la Loi ? demanda Mack. Parce qu'elle nous permet de dominer la situation ?

– C'est beaucoup plus grave que cela. La Loi te donne le droit de juger les autres et de t'estimer supérieur à eux. Tu crois vivre selon des critères plus exigeants que les êtres que tu juges. Faire appliquer les règlements, surtout dans leurs manifestations plus subtiles que sont les responsabilités et les attentes, c'est tenter en vain d'extraire des certitudes de l'incertitude. Et contrairement à ce que tu penses, l'incertitude me plaît beaucoup. Aucun règlement ne libère ; il ne peut qu'accuser.

– Eh bien ! fit Mack, qui saisissait tout à coup l'ampleur des propos de Sarayu. Si je comprends bien, les responsabilités et les attentes ne sont que d'autres formes de règlements auxquels nous ne sommes pas soumis ? C'est bien ça ?

– Oui, interjeta Papa. C'est en plein ça – Sarayu, je te le confie !

Mack ignora Papa, préférant se concentrer sur Sarayu, mais ce n'était pas du tout facile.

Sarayu sourit d'abord à Papa, puis à Mack. Elle parla lentement et avec fermeté.

– Mackenzie, entre un nom et un verbe, je choisirai toujours le verbe.

Elle se tut et attendit. Mack n'était pas du tout certain de comprendre le sens de cette remarque sibylline.

– Quoi ?

– Moi, fit-elle, en écartant les mains pour inclure Jésus et Papa, moi, je suis un verbe. Je suis Celui qui est. Je serai Celui qui sera. Je suis un verbe ! Vivant, dynamique, toujours actif, en déplacement. Je suis un verbe-être.

Mack avait les yeux vitreux. Il comprenait chaque mot individuellement, mais leur sens ne passait pas la frontière de son cerveau.

– Et puisque mon essence même est un verbe, continua-t-elle, je suis plus accordée aux verbes qu'aux substantifs. Aux verbes actifs tels confesser, se repentir, vivre, aimer, réagir, croître, récolter, changer, semer, courir, danser, chanter, et ainsi de suite. L'espèce humaine, au contraire, sait très bien prendre un verbe vivant et plein de grâce et en faire un nom inanimé ou un principe lourd de lois. Ainsi meurt ce qui auparavant croissait et vivait. Les noms existent parce qu'existent un univers créé et une réalité physique, mais si l'univers n'est qu'une masse de substantifs, cet univers est mort. Si «Je suis» n'est pas, il n'y a pas de verbes, et les verbes sont la vie de l'univers.

Mack se débattait avec ce concept, mais une petite étincelle sembla vouloir se frayer un chemin dans sa tête.

– Donc… donc… ça veut dire quoi, au juste?

Apparemment indifférente au fait que Mack ne comprenait toujours pas, Sarayu continua sur sa lancée.

– Pour qu'une chose puisse effectuer le passage de la mort à la vie, il faut qu'intervienne un élément vivant et animé. Passer d'un simple substantif à quelque chose de dynamique et d'imprévisible, à quelque chose qui vit au temps présent, c'est passer de la loi à la grâce. Puis-je te donner quelques exemples de cela?

– Je t'en prie. Je suis tout ouïe.

Jésus eut un petit gloussement et Mack le réprimanda du regard avant de revenir à Sarayu. L'ombre d'un sourire parcourut son visage quand elle se remit à parler.

– Prenons tes deux mots de tantôt: responsabilité et attente. Avant que ces mots ne soient les substantifs qu'ils sont devenus, ils étaient mes mots *à moi*, des mots habités par le mouvement et l'expérience; l'aptitude à réagir et l'expectative. Mes mots sont vivants et dynamiques – pleins de vie et de potentialités; les tiens sont inanimés, remplis de règles, de peur et de jugements. C'est pour cela que le mot «responsabilité» n'apparaît pas dans les Écritures.

– Bon sang, fit Mack en grimaçant. Il commençait à voir où tout cela les menait. «Dire que nous avons toujours ce mot à la bouche.»

– La religion a besoin de lois pour s'arroger des pouvoirs et contrôler les individus indispensables à sa survie. Alors que *moi* je te donne la possibilité de réagir, et puisque ta réaction est d'être libre d'aimer et de servir en toutes circonstances, chaque instant est différent, unique et merveilleux. Puisque c'est *moi* qui suis ton aptitude à réagir, *je dois vivre* en toi. Si je me contentais de te confier une *responsabilité*, ma présence en toi serait inutile. Il ne s'agirait plus que d'une tâche à accomplir, d'une obligation à respecter, d'une occasion d'échec.

– Ah la la la la la... fit Mack, sans grand enthousiasme.

– Prenons l'exemple de l'amitié et voyons comment le fait de retrancher l'élément vivant d'un substantif peut gravement altérer une relation. Mack, si toi et moi sommes amis, cette relation renferme une certaine forme d'expectative. Quand nous sommes séparés et que savons que nous nous reverrons bientôt, nous anticipons la présence de l'autre, les rires et les conversations que nous partagerons. Cette expectative ne se définit pas concrètement ; elle est vivante et dynamique, et tout ce qui émerge de notre rapprochement est un don précieux que nous sommes seuls à partager. Mais qu'arrive-t-il si je transforme cette « expectative » en « attente » avouée ou tacite ? Soudain, une loi s'est insinuée entre nous. Tu dois te comporter de manière à satisfaire mes attentes. Notre amitié vivante se détériore rapidement et devient une chose morte que gouvernent des règles et des exigences. Nous ne sommes plus seuls, toi et moi ; il y a aussi avec nous le comportement que doivent adopter des amis, les responsabilités qui incombent à un ami intime.

– Ou, nota Mack, les responsabilités d'un mari, d'un père, d'un employé ou que sais-je. Je vois. Je préfère de beaucoup l'expectative.

– Comme moi, dit Sarayu, songeuse.

– Mais s'il n'y avait ni attentes ni responsabilités dans le monde, le chaos ne régnerait-il pas ?

– Uniquement si tu es intégré à ce monde, loin de moi et soumis à sa loi. Les responsabilités et les attentes sont le fondement de la culpabilité, de la honte et du jugement, et elles forment la structure indispensable qui voit dans le rendement l'assise du sentiment d'identité et de l'estime de soi. Tu sais très bien ce qui arrive lorsque tu ne rencontres pas les attentes de ton entourage.

– Tu parles ! marmonna Mack. Mettons que je ne trouve pas ça agréable du tout.

Il se tut un moment : une nouvelle idée venait de lui traverser l'esprit.

– Veux-tu dire que tu n'attends rien de moi ?

C'est Papa qui parla.

– Mon chéri, je n'ai jamais rien attendu de toi ou de qui que ce soit d'autre. Le principe même de l'attente suppose qu'une personne ignore tout de l'avenir ou de l'aboutissement d'une situation, et qu'elle s'efforce de diriger les comportements des autres pour obtenir les résultats escomptés. Le premier objectif des attentes humaines est le contrôle des actes d'autrui. Je te connais et je sais tout de toi. Pourquoi attendrais-je de toi autre chose que ce que je sais déjà ? Ce serait stupide. En outre, puisque je ne nourris aucune attente en ce qui te concerne, je ne suis jamais déçue.

– Quoi ? Je ne t'ai jamais déçue ?

– Jamais ! affirma Papa avec ardeur. Mais je vis dans une expectative continuelle et dynamique de notre relation, et je te rends capable de réagir à toute situation et à toute expérience éventuelle. Plus tu donneras de l'importance aux attentes et aux responsabilités, moins tu me connaîtras et moins tu auras confiance en moi.

– Et plus tu vivras dans la peur, ajouta Jésus.

Mack n'était pas convaincu.

– Mais ne veux-tu pas que nous ayons des priorités ? Je veux dire : Dieu d'abord, et ensuite seulement autre chose, puis encore autre chose ?

– L'ennui des priorités, dit Sarayu, est qu'elles mettent des hiérarchies partout, des pyramides. Et nous avons déjà eu cette discussion. Si tu places Dieu au sommet, qu'est-ce que cela signifie ? Et où cela s'arrête-t-il ? Combien de temps me consacres-tu avant de vaquer à tes occupations quotidiennes, avant de vivre ta vie – qui t'intéresse beaucoup plus ?

Papa intervint encore.

– Tu vois, Mackenzie, je ne veux pas seulement un morceau de toi et un fragment de ta vie. Même si tu pouvais – et tu n'en es pas capable – me donner les plus gros de ces morceaux, je n'en voudrais pas. Je te veux tout entier, chaque morceau de toi et chaque fragment de ta journée.

Jésus prit à nouveau la parole.

– Mack, je ne veux pas être le premier d'une liste. Je veux être au cœur de tout. Quand j'habite en toi, nous pouvons ensemble vivre toutes tes expériences. Oublie la pyramide. Je veux être le centre d'un mobile, où chaque partie de ta vie – tes amis, ta famille, ton travail, tes pensées, tes activités – est reliée à moi mais bouge avec la brise, dedans, dehors, d'avant en arrière, dans une extraordinaire danse de tout l'être.

– Et moi, conclut Sarayu, je suis cette brise.

Elle sourit de toutes ses dents en faisant la révérence.

Dans le silence qui suivit, Mack se ressaisit. Il s'était agrippé des deux mains au bord de la table comme à quelque chose de tangible pour contrer cet assaut d'images et d'idées.

– Allons, ça suffit, dit Papa, en ramassant quelques plateaux de nourriture. Le moment est venu de nous amuser! Allez-y, vous autres. Moi, je range ce qui risque de se gâter. Je verrai à la vaisselle plus tard.

– Pas de recueillement comme hier? demanda Mack.

– Il n'y a pas de rituels, dit Papa en prenant quelques assiettes. Ce soir, nous faisons quelque chose de différent. Tu vas adorer!

Comme Mack se levait pour sortir derrière Jésus, une main se posa sur son épaule. Sarayu était tout près de lui et le regardait intensément.

– Mackenzie, si tu me le permets, je vais t'offrir un cadeau. Mais auparavant, laisse-moi toucher tes yeux et les guérir, seulement pour ce soir.

– Ma vue n'est pas bonne? répondit Mack, taquin.

– En fait, dit Sarayu, l'air de s'excuser, tu vois très peu, même pour un humain dont la vue est plutôt bonne. Mais, seulement pour ce soir, j'aimerais que tu puisses voir presque la même chose que nous.

– Alors, vas-y. Touche à mes yeux. Touche à tout ce que tu voudras.

Elle posa les mains sur son front, et Mack baissa les paupières en s'inclinant. Le toucher de Sarayu était froid comme de la glace; c'était inattendu et exaltant. Un frisson délicieux le parcourut et il voulut retenir ses mains. Ne les trouvant pas, il ouvrit lentement les yeux.

15
LE FESTIVAL DE L'AMITIÉ

Tu as beau embrasser ta famille et tes amis et mettre des kilomètres entre eux et toi, tu les amènes avec toi dans ton cœur, dans tes pensées et dans ton ventre, parce que tu ne fais pas que vivre dans un monde, tout un monde vit en toi.

— FREDERICK BUECHNER, *Telling the Truth*

E n ouvrant les yeux, Mack dut immédiatement les abriter d'une lumière éblouissante qui l'étourdit. Puis il entendit une voix.

– Tu ne pourras pas me regarder en face, dit Sarayu. Ou regarder Papa. Mais à mesure que ton cerveau s'habituera au changement, ça te sera plus facile de nous voir.

Mack n'avait pas bougé d'où il était tout à l'heure, mais le shack avait disparu, de même que le quai et la remise. Il était dehors, au faîte d'une petite colline, sous un ciel nocturne lumineux mais sans lune. Il voyait les étoiles tourner, non pas vite mais en souplesse et avec précision, comme si de grands chefs d'orchestre célestes dirigeaient tous leurs mouvements.

De temps à autre, comme obéissant à un ordre, des comètes et des pluies de météorites culbutaient au milieu des étoiles, variant ainsi leurs élégants mouvements. Puis, Mack vit quelques étoiles enfler et brusquement changer de couleur comme des novæ ou des naines blanches. On eût dit que le temps lui-même, soudain dynamique et volatil, était venu enrichir le chaos apparent mais rigoureusement ordonné de ce spectacle céleste.

Il se tourna vers Sarayu qui se trouvait toujours à ses côtés. Même s'il lui était difficile de la regarder en face, il discernait du coin de l'œil les motifs symétriques et colorés qui la composaient (comme si des diamants, des rubis et des saphirs miniatures et multicolores avaient été cousus dans une robe de lumière) et qui d'abord ondulaient avant de se disperser comme des particules en suspension.

— C'est merveilleusement beau, murmura-t-il, entouré qu'il était par un spectacle aussi divin et majestueux.

— Très juste, dit la voix de Sarayu du milieu de ce rayonnement. Maintenant, regarde autour de toi.

Il lui obéit et en resta bouche bée. Même dans l'obscurité de la nuit une clarté émanait de tout et produisait des halos multicolores. La forêt elle-même s'embrasait de lumière et de couleurs, pourtant chaque arbre s'en détachait parfaitement, comme aussi chacune de ses branches et chacune de ses feuilles. Les oiseaux et les chauves-souris qui se pourchassaient en plein vol laissaient derrière eux des sillages de flammes colorées. Il put voir, même de très loin, toute une armée de créatures : à l'orée de la forêt, des chevreuils, des ours, des chèvres de montagne, d'imposants wapitis ; dans l'eau du lac, des loutres et des castors, tous enveloppés d'éclatants coloris. Des myriades de petites bestioles détalaient et s'élançaient partout, chacune bien vivante dans sa lumineuse gloire.

Dans un halo de flammes couleur de pêche, de prune et de raisin de Corinthe, un balbuzard plongea vers le lac mais sembla se raviser aussitôt et en écuma rapidement la surface tandis que des étincelles tombaient de ses ailes comme des flocons de neige. Derrière lui, une grosse truite arc-en-ciel perça la surface de l'eau comme pour taquiner un pêcheur de passage, puis elle se laissa retomber dans un jaillissement coloré.

Mack avait l'impression d'être beaucoup plus grand que nature, comme s'il avait pu être à la fois où il était et à l'endroit même où son regard se posait. Deux oursons qui jouaient près des pattes de leur mère attirèrent son regard par leurs culbutes ocre, menthe et noisette et l'éclat de leurs rires d'oursons. Il crut pouvoir les toucher de la main et, sans réfléchir, il étendit le bras, mais le ramena aussitôt quand il le vit entouré de flammes. Il regarda ses mains, merveilleusement sculptées et parfaitement visibles dans les cascades de lumière qui les gantaient. Le reste de son corps était entièrement revêtu d'une enveloppe de couleurs et de lumière, d'une chape de pureté sous laquelle il était en même temps tout à fait libre et parfaitement décent.

Mack constata aussi qu'il ne ressentait aucun mal, même pas dans ses pauvres articulations d'habitude douloureuses. En fait, il ne s'était jamais senti aussi bien, aussi entier. Il avait l'esprit dégagé, il respirait les parfums et les arômes de la nuit et des fleurs endormies qui peu à peu se réveillaient pour participer à la fête.

Une joie délicieuse et délirante monta en lui. Il bondit, et flotta doucement pendant quelques secondes, puis il se reposa au sol. « C'est comme lorsque je vole en rêve », songea-t-il.

Puis, Mack vit dans la forêt des points lumineux qui convergeaient vers la prairie au pied de la colline où Sarayu se tenait avec lui. Il les distingua clairement, très haut sur les montagnes environnantes ; ils s'allumaient et s'éteignaient à mesure qu'ils approchaient sur des sentiers et des pistes invisibles.

Quand ces points lumineux débouchèrent dans le pré, il comprit que c'était une armée d'enfants. Ils ne portaient pas de lampes, eux-mêmes étant lumière, et dans leur éclat radieux ils représentaient par leur costume une société, une tribu, une culture. Mack put en identifier quelques-unes, mais pas toutes, et ce n'était pas important. Ces enfants étaient les enfants de la terre, les enfants de Papa. Ils se déplaçaient avec dignité et avec élégance, en arborant une expression de bonheur et de paix. Les petits tenaient par la main des enfants plus jeunes encore.

L'espace d'une seconde Mack se demanda si Missy se trouvait parmi eux. Il la chercha un peu, mais capitula très vite. Si elle était là, si elle voulait courir vers lui, elle le ferait. Les enfants formèrent alors un cercle dans le pré fleuri, et près de l'endroit où Mack se tenait un sentier se dessina de la bordure presque jusqu'au centre du cercle. Des tas de questions se bousculèrent soudain dans la tête de Mack. Chacun des rires et des chuchotements des enfants provoquait de petites cascades de lumière et de feu, comme une pluie de flashes dans les gradins d'un stade. Mack n'avait aucune idée de ce qui se passait, mais, de toute évidence, les enfants le savaient et ils contrôlaient mal leur impatience.

Derrière eux, des adultes comme lui revêtus d'une gloire de lumière à la fois brillante et discrète entrèrent dans la clairière et encerclèrent les enfants.

Soudain, un mouvement inhabituel capta l'attention de Mack. Il lui sembla qu'un des êtres de lumière du cercle extérieur éprouvait quelques difficultés. Des éclairs et des lances violets et ivoire pointés sur Mack et Sarayu transpercèrent la nuit. Lorsque ces flammes reculèrent, des faisceaux ardents couleur d'orchidée, d'or et de vermillon les remplacèrent en éclatant de tous leurs feux contre le ciel sombre, puis pâlirent et retournèrent d'où ils étaient venus.

Sarayu eut un petit rire.

– Qu'est-ce qui se passe ? chuchota Mack.

– Il y a là un homme qui a du mal à contenir ses émotions.

L'homme qui ne parvenait pas à se dominer transmit son agitation à ses voisins. L'effet d'entraînement fut clairement visible : les éclats de lumière qui émanaient de lui s'étendirent au cercle des enfants. Les êtres les plus proches du fauteur réagirent puisqu'un flux de couleurs lumineuses passa d'eux à lui en formant des motifs uniques. Mack crut voir là une admonestation au responsable de ce charivari.

– Je ne comprends toujours pas, chuchota Mack une fois de plus.

– Mackenzie, tout être émet un motif unique de couleurs et de lumière. Chacun de ces motifs est différent et aucun ne se répète. Ici, nous pouvons réellement nous *voir* les uns les autres, et *voir* signifie, entre autres, que la personnalité et les émotions de chacun se traduisent par des coloris et une lumière visibles.

– C'est inouï ! Alors, pourquoi la couleur des enfants est-elle essentiellement blanche ?

– Si tu t'approches, tu verras qu'émanent d'eux de nombreuses couleurs individuelles et que celles-ci se sont fondues au blanc, car le blanc les contient toutes. Quand les enfants vieillissent, à mesure qu'ils deviennent les êtres qu'ils sont en réalité, ils développent leurs couleurs propres ; des coloris et des nuances uniques prennent forme.

– Inouï !

Que dire d'autre ? Mack regarda la scène plus attentivement et s'aperçut que d'autres créatures s'étaient maintenant rassemblés derrière les adultes à égale distance les uns des autres pour former un cercle autour du périmètre tout entier. Ces flammes plus hautes paraissaient onduler au gré du vent et toutes étaient du même bleu saphir ou bleu vert avec différentes incrustations d'autres coloris.

– Ce sont des anges, dit Sarayu avant même que Mack n'ait parlé. Des anges serviteurs et des anges gardiens.

– Inouï ! s'écria Mack, une troisième fois.

– Ce n'est pas tout, Mackenzie, et cela va t'aider à comprendre quels sont les ennuis de cet homme.

Elle lui montra du doigt le chaos qui se prolongeait.

Mack voyait clairement que l'homme ne parvenait pas à se calmer. Il projetait de plus en plus près d'eux ses éclats de lumière et de couleurs.

– Non seulement sommes-nous capables de percevoir l'unicité de chacun par sa couleur et sa lumière, mais nous pouvons réagir les uns aux autres par ce même moyen. L'ennui est que cette réaction est très difficile à contrôler. Elle n'a pas non plus été conçue pour qu'on limite son action comme tente de faire cet homme. Il est plus naturel de la laisser s'exprimer en toute liberté.

– Je ne comprends pas, fit Mack, hésitant. Veux-tu dire que l'on peut communiquer les uns avec les autres par la couleur ?

– Oui, fit Sarayu en hochant la tête (ou du moins, c'est ce qui sembla à Mack). La relation entre deux êtres est absolument unique. C'est pourquoi tu ne peux pas aimer deux personnes du même amour. C'est tout simplement impossible. Tu aimes chaque personne différemment pour ce qu'elle est et pour l'unicité qu'elle puise en toi. Mieux vous vous connaissez, plus riches sont les couleurs de votre relation.

Mack admirait le spectacle qui se déroulait sous ses yeux. Sarayu enchaîna.

– Pour t'aider à comprendre, le meilleur moyen consiste sans doute à t'en donner un bref exemple. Supposons que tu es dans un café avec un ami. Ton attention se porte vers lui et, si tu pouvais le voir, tu constaterais qu'une émanation de couleurs lumineuses en forme de gloire vous enveloppe et que cette aura témoigne non seulement de l'unicité de votre personnalité, mais aussi de l'unicité de votre relation et des émotions que vous vivez à cet instant.

– Mais…

Sarayu l'interrompit.

– Mais supposons qu'une autre personne qui t'est chère entre au même moment dans le café et que, bien qu'engagé dans ta conversation avec ton ami, tu remarques sa présence. Si tu pouvais vraiment percevoir le réel, voici ce que tu verrais : pendant que tu poursuivrais ta conversation, un mariage unique de couleurs et de lumière se détacherait de toi, et cette représentation différente de ton affection irait encercler la personne qui vient d'entrer pour lui souhaiter la bienvenue. Ce phénomène n'est pas que visuel ; il est aussi sensuel. Tu peux ressentir, humer et même goûter cette unicité.

– J'adore ! Mais, sauf pour celui-là, là-bas (il montra du doigt les lueurs agitées), pourquoi sont-ils si calmes ? Ne devraient-ils pas tous s'échanger des couleurs ? Ne se connaissent-ils pas ?

– La plupart d'entre eux se connaissent très bien, mais ils sont ici pour célébrer quelque chose qui ne les concerne pas personnellement et qui ne concerne pas les rapports qu'ils ont les uns avec les autres – du moins, pas directement. Ils attendent.

– Ils attendent quoi ?

– Tu le sauras bientôt.

Manifestement, Sarayu n'en dirait pas plus. Le fauteur de trouble attira à nouveau l'attention de Mack.

– Alors, dis-moi pourquoi cet être se débat ainsi et pourquoi il semble s'intéresser à nous.

– Il ne s'intéresse pas à nous, fit Sarayu d'une voix douce. Il s'intéresse à toi.

– Quoi ? fit Mack, confus.

– L'être qui a tant de mal à se dominer, cet être-là est ton père.

Un torrent d'émotions, mélange de colère et de manques, déferla sur Mack. Comme à ce signal, les couleurs de son père éclatèrent à l'autre bout du pré et vinrent l'envelopper. Mack baigna aussitôt dans un océan où se fondaient le rubis et le vermillon, le magenta et le violet. Lumières et coloris tourbillonnèrent autour de lui. Et au beau milieu de cet orage il se surprit à s'élancer au pas de course dans le sentier pour y retrouver son père, à s'élancer vers la source de ces couleurs et de ces émotions. Il était redevenu un petit garçon qui cherche son papa et, pour la première fois de sa vie, il n'avait pas peur. Il courait, indifférent à tout sauf à l'objet de son amour, et il le trouva. À genoux dans la lumière, le visage enfoui dans les mains, son père pleurait et les larmes qui coulaient sur ses joues ressemblaient à une cascade de diamants et de pierres précieuses.

– Papa ! s'écria Mack en s'élançant vers l'homme qui ne pouvait même pas lever les yeux sur son fils. Dans un hurlement de vent et de flammes, Mack prit dans ses mains le visage de son père, forçant ce dernier à le regarder dans les yeux et à l'entendre prononcer péniblement les mots qu'il avait toujours voulu lui dire : « Papa, pardonne-moi ! Papa, je t'aime ! » La lumière de ses paroles avala les nuances les plus sombres des couleurs de son père et fit virer celles-ci au rouge sang. Ils échangèrent des aveux et des pardons tandis qu'un amour plus grand qu'eux se répandait sur eux comme un baume.

Quand ils purent enfin se relever, le père serra son fils contre lui comme jamais encore il ne l'avait fait. C'est alors que Mack entendit la musique qui se déversait sur eux et sur le lieu saint où ils étaient enlacés. Incapables de parler tant ils pleuraient, ils écoutèrent le chant de réconciliation dont s'illuminait la nuit. Des jets de couleurs en arceaux émanèrent des enfants, surtout de ceux qui avaient le plus souffert, puis ils se propagèrent de l'un à l'autre, comme portés par le vent, jusqu'à ce que la clairière tout entière baigne dans la musique et la lumière.

Mack devina que ce n'était pas le moment d'entamer un dialogue, et que ces précieux instants avec son père s'achèveraient bientôt. Il comprit que, mystérieusement, leur rencontre avait autant pour but d'aider son père que de l'aider, lui. Une légèreté nouvelle le rendit euphorique. Il embrassa son père sur la bouche, puis il lui tourna le dos pour revenir sur la petite butte où l'attendait Sarayu. Tandis qu'il s'avançait au milieu des enfants, leurs couleurs l'enveloppèrent brièvement puis s'estompèrent. Parmi eux, il était déjà connu et aimé.

Sarayu l'enlaça à son tour et il la laissa faire en pleurant. Quand il eut un peu repris ses esprits, il regarda le pré, le lac, le ciel étoilé. Un silence descendit sur eux. L'anticipation était palpable. Puis, Jésus émergea soudain des ténèbres, et un désordre indescriptible s'ensuivit. Il était vêtu d'une tunique ordinaire, d'un blanc lumineux, et il avait sur la tête une

couronne d'or toute simple, mais il dégageait toute la majesté du roi de l'univers.

Il s'avança dans le sentier qui s'ouvrit devant lui jusqu'au centre – le centre de toute la Création, qui était l'homme Dieu et le Dieu fait homme. Des couleurs scintillantes s'entrecroisèrent sous ses pieds comme pour lui tisser un tapis. Certaines créatures lui criaient leur amour, d'autres levaient les deux mains en silence. Plusieurs des êtres aux couleurs les plus profondes et riches s'allongèrent face contre terre. Toute chose vivante entonna un hymne d'amour infini et d'action de grâce. Ce soir, l'univers était tel qu'il devait être.

Au centre, Jésus jeta autour de lui un regard circulaire. Ses yeux s'arrêtèrent sur Mack, au sommet de la butte. Mack l'entendit lui murmurer quelque chose à l'oreille.

– Mack, je te suis particulièrement attaché.

Mack ne put supporter un bonheur aussi grand. Il s'affaissa, secoué de sanglots. Il était comme paralysé, enfermé dans l'étreinte d'amour et de tendresse de Jésus.

Alors, Jésus dit haut et fort, mais d'une voix chaleureuse et invitante : « Venez ! » Et ils lui obéirent : les enfants d'abord, puis les adultes, un à un ils vinrent à lui et restèrent près de lui aussi longtemps qu'ils en ressentirent le besoin. Ils vinrent parler et rire avec leur Jésus, ils vinrent l'embrasser et chanter avec lui. On eût dit que le temps s'était suspendu pendant que continuaient la danse et le spectacle célestes. Puis, tour à tour, ils repartirent, et il n'y eut plus dans la clairière que les sentinelles bleues et les animaux. Jésus déambula au milieu des bêtes, il appela chacune par son nom jusqu'à ce qu'avec leurs petits elles regagnent leurs tanières, leurs nids ou leurs pâturages.

Voilà qu'ils étaient à nouveau seuls. De l'autre côté du lac, le cri sauvage et obsédant d'un huard sembla marquer la fin de la fête, et les anges sentinelles disparurent à l'unisson. On n'entendait plus que le chœur des grillons et des grenouilles et leurs chants d'adoration qui montaient du rivage et des champs de fleurs. Sans un mot, ils prirent tous les trois la direction du shack que Mack pouvait distinguer à nouveau. Sa vision normale lui était revenue, il était à nouveau aveugle comme si on avait tiré un rideau devant ses yeux. Il en éprouva un sentiment de deuil, une tristesse certaine, jusqu'à ce que Jésus vienne prendre sa main dans la sienne afin de lui signifier que tout suivait normalement son cours.

16

SOMBRE DIMANCHE

*Un Dieu infini peut Se donner tout entier à chacun
de Ses enfants. Il ne Se morcelle pas pour que chacun ait
une partie de Lui, mais chacun Le reçoit aussi entièrement
que s'il n'y avait personne d'autre.*

– A. W. Tozer

Mack crut qu'il venait à peine de sombrer dans un sommeil sans rêve quand une main le secoua.

– Mack, réveille-toi ; il est temps de partir.

C'était une voix familière, mais plus grave que dans son souvenir, comme si la personne qui parlait venait tout juste de se réveiller elle aussi.

– Hein ? Quelle heure est-il ? marmonna-t-il en essayant de se rappeler où il était et ce qu'il faisait là.

– Il est temps de partir, chuchota la voix.

Ça ne répondait pas à sa question, mais il sortit du lit en grommelant et tâtonna pour allumer la lampe. Après le noir profond, la lumière soudaine l'aveugla ; il referma vite les yeux un moment avant d'en rouvrir un et de lorgner son visiteur matinal.

L'homme qui se tenait dans sa chambre ressemblait un peu à Papa. Digne d'allure, il était maigre, plus âgé et plus grand que Mack. Ses cheveux gris argent étaient noués en queue de cheval, sa moustache et sa barbiche parsemées de poils gris. Il portait une chemise à carreaux aux manches retroussées, un jean et des bottines de randonnée. Il semblait prêt à s'attaquer à la montagne.

– Papa ? fit Mack.

– Oui, mon fils.

– Tu es encore en train de te moquer de moi ?

– Ça m'amuse, répondit-il avec un sourire chaleureux. Puis il répondit à une question de Mack avant même que celui-ci n'ait eu le temps de la poser.

– Tu auras besoin d'un père ce matin. J'ai mis tout ce qu'il te faut sur la chaise et la table au pied de ton lit. Je t'attendrai dans la cuisine. Il faut que tu manges un morceau avant notre départ.

Mack acquiesça. Il ne lui demanda pas où ils allaient. Si Papa avait voulu qu'il le sache, il le lui aurait dit. Il revêtit des habits qui lui allaient comme un gant et qui ressemblaient beaucoup à ceux de Papa, et il enfila des bottines de randonnée. Avant d'aller à la cuisine, il s'arrêta à la salle de bains.

Appuyés au comptoir, Jésus et Papa avaient l'air beaucoup plus reposés que lui. Il allait parler quand Sarayu entra en tenant un gros colis enroulé qui ressemblait à un sac de couchage. Une courroie fixée aux deux extrémités le rendait facile à transporter. Elle le tendit à Mack. Aussitôt des parfums merveilleux et subtils s'en échappèrent, un mélange de fleurs et d'herbes aromatiques que Mack crut pouvoir identifier. Il y avait là de la cannelle, de la menthe, des sels, des fruits.

– C'est un cadeau pour plus tard. Papa te dira ce que tu dois en faire.

Elle sourit en serrant Mack contre elle. Il n'aurait pu décrire autrement son geste. Mais comment savoir, avec Sarayu ?

– Porte-le, toi, dit Papa. C'est ce que tu as cueilli hier avec Sarayu.

– Mon cadeau à moi devra attendre ton retour, dit Jésus. Puis il prit Mack dans ses bras. L'étreinte de Jésus ressemblait à une vraie étreinte.

Jésus et Sarayu sortirent. Mack se retrouva seul en compagnie de Papa qui était en train de faire cuire des œufs brouillés et du bacon.

– Tu ne manges pas, Papa ? dit Mack, tout en s'étonnant qu'il lui soit maintenant facile de l'appeler ainsi.

– Il n'y a pas de rituels, Mackenzie. Tu as besoin de ce repas, et moi non.

Il sourit.

– Et n'avale pas tout rond. Nous avons tout notre temps. Ce n'est pas bon pour ta digestion de manger trop vite.

Mack mangea lentement et en silence, se contentant de savourer la présence de Papa.

À un moment donné, Jésus vint dire à Papa que les outils dont ils auraient besoin étaient à côté de la porte. Papa le remercia et Jésus l'embrassa sur la bouche avant de ressortir.

En aidant Papa à faire la vaisselle, Mack lui demanda : « Tu l'aimes vraiment beaucoup, n'est-ce pas ? Je veux dire, Jésus. »

– Je sais de qui tu parles, fit Papa en riant.

Il cessa de récurer la poêle à frire.

– Je l'aime de tout mon cœur, dit Papa avec un clin d'œil. C'est très spécial, un fils unique. Cela fait partie de l'unicité de notre relation.

Quand ils en eurent terminé avec la vaisselle, Papa sortit et Mack lui emboîta le pas. L'aube pointait au faîte des montagnes et les couleurs du soleil levant se démarquaient déjà du gris cendré de la nuit mourante. Mack glissa la courroie du cadeau de Sarayu sur son épaule. Papa lui remit la petite pioche appuyée au mur, puis il enfila un sac à dos et prit une pelle dans une main et un bâton de randonnée dans l'autre. Sans un mot, il traversa le jardin puis le verger et se dirigea vers la droite du lac.

Quand ils arrivèrent au départ du sentier, le jour s'était levé et ils purent s'orienter facilement. À quelques pas de là, Papa s'arrêta et, de son bâton, il montra un arbre le long de la piste. Non sans peine, Mack vit que quelqu'un y avait tracé un petit arc rouge. Ce signe ne lui dit rien et papa ne lui en fournit pas l'explication. Ils s'engagèrent dans le sentier d'un bon pas.

Le cadeau de Sarayu était volumineux et néanmoins léger. Pour marcher, Mack s'appuyait sur sa pioche comme sur un bâton de randonnée. Le sentier franchissait un des ruisseaux et s'enfonçait profondément dans la forêt. Mack fut soulagé de porter des bottines imperméables quand, après un faux pas, il se retrouva dans l'eau jusqu'à la cheville. Papa fredonnait en marchant un air que Mack ne reconnut pas.

Pendant leur randonnée, Mack se remémora la multitude d'expériences qu'il avait connues au cours des deux jours précédents. Ses conversations avec les trois autres, individuellement ou en groupe, les moments passés auprès de Sophia, les minutes de recueillement qu'il avait partagées avec ses hôtes, la contemplation du ciel étoilé en compagnie de Jésus, leur promenade sur les eaux du lac. Et enfin, le clou de son week-end : la fête de la veille et sa réconciliation avec son père. Une si grande guérison en si peu de mots. Il peinait à tout assimiler.

En ruminant tout cela et en songeant à ce qu'il avait appris, Mack comprit qu'il n'en avait pas fini avec ses questions. Le moment était mal choisi pour les poser, mais peut-être l'occasion lui serait-elle donnée de le faire un peu plus tard. Il savait cependant qu'il ne serait plus jamais le même, et il se demanda ce que ce changement signifierait pour lui, pour Nan et pour ses enfants. Pour Kate surtout.

Mais une question ne cessait de le tourmenter, si bien qu'il se décida à briser le silence.

– Papa ?

– Oui, mon fils.

– Hier, Sophia m'a aidé à comprendre beaucoup de choses au sujet de Missy. Et ça m'a fait beaucoup de bien de parler à Papa. Heu… je veux dire, de te parler aussi.

Papa s'arrêta et le regarda en souriant pour montrer qu'il comprenait sa confusion, alors Mack enchaîna.

– N'est-ce pas curieux que je ressente aussi le besoin de t'en parler *à toi* ? Comme si tu étais plus… comment dire… comme si tu étais non seulement Papa, mais aussi un vrai père, tu comprends ?

– Je comprends, Mackenzie. Nous bouclons la boucle. Le fait de pardonner à ton père hier t'a beaucoup aidé à voir aujourd'hui en moi un Père. Tu n'as pas à t'expliquer davantage.

Mack sentait confusément qu'ils approchaient du terme d'un très long parcours et que Papa l'aidait à faire ses tout derniers pas.

— On ne peut créer la liberté sans en payer le prix, tu le sais.

Papa baissa les yeux sur les cicatrices indélébiles à ses poignets. Elles étaient clairement visibles.

— Je savais que l'humanité que j'avais créée se révolterait, qu'elle choisirait l'indépendance et la mort, et je savais ce qu'il m'en coûterait pour ouvrir la voie de la réconciliation. Votre autonomie a fait sombrer le monde dans ce qui est à vos yeux un chaos total, un désordre aléatoire et terrifiant. Aurais-je pu empêcher ce qui est arrivé à Missy ? La réponse est oui.

Le regard de Mack suffit à interroger Papa. Il ne lui fut pas nécessaire de formuler sa question.

— Sache premièrement que, si je n'avais rien créé, ces questions n'auraient aucune raison d'être. Deuxièmement, j'aurais pu décider d'intervenir dans ce qui arrivait à Missy. Je n'ai jamais envisagé la première de ces propositions, et la seconde était hors de question pour des raisons que tu ne peux absolument pas comprendre aujourd'hui. La seule réponse que je sois en mesure t'offrir en cet instant est mon amour et ma bonté, et ma relation avec toi. Je n'ai pas voulu la mort de Missy, mais cela ne signifie pas qu'elle ne peut pas me servir à faire le bien.

Mack secoua tristement la tête.

— Tu as raison. Je ne comprends pas tout. Je crois parfois discerner une étincelle de sens, puis toute ma peine et tout le chagrin que j'éprouve remontent à la surface et me disent que ce que je pensais est indubitablement faux. Mais j'ai sincèrement confiance en toi…

Il avait dit cela spontanément, et il en resta coi : c'était étonnant et merveilleux.

— Mais *oui*, Papa, *oui*, j'ai confiance en toi !

Papa le regarda d'un air radieux.

– Je sais, mon fils. Je sais.

Papa se remit en marche et Mack le suivit, le cœur un peu moins lourd et plus en paix. Le sentier commençant bientôt à grimper, ils ralentirent l'allure. De temps à autre, Papa frappait de son bâton un rocher ou un arbre, signalant à Mack la présence d'un petit arc de cercle rouge. Mais avant que Mack puisse l'interroger à ce sujet, Papa poursuivait sa route.

Les arbres se raréfièrent. Mack put voir des formations schisteuses là où des glissements de terrain avaient dénudé des sections de forêt avant même la construction de la piste de randonnée. Ils firent une brève halte, et Mack but à même une des gourdes d'eau fraîche que papa avait apportées.

Peu après, le sentier devint plus traître et ils durent ralentir beaucoup le pas. Quand ils franchirent la ligne des arbres, Mack calcula qu'ils marchaient depuis environ deux heures. Il voyait au loin le sentier se dessiner sur le flanc de la montagne, mais pour y parvenir il leur faudrait d'abord franchir une vaste plaine de pierres et de rochers.

Papa s'arrêta à nouveau, posa son sac et en sortit de l'eau.

– Nous y sommes presque, mon enfant, fit-il en offrant la gourde à Mack.

– Ah oui ?

Mack regarda à nouveau le champ pierreux, solitaire et désert, qui s'étendait à perte de vue.

– Oui !

La réponse laconique de Papa ôta à Mack toute envie de lui demander vers quel but ils se dirigeaient.

Papa s'assit sur un petit rocher à côté de la piste et déposa par terre son sac et sa pelle. Il paraissait troublé.

– J'ai quelque chose à te montrer, quelque chose qui te fera beaucoup de peine.

L'estomac de Mack se serra. Il laissa tomber sa pioche, s'assit et posa le cadeau de Sarayu sur ses genoux. Les parfums qui émanaient du sac, rendus encore plus capiteux par le soleil du matin, comblèrent tous ses sens de beauté et le pacifièrent quelque peu.

– Bon. De quoi s'agit-il ?

– Pour t'aider à voir, je désire te délester d'un autre poids qui obscurcit ton cœur.

Mack sut immédiatement où Papa voulait en venir. Il regarda par terre entre ses pieds. La voix de Papa était douce et rassurante.

– Mon fils, il n'est pas question de t'humilier. L'humiliation, la culpabilité, les accusations, c'est pas mon truc. Il n'en sort pas un atome de plénitude ou de droiture morale, et c'est pourquoi elles sont les clous qui ont été plantés dans le corps de Jésus sur la croix.

Il attendit que Mack assimile cette pensée et domine un peu son sentiment de honte avant de poursuivre.

– Nous nous sommes aujourd'hui engagés sur le sentier de la guérison pour apporter une résolution à ce tronçon de ton parcours, non seulement pour toi, mais aussi pour les autres. Aujourd'hui, le caillou que nous lançons à la surface de l'eau est énorme, et les ronds qu'il fera toucheront des rivages dont tu ne soupçonnes même pas l'existence. Tu devines ce que je veux, n'est-ce pas ?

– J'ai bien peur que oui, marmonna Mack. Les émotions s'échappaient d'un recoin verrouillé de son cœur et commençaient à l'envahir.

– Mon enfant, il faut que tu le dises, il faut que tu le mettes en mots.

Il ne put retenir ses larmes et c'est en sanglotant qu'il dit :

– Comment pourrais-je jamais pardonner au monstre qui a tué ma Missy ? S'il était ici aujourd'hui, je ne sais pas ce que je ferais. Je sais bien que c'est mal, mais je veux qu'il souffre autant qu'il m'a fait souffrir… Je ne peux pas obtenir justice, mais j'aspire tout de même à me venger.

Papa laissa Mack déverser son fiel.

– Mack, dit-il ensuite, absoudre cet homme, c'est me le rendre et me permettre de racheter sa faute.

– Racheter sa faute ?

Le feu de la colère et de la douleur enveloppa Mack.

– Mais je ne veux pas que tu rachètes sa faute ! Je veux que tu le tortures, que tu le punisses, que tu le précipites en enfer…

Sa voix alla se perdre dans le silence.

Papa attendit patiemment qu'il se ressaisisse.

– Je me sens pris au piège, Papa. Je ne peux pas oublier ce qu'il a fait. Est-ce que je le pourrai jamais ?

– Pardonner n'est pas oublier. Pardonner, c'est cesser de saisir quelqu'un à la gorge.

– Mais je croyais que tu oubliais nos péchés ?

– Mack, je suis Dieu. Je n'oublie rien. Je sais tout. Pour moi, oublier c'est choisir de me limiter.

La voix de Papa s'adoucit et Mack regarda au fond de ses beaux yeux sombres.

– Mon enfant, Jésus a fait en sorte qu'aucune loi ne m'oblige à rappeler tes péchés à mon souvenir. En ce qui nous concerne, toi et moi, tes péchés ont disparu ; ils n'interviennent pas dans notre relation.

– Mais cet homme…

– Cet homme est aussi mon fils. Je veux racheter sa faute.

– Alors, quoi ? Je lui accorde mon pardon et, bingo ! tout va comme sur des roulettes, et nous devenons copain-copain ? ironisa Mack d'une voix cassée.

– Tu n'es pas en relation avec cet homme ; du moins, pas encore. Pardonner n'engendre pas une relation. Par l'entremise de Jésus, j'ai pardonné tous les péchés du monde, mais seul un certain nombre d'êtres humains ont choisi de vivre en relation avec moi. Ne vois-tu pas, Mackenzie, que le pardon est une force immense, une force que tu partages avec nous, une force que Jésus donne à tous ceux en qui il habite afin que la réconciliation ait lieu ? Lorsque Jésus a absous ses bourreaux, ceux-ci ne lui furent plus, et ne me furent plus, redevables de quoi que ce soit. Dans ma relation avec eux, je ne rappellerai jamais ce qu'ils ont fait, je ne les humilierai pas, je ne les embarrasserai pas.

– Je ne pense pas en être capable, dit Mack, tout bas.

– Je veux que tu le fasses. Ce pardon est d'abord pour toi, toi qui pardonnes ; il doit te libérer de ce qui te dévorera vivant, de ce qui tuera ta joie et ta capacité d'aimer entièrement et ouvertement. Crois-tu que cet homme se préoccupe du mal et des tourments que tu as connus ? Si cela se trouve, il se nourrit de ce savoir. Ne veux-tu pas y mettre fin ? Ce faisant, tu l'allégeras du fardeau qu'il porte à son insu ou non, qu'il soit ou non prêt à l'admettre. Quand tu choisis d'accorder ton pardon à quelqu'un, tu l'aimes comme il se doit.

– Je ne l'aime pas.

– Pas aujourd'hui, c'est juste. Mais moi, si. Non pas pour ce qu'il est devenu, mais pour l'enfant malheureux qu'il a été et que sa souffrance a rendu fou. Je veux t'aider à consentir à cette nature qui trouve dans l'amour et le pardon une plus grande force que dans la haine.

– Autrement dit, fit Mack, encore une fois un peu agressé par le tour que prenait leur conversation, autrement dit, je lui pardonne, puis je le laisse jouer avec Kate ou avec ma première petite-fille ?

– Mackenzie, répondit Papa d'une voix ferme et assurée, je t'ai déjà dit que pardonner ne signifie pas nouer des liens. Si une personne refuse d'avouer son méfait, de changer sa vision des choses et ses comportements, toute relation de confiance est impossible. Quand tu pardonnes à quelqu'un, tu lui épargnes tes jugements, mais si cette personne ne change pas, aucune relation véritable n'est possible.

– Donc, de lui pardonner ne m'oblige pas à prétendre qu'il ne s'est rien passé ?

– Comment le pourrais-tu ? Hier soir, tu as pardonné à ton père. Oublieras-tu ce qu'il t'a fait ?

– Je ne pense pas.

– Mais maintenant, tu peux l'aimer en dépit de ce qu'il t'a fait. Sa transformation le permet. Le pardon ne te demande pas d'avoir confiance en la personne que tu absous. Mais si un jour elle se confesse et manifeste du repentir, un miracle aura lieu en toi qui t'aidera à lui tendre la main et à ériger peu à peu entre vous un pont de réconciliation. Parfois – et cela te semblera incompréhensible en cette minute – ce pont débouche sur un autre miracle encore : une confiance tout à fait rétablie.

Mack se laissa glisser par terre et s'adossa au rocher. Il examina le sol entre ses jambes.

– Je crois comprendre ce que tu dis, Papa. Mais j'ai l'impression que si je pardonne à ce type, il s'en tire à très bon compte. Comment puis-je justifier ce qu'il a fait ? N'est-ce pas injuste envers Missy si je ne lui en veux plus ?

– Mackenzie, pardonner ne signifie pas justifier. Crois-moi, cet homme ne s'en tire absolument pas à bon compte. Et ton rôle n'est pas de rendre la justice. C'est à moi de le faire. Quant à Missy, elle lui a déjà pardonné.

Mack ne leva même pas les yeux.

– Ah, oui ? Comment est-ce possible ?

– Grâce à ma présence en elle. Le vrai pardon n'a lieu qu'ainsi.

Papa venait de s'asseoir par terre à côté de lui, mais Mack ne le regarda pas. Quand Papa mit son bras autour de ses épaules, il éclata en sanglots.

– Laisse-toi aller, chuchota Papa.

Mack en fut enfin capable. Il ferma les yeux et les larmes baignèrent ses joues. Des images de Missy affluèrent à son esprit : albums à colorier, crayons de couleur, petite robe rouge déchirée et tachée de sang. Il pleura jusqu'à avoir épuisé en lui toutes les ténèbres, tous les manques, tous les deuils, jusqu'à ce qu'il n'en reste plus rien.

Les yeux fermés, il se balançait maintenant d'avant en arrière en suppliant Papa.

– Aide-moi, Papa. Aide-moi ! Que dois-je faire ? Que faire pour lui pardonner ?

– Tu n'as qu'à le lui dire.

Mack leva brusquement la tête, comme si un étranger s'était immiscé entre eux, mais il n'y avait personne d'autre.

– Comment ?

– Dis-le à voix haute. Les déclarations de mes enfants sont porteuses de pouvoir.

Mack chuchota un pardon sans trop y croire d'abord, puis avec de plus en plus de conviction : « Je te pardonne. Je te pardonne. Je te pardonne. »

Papa le serra contre lui.

– Tu me rends si heureux, Mackenzie.

Quand Mack se fut enfin ressaisi, il s'essuya le visage avec un mouchoir humide que Papa lui avait remis, puis il se leva avec maladresse.

– Bon sang! dit-il d'une voix rauque.

Il cherchait les mots pouvant le mieux décrire le voyage qu'il venait de faire au creux de ses émotions. Il se sentait vivant. En remettant le mouchoir à Papa il dit:

– Si je comprends bien, j'ai le droit de continuer à lui en vouloir?

– Absolument! fit Papa aussitôt. Il a fait quelque chose de terrible. Il a été la cause d'indicibles souffrances. C'était mal, et la colère est une juste réaction au mal. Mais ne laisse pas ta colère, ta détresse et ton deuil t'empêcher de lui pardonner et de desserrer tes mains autour de son cou.

Papa reprit son sac à dos.

– Mon garçon, le premier et le deuxième jour, tu vas devoir lui dire tout haut une bonne centaine de fois que tu lui pardonnes, mais dès le troisième jour, ce ne sera plus nécessaire de le dire aussi souvent, et ainsi de suite, un jour à la fois, jusqu'à ce que tu l'aies absous complètement. Et un jour, tu prieras pour son achèvement, et tu le remettras entre mes mains pour que mon amour consume en lui le moindre vestige de corruption. Si incroyable que cela puisse te paraître aujourd'hui, il se pourrait bien que tu en viennes à connaître cet homme dans des circonstances très différentes.

Mack gémit. Les paroles de papa avaient beau lui donner la nausée, il savait dans son cœur qu'elles étaient vraies. Ils se levèrent tous les deux. Mack allait rebrousser chemin quand Papa dit:

– On ne rentre pas tout de suite, Mack.

Mack fit volte-face.

– Ah non ? Ne m'as-tu pas amené ici pour ce pardon ?

– Oui, mais je t'ai dit aussi que je te montrerais quelque chose. Je t'accorde ce que tu m'as demandé. Nous sommes venus ici pour ramener Missy à la maison.

Soudain, tout fut clair. Mack comprit quel était le cadeau de Sarayu. Le tueur avait caché Missy dans ce paysage désert, et ils étaient venus la chercher.

– Merci.

Il ne put rien dire d'autre. Ses joues s'inondèrent aussitôt de pleurs comme si son corps en était rempli.

– J'en ai assez… gémit-il ; assez de pleurer et de me lamenter comme un idiot… j'en ai assez de chialer…

– Mon petit, fit Papa d'une voix tendre ; ne dénigre pas le pouvoir merveilleux de tes larmes. Ce sont des eaux guérisseuses, des ruisseaux de joie. Elles sont parfois les plus beaux mots que ton cœur puisse dire.

Mack regarda Papa en face. Jamais n'avait-il vu pareille bonté, autant d'amour, d'espoir et de joie vive.

– Tu m'as promis qu'un jour mes larmes s'assécheraient. J'attends ce moment avec impatience.

Papa sourit et, de ses doigts repliés, il essuya les joues mouillées de Mack.

– Mackenzie, l'univers est plein de larmes. Mais si tu te souviens bien, j'ai promis que ce serait *moi* qui les effacerais de tes yeux.

Mack esquissa un sourire. Son âme continuait de guérir en se fondant à l'amour du Père.

– Tiens, fit Papa en lui tendant une gourde. Prends-en une bonne gorgée. Je ne tiens pas à ce que tu te déshydrates comme un pruneau avant qu'on ait fini.

Mack ne put retenir un rire franc qui lui parut déplacé ; mais à bien y songer, ce rire était tout à fait opportun. C'était un rire d'espoir et de joie retrouvée... un rire de résolution du deuil.

Papa le précéda. Avant de quitter le sentier principal et d'emprunter un sentier secondaire qui serpentait au milieu des rochers, il s'arrêta et frappa un roc énorme du bout de son bâton en faisant signe à Mack de regarder de plus près. Le même arc de cercle rouge de tantôt était bien là. Mack comprit que leur trajet avait été balisé par le ravisseur de sa fille. Ils se remirent en marche et Papa lui expliqua qu'aucun cadavre n'avait été retrouvé pour la bonne raison que, plusieurs mois avant d'enlever ses petites victimes, l'homme cherchait des endroits extrêmement reculés où les cacher.

Vers le milieu du champ de pierre, Papa quitta le sentier et pénétra dans un véritable labyrinthe de rocs et de parois rocheuses, non sans avoir une fois de plus pointé vers le signe rouge maintenant familier. À moins d'être au courant de la présence de ces marques, personne n'aurait pu les voir. Dix minutes plus tard, devant une fissure entre deux affleurements, Papa s'arrêta. Il y avait là un petit amoncellement de pierres, dont l'une affichait la marque du tueur.

– Viens m'aider, dit Papa, en commençant à déplacer les pierres les plus grosses. Elles cachent l'entrée d'une grotte.

Une fois qu'ils eurent retiré les pierres, ils se mirent à piocher et à pelleter la terre dure et le gravier qui obstruaient l'entrée. Soudain, les débris s'effondrèrent, dévoilant une petite ouverture. La grotte avait sans doute servi de quartier d'hiver à un animal. Une odeur de chair putréfiée s'en échappa et Mack eut un haut-le-cœur. Papa fouilla dans le rouleau que Sarayu avait donné à Mack et en tira un mouchoir de lin qu'il noua sur la bouche et le nez de Mack. Aussitôt, un parfum délicat masqua la puanteur de la grotte.

L'entrée était tout juste assez grande pour qu'ils puissent y ramper. Ayant tiré une grosse lampe de poche de son sac à dos, Papa se glissa le premier dans la grotte, et Mack le suivit en traînant derrière lui le cadeau de Sarayu.

Quelques minutes suffirent pour qu'ils découvrent leur trésor doux-amer. Sur un petit affleurement de roc, Mack aperçut le corps de sa Missy, du moins supposa-t-il qu'il s'agissait d'elle. Elle était étendue sur le dos et recouverte d'un drap sale à moitié décomposé. On eût dit un gant sans main pour l'animer. Mack savait que la vraie Missy était ailleurs.

Papa déroula le cadeau de Sarayu. Aussitôt, des parfums vivants et délicieux se répandirent dans la grotte. En dépit de sa fragilité, le drap sur lequel reposait le corps de Missy était encore assez solide pour que Mack puisse soulever sa fille et la déposer sur le lit de fleurs et d'épices de Sarayu. Ensuite, Papa l'enveloppa tendrement et la transporta à l'entrée. Mack sortit le premier et reçut le trésor que Papa lui tendait. Quand Papa émergea à son tour de la grotte et reprit son sac à dos, il se redressa. Ils n'avaient rien dit, mais Mack marmonnait parfois entre les dents : « Je te pardonne... Je te pardonne... »

Avant de prendre le chemin du retour, Papa replaça devant l'ouverture la pierre marquée d'un arc de cercle rouge. Mack le vit faire, mais n'y prêta guère attention, tout entier donné à ses pensées et serrant tendrement sur son cœur le cadavre de sa fille.

17
LE CHOIX DU CŒUR

Il n'y a aucun chagrin sur terre que le Ciel ne puisse apaiser.

— AUTEUR INCONNU

M ack eut beau transporter le corps de sa fille dans ses bras jusqu'au shack, le temps fila très vite. Quand ils arrivèrent à la maisonnette, Jésus et Sarayu les attendaient à côté de la porte. Jésus soulagea Mack de son précieux fardeau, puis il le précéda dans la remise où il avait travaillé à quelque chose. Mack n'y était pas encore entré, et la simplicité des lieux l'étonna. La sciure de bois en suspension scintillait dans la lumière qui entrait par de grandes fenêtres. Les murs et les établis recouverts d'outils de toute sorte étaient agencés de façon à faciliter le travail. C'était là de toute évidence le sanctuaire d'un maître artisan.

L'objet qu'avait fabriqué Jésus était là, devant eux, un chef-d'œuvre d'ébénisterie où déposer les restes de Missy. En faisant le tour le cercueil, Mack reconnut immédiatement les motifs sculptés dans le bois. Des épisodes de la vie de

Missy y avaient été tracés : Missy et son chat, Judas ; Mack, assis avec elle dans un fauteuil, en train de lui lire les histoires du Dr Seuss. Sur les côtés et sur le dessus, plusieurs scènes dépeignaient tous les membres de la famille : Nan et Missy en train de faire cuire des biscuits ; le voyage au lac Wallowa et le téléphérique ; Missy qui coloriait à la longue table de camping ; et même une représentation parfaite de l'épinglette en forme de coccinelle que le tueur avait laissée derrière lui. On pouvait aussi voir Missy debout et tout sourire devant la chute d'eau, consciente du fait que son père était de l'autre côté. Ici et là, les fleurs et les animaux que Missy avait tant aimés.

Mack serra Jésus dans ses bras et, pendant qu'ils s'étreignaient ainsi, Jésus lui chuchota à l'oreille : « Missy m'a aidé ; c'est elle qui a choisi les sculptures. »

– Nous avons préparé l'endroit idéal pour recevoir son corps, dit Sarayu en les frôlant. Il est dans notre jardin.

Ils déposèrent délicatement les restes de Missy dans le cercueil sculpté, sur un lit d'herbes douces et de mousse, puis ils le remplirent avec les fleurs et les épices du cadeau de Sarayu. Jésus et Mack refermèrent le couvercle puis, soulevant chacun un bout du cercueil, ils le transportèrent dehors, derrière Sarayu, à cet endroit du jardin que Mack l'avait aidée à déblayer. Entre un cerisier et un pêcher, parmi les orchidées et les hémérocalles, là où, la veille, Mack avait déraciné un buisson en fleurs, il y avait une fosse. Papa les y attendait. Quand le cercueil délicatement sculpté fut mis en terre, Papa embrassa Mack, qui le serra à son tour dans ses bras.

Sarayu s'avança, fit la révérence avec un grand geste des bras et dit : « J'ai maintenant l'honneur de chanter une chanson que Missy a écrite spécialement pour cette occasion. »

Sa voix avait les couleurs du vent d'automne; elle imitait les feuilles qui rougissent lentement et la forêt qui s'endort; elle était la nuit qui vient et la promesse d'un jour nouveau. La chanson était celle que Papa et Sarayu avaient fredonnée à quelques reprises, et maintenant Mack en entendait non seulement l'air mais aussi les paroles... les paroles que sa fille avait écrites.

Oh, souffle en moi... très fort
Afin que je respire... et vive
Serre-moi très fort pour que je dorme
Dans la douceur de tous tes dons

Ô vent, embrasse-moi et prends mon souffle
Que toi et moi ne fassions qu'un
Nous danserons parmi les tombes
Jusqu'à la mort de toute mort

Nul ne sait que nous existons
Blottis dans les bras l'un de l'autre
Sauf l'Un qui a créé le souffle
Qui m'abrite de tout danger

Ô vent, embrasse-moi et prends mon souffle
Que toi et moi ne fassions qu'un
Nous danserons parmi les tombes
Jusqu'à la mort de toute mort

Après, il y eut un silence. Et puis Dieu dit, tous les trois ensemble, «Amen». Mack répéta Amen, prit une pelle et, aidé de Jésus, il jeta de la terre dans la fosse, il en recouvrit le cercueil où reposait la dépouille de Missy.

Quand ils eurent terminé, Sarayu tira de son vêtement la fragile petite bouteille. Versant quelques gouttelettes de sa précieuse collection dans sa paume, elle dispersa les larmes de Mack sur la terre riche et noire qui recouvrait Missy endormie. Elles se répandirent tels des diamants et des rubis, et là où elles tombaient, des fleurs jaillissaient du sol et s'ouvraient dans la lumière. Sarayu s'arrêta un instant pour regarder intensément une perle unique restée au creux de sa paume : c'était une larme très spéciale. Quand elle la laissa tomber, un petit arbre transperça la surface du sol, se déplia et allongea ses rameaux, si jeune, si luxuriant, si magnifique, et il grandit et mûrit jusqu'à fleurir de toutes ses branches. Comme toujours portée par une brise invisible, Sarayu sourit à Mack qui regardait la scène, transfiguré, et elle lui dit : « C'est un arbre de vie ; il pousse au jardin de ton cœur. »

Papa s'approcha de lui et mit un bras autour de ses épaules.

– Missy est incroyable, tu sais. Elle t'aime vraiment.

– Elle me manque terriblement… Ça fait si mal…

– Je sais, Mackenzie. Je sais.

ঙ্গঙ্গঙ্গ

Ils quittèrent le jardin et rentrèrent au shack un peu après midi, à en juger par la hauteur du soleil. Il n'y avait rien de prêt pour le repas, et la table n'était pas mise. Papa les fit entrer au séjour. Sur la table basse, il y avait un verre de vin et une miche de pain à peine sortie du four. Tous s'assirent, sauf Papa, qui resta debout et s'adressa à Mack.

– Mackenzie, nous voulons te donner matière à réfléchir. En ces jours passés avec nous, tu as été beaucoup guéri et tu as beaucoup appris.

– C'est le moins qu'on puisse dire, gloussa Mack.

Papa sourit.

– Nous t'aimons beaucoup, tu sais. Mais te voici placé devant un choix. Tu peux rester près de nous et poursuivre ta croissance et ton éducation, ou tu peux rentrer chez toi, retrouver Nan, tes enfants et tes amis. Quoi que tu décides, saches que nous serons toujours à tes côtés, d'une façon plus ou moins visible et évidente.

Mack s'adossa au fauteuil et réfléchit.

– Et Missy?

– Eh bien, si tu décides de rester, tu la verras cet après-midi. Elle viendra avec nous. Mais si tu optes pour quitter cet endroit, tu choisiras aussi de laisser Missy derrière toi.

– Ce n'est pas un choix facile, dit Mack en souriant.

Le silence régna dans la pièce pendant quelques minutes. Papa laissa Mack se débattre avec ses pensées et ses désirs. Mack dit enfin : « Qu'est-ce que Missy voudrait que je fasse ? »

– Elle aimerait être avec toi cet après-midi, mais là où elle est, l'impatience n'existe pas. Ça ne lui fait rien d'attendre.

– J'aimerais tant être avec elle, fit-il. Mais ce serait si difficile pour Nan et pour mes autres enfants. Puis-je vous poser une question ? Est-ce que ma vie à la maison est importante ? Est-ce que ça compte ? Je ne fais vraiment rien de plus que travailler et pourvoir aux besoins de ma famille et de mes amis…

Sarayu l'interrompit.

– Mack, si une seule chose a de l'importance, tout a de l'importance. Puisque tu comptes, tout ce que tu fais compte. Chaque fois que tu pardonnes, l'univers se transforme. Chaque fois que tu touches un cœur ou une vie, le monde se transforme. Avec chaque bonté, avec chaque secours, qu'ils soient visibles ou secrets, mes desseins s'accomplissent et rien ne sera plus jamais pareil.

– Dans ce cas, dit Mack, d'un ton définitif, je vais rentrer chez moi. Je pense bien que personne ne croira un mot ce que je raconte, mais si j'y retourne, je sais que je pourrai laisser une marque, même minuscule. Il y a deux ou trois petites choses que je dois…. heu… que je veux faire de toute façon.

Il se tut et regarda chacun tour à tour, puis il sourit.

– Vous savez quoi…

Ils éclatèrent de rire.

– Et je suis fermement convaincu que vous ne m'abandonnerez jamais ; alors je n'appréhende pas de rentrer chez moi. Bon, d'accord… peut-être un tout petit peu.

– Voilà une excellente décision, dit Papa.

Assis à ses côtés, il rayonnait.

Sarayu vint se placer devant Mack.

– Mackenzie, puisque tu t'en vas, j'ai un autre petit cadeau à t'offrir.

– Quoi donc ? fit Mack, curieux de tous les présents de Sarayu.

– C'est pour Kate.

Kate alourdissait encore le cœur de Mack.

– Kate ? Vite, dis-moi ce que c'est.

– Kate se croit responsable de la mort de Missy.

Mack en resta bouche bée. C'était l'évidence même ! Il était tout à fait normal que Kate assume le blâme de la mort de sa sœur. N'avait-elle pas brandi l'aviron et ainsi déclenché la séquence des événements qui avaient conduit à l'enlèvement de Missy ? Pourquoi n'y avait-il pas songé avant ? En moins d'une seconde, Sarayu lui avait permis de voir le combat de Kate sous un angle très différent.

– Merci! Merci beaucoup! lui dit-il, le cœur rempli de gratitude.

Il savait maintenant de façon sûre qu'il devait rentrer chez lui, même si ce n'était que pour secourir Kate. Sarayu acquiesça en souriant et s'assit – en quelque sorte. Finalement, Jésus se leva et alla chercher sur une étagère la petite boîte en fer-blanc.

– J'ai pensé que tu aimerais la ravoir.

Mack prit la petite boîte et la garda un instant dans sa main.

– En fait, dit-il, je ne crois pas en avoir encore besoin. Ça t'embêterait de la garder pour moi? Mes plus chers trésors sont en toi, de toute façon. Je veux que tu sois ma vie.

– Je le suis, dit la vraie voix de la rassurance.

 C3 C3 C3

Sans rituel, sans cérémonie, ils partagèrent le pain tiède et le vin et s'amusèrent des épisodes les plus curieux de ce week-end. Mack savait que son séjour avait pris fin. Il était temps pour lui de rentrer à la maison et de tout raconter à Nan.

Il n'avait aucun bagage à faire. Les quelques effets personnels qui étaient apparus dans sa chambre à son arrivée n'y étaient plus; sans doute se trouvaient-ils dans la Jeep. Il ôta ses vêtements de randonnée et remit ceux qu'il portait pour venir ici. Ils avaient été lavés et repassés de frais. Puis il prit son manteau suspendu à un crochet et jeta un dernier regard circulaire dans la chambre.

– Dieu, le serviteur, dit-il en ricanant, mais l'émotion le gagna quand cette pensée le fit réfléchir. Je devrais plutôt dire «Dieu, mon serviteur».

Quand il revint au séjour, les trois autres n'y étaient plus. Une tasse de café chaud l'attendait près du foyer. Il n'avait pu leur dire au revoir, mais à bien y songer, dire au revoir à Dieu ne frisait-il pas le ridicule ? Cette pensée le fit sourire. Il s'assit par terre, dos au foyer, but une gorgée du délicieux liquide dont la chaleur envahit ses veines. Puis, il fut saisi d'un épuisement extrême, comme si cette myriade d'émotions avait laissé en lui des traces profondes. Ses yeux se fermèrent d'eux-mêmes et Mack glissa doucement dans un sommeil réparateur.

Il fut ensuite traversé par un froid intense, comme si des doigts glacés avaient pénétré ses vêtements jusqu'à sa peau. Il se réveilla brusquement et se leva avec peine, contus d'avoir dormi par terre. Il constata aussitôt que tout était comme avant, comme à son arrivée deux jours plus tôt, même la tache de sang devant le foyer auprès duquel il avait dormi.

Il courut dehors, sur la galerie en ruines. Le shack était à nouveau laid et décrépi, ses portes et ses fenêtres rouillées et brisées. La neige de l'hiver recouvrait la forêt et le sentier jusqu'à la Jeep de Willie. À travers les buissons touffus de bruyères et de ronces, le lac se voyait à peine. Le quai était à moitié effondré, soutenu seulement par quelques poteaux encore intacts. Mack avait réintégré la réalité. Il sourit intérieurement : il avait plutôt réintégré la non-réalité.

Il enfila son manteau et retraça ses pas jusqu'au véhicule en se guidant sur les empreintes qu'il avait laissées dans la neige. Quand il arriva à la Jeep, une neige légère se mit à tomber. Le trajet jusqu'à Joseph fut sans incident ; il y arriva au plus noir d'un soir d'hiver. Il fit le plein d'essence, avala une bouchée (c'était à peine mangeable) et tenta sans succès de rejoindre Nan au téléphone. Elle était probablement en voiture, et la réception de son cellulaire était mauvaise. Mack se rendit jusqu'au poste de police au cas où Jimmy s'y trouverait, mais voyant qu'il n'y avait personne, il choisit de ne pas entrer. Il aurait du mal à expliquer à Nan ce qui s'était passé ; à plus forte raison à Jimmy.

Au carrefour suivant, le feu était rouge, et Mack s'arrêta. Il était très fatigué, mais en paix et dans un curieux état d'exaltation. Pour cette raison, il n'appréhendait pas du tout de s'endormir au volant pendant le long trajet jusque chez lui. Il avait hâte de retrouver sa famille. Il avait surtout hâte de retrouver Kate.

Perdu dans ses pensées, Mack s'engagea dans l'intersection dès que le feu passa au vert. Il n'eut pas le temps de voir que l'autre conducteur grillait le feu rouge. Il y eut un éclat de lumière vive, puis rien d'autre que le silence et un noir d'encre.

En une fraction de seconde, la Jeep de Willie fut complètement détruite. Quelques minutes plus tard, la police et les pompiers arrivèrent sur les lieux. Peu après, le service aérien d'ambulance transportait le corps brisé et inconscient de Mack à l'hôpital Emmanuel, à Portland, en Oregon.

18

DES RONDS DANS L'EAU

La foi ignore toujours où on la conduit,
Mais elle connaît et aime Celui qui la guide.

– OSWALD CHAMBERS

inalement, comme de très loin, Mack entendit les
exclamations de joie d'une voix familière.
– Il a serré mon doigt! Je l'ai senti! Je le jure!

Il ne parvenait pas à ouvrir les yeux, mais il savait que
c'était Josh qui lui tenait la main. Il voulut serrer son doigt
encore une fois, mais la noirceur s'abattit sur lui et il perdit
conscience. Il fallut un jour entier pour que Mack revienne à
lui. Il pouvait à peine bouger ses membres. Il put soulever
une seule de ses paupières, mais cela exigea de lui un effort
surhumain. Des cris et des rires accueillirent cet exploit.
L'un après l'autre, toutes sortes de gens vinrent voir ce seul
œil à demi ouvert comme s'il s'était agi d'un trésor caché au
fond d'un trou. Ce prodige les réjouit apparemment beaucoup, car ils se hâtèrent d'en répandre la nouvelle.

Mack reconnut certains visages, et comprit bientôt que les moins familiers de ceux-ci appartenaient à des médecins et à des infirmières. Il dormait beaucoup, mais chacun de ses réveils semblait provoquer autour de lui une vive agitation. «Attendez... songea-t-il; bientôt, je vais pouvoir tirer la langue, et ça va créer tout un émoi!»

Il avait mal partout. Quand une infirmière le déplaçait malgré lui pour lui prodiguer des soins physiothérapeutiques et pour prévenir la formation des plaies de lit, il en avait douloureusement conscience. C'étaient des soins de routine pour tous les patients restés dans le coma pendant plus d'un jour ou deux, mais de le savoir ne les rendait pas plus supportables.

Au début, Mack ne sut où il était ni comment il avait pu se retrouver dans une situation aussi malencontreuse. Il arrivait à peine à se souvenir de son nom. Les médicaments ne lui facilitaient pas les choses, mais il était reconnaissant à la morphine d'apaiser quelque peu ses souffrances. Au cours des jours suivants, il retrouva un peu plus ses esprits et il commença à parler. Une suite ininterrompue de visiteurs, parents et amis vinrent lui souhaiter un prompt rétablissement et peut-être aussi lui soutirer des renseignements qu'il ne leur donna pas. Josh et Kate lui rendirent régulièrement visite; ils faisaient leurs devoirs pendant qu'il sommeillait ou bien ils répondaient aux questions, toujours les mêmes, qu'il ne se lassait pas de leur poser.

Bien qu'on le lui ait dit à plusieurs reprises, Mack ne comprit pas tout de suite qu'il avait été victime d'un terrible accident de voiture à Joseph et qu'il avait passé quatre jours dans le coma. Nan le mit en garde : il aurait bientôt plein d'explications à lui donner, mais pour le moment son rétablissement importait plus que ses réponses. Ça ne changeait pas grand-chose : un brouillard épais enveloppait la mémoire de Mack ; même quand il parvenait de temps en temps à rassembler quelques fragments de souvenirs, il était impuissant à en faire un tout cohérent.

Il se souvenait vaguement du trajet jusqu'au shack, mais après, tout devenait flou. Dans ses rêves, des visions de Papa, de Jésus, de Missy jouant au bord du lac, de Sophia dans la grotte, des jeux de lumière et de couleurs de la fête dans les prés lui revenaient comme les éclats d'un miroir brisé. Chacun de ces fragments le transportait de joie, mais il se demandait si c'était vrai ou s'il s'agissait d'hallucinations dues à la rencontre entre ses neurones endommagés ou dévoyés et les médicaments qui coulaient dans ses veines.

Trois jours après être sorti de son coma, il s'éveilla dans l'après-midi pour voir Willie qui le regardait, l'air bougon.

– Pauvre idiot ! grogna-t-il.

– Moi aussi je suis content de te voir, Willie, dit Mack en bâillant.

– Où as-tu appris à conduire comme ça ? Ah oui, je me souviens : tu as été élevé sur une ferme ; les intersections, tu ne connais pas ça. Mack, d'après ce que j'ai entendu, tu aurais dû sentir l'haleine de ce type à un kilomètre.

Mack écoutait son ami divaguer en s'efforçant de comprendre ce qu'il disait.

– Et voilà que Nan est furieuse contre moi et qu'elle refuse de m'adresser la parole. Elle me reproche de t'avoir prêté la Jeep et de ne pas t'avoir empêché de retourner là-bas.

– Pourquoi y suis-je allé ? dit Mack en s'efforçant de rassembler ses idées. Tout est flou.

Willie grommela d'impatience.

– Tu dois lui dire que j'ai essayé de t'en empêcher.

– Tu as fait ça ?

– Ne commence pas, Mack. J'ai essayé de te dire que...

Mack sourit. S'il ne se souvenait guère des événements, il n'avait pas oublié l'affection que Willie lui portait. De le savoir à ses côtés suffisait à le réjouir. Puis, Mack vit avec étonnement que Willie s'était penché vers lui jusqu'à frôler son visage.

– Dis-moi la vérité, chuchota-t-il avant de jeter un coup d'œil tour autour pour s'assurer que personne ne pouvait l'entendre; est-ce qu'*il* était là ?

– De qui parles-tu ? lui répondit Mack à voix basse. Et pourquoi chuchotons-nous ?

– Tu sais bien... Dieu. Est-ce qu'il était au shack ?

Mack trouvait cette situation très amusante.

– Willie, murmura-t-il, tout le monde sait que Dieu est partout. Or donc, j'étais au shack...

– Je sais, petite cervelle d'oiseau, grogna-t-il. Tu ne te souviens donc de rien ? Tu as même oublié le *message* ? Celui que tu as reçu de Papa, et qui était dans ta boîte aux lettres quand tu es tombé sur la glace en te frappant la tête ?

Il se fit tout à coup un déclic et les événements s'ordonnèrent enfin dans l'esprit de Mack. Il relia les points, retraça les détails, et tout fut clair : le message, la Jeep, l'arme à feu, le trajet jusqu'au shack, chacun des épisodes de ce merveilleux week-end. Les images et les souvenirs affluèrent en trombe et il eut l'impression qu'ils allaient l'emporter hors du lit et hors du temps. Et en se souvenant, il pleura à chaudes larmes.

– Mack, excuse-moi ! supplia Willie avec remords. Qu'est-ce que j'ai dit ?

Mack caressa de la main le visage de son ami.

– Rien, rien, Willie... Je me souviens de tout, maintenant. Le message, le shack, Missy, Papa. Tout me revient.

Willie figea sur place, ne sachant que penser ou que dire. À en juger par les divagations de son ami au sujet du shack, au sujet de Papa et de Missy, Willie se demanda si ses questions n'avaient pas fait basculer Mack dans la folie. Il parla enfin.

– Donc, il était vraiment là? Je veux dire, Dieu?

Mack riait et pleurait en même temps.

– Il était là, Willie! Il était là! Quand je vais tout te raconter, tu ne me croiras pas. En fait, je ne suis même pas certain d'y croire moi-même.

Mack se replongea dans ses souvenirs et se tut un moment. Puis, «Ah, j'oubliais, fit-il; il m'a demandé de te transmettre un message.»

– Un message? Pour moi?

Mack vit tour à tour de l'inquiétude et du doute dans les yeux de Willie.

– Que t'a-t-il dit? fit Willie, en se penchant à nouveau sur Mack.

Mack hésita avant de répondre. Il cherchait les mots justes.

– Il a dit: «Dis-lui que je lui suis particulièrement attaché.»

Willie serra les mâchoires et ses yeux se remplirent de larmes. Ses lèvres et son menton se mirent à trembler. Willie cherchait désespérément à contrôler ses émotions. Mack s'en aperçut.

– Il faut que je parte, dit Willie d'une voix rauque. Il va falloir que tu attendes un peu avant de tout me dire.

Faisant aussitôt volte-face, il quitta la chambre, laissant Mack à son étonnement et à ses souvenirs.

Quand Nan entra, Mack était calé contre les oreillers et il souriait de toutes ses dents. Comme il ne savait pas par où commencer, il la laissa parler la première. Elle le mit au courant des détails qu'il ne comprenait pas encore très bien, heureuse qu'il puisse enfin assimiler cette information. Il avait failli se faire tuer par un conducteur ivre, il avait subi plusieurs interventions chirurgicales pour réparer ses os cassés et ses blessures internes. On appréhenda un long coma, mais il avait repris conscience assez tôt et calmé ainsi toutes leurs inquiétudes.

Tandis qu'elle parlait, Mack trouva curieux que cet accident se soit produit tout de suite après son week-end avec Dieu. Dieu n'avait-il pas parlé de l'apparent chaos de la vie ?

Puis Nan dit que l'accident avait eu lieu le vendredi soir.

– Tu veux dire dimanche, non ?

– Dimanche ? Crois-tu vraiment que je puisse ignorer quand tu as failli mourir ? Le service aérien d'ambulance t'a transporté ici vendredi soir.

Il ne comprenait plus rien. L'espace d'une seconde il se demanda si tout n'avait pas été qu'un rêve. Ou peut-être s'agissait-il d'un des mésalignements temporels qui amusaient tant Sarayu ?

Quand Nan en eut terminé avec sa version des faits, Mack se mit à lui raconter ce qui lui était arrivé. Mais d'abord, il implora son pardon de lui avoir menti et lui dit les raisons qui l'avaient incité à agir de la sorte. Surprise, Nan attribua ce besoin inédit de transparence au traumatisme et à la morphine.

Le récit du week-end de Mack – ou de cette journée, comme Nan persistait à le lui rappeler – s'étendit sur plusieurs épisodes. Quand, de temps à autre, les médicaments prenaient le dessus, Mack sombrait dans un sommeil sans rêves, parfois au beau milieu d'une phrase. Au début, Nan l'écoutait avec attention en s'efforçant de ne porter aucun jugement, mais elle n'en pensait pas moins que les divagations de son mari étaient dues à des lésions neurologiques. Mais l'étendue et la vivacité des souvenirs de Mack finirent par la toucher et par saper peu à peu sa méfiance. Ce qu'il lui racontait était si vivant… Quels qu'aient été les événements, ils avaient profondément affecté et transformé son mari.

Son scepticisme s'éroda au point où elle accepta que Mack et elle passent un moment seuls avec Kate. Mack refusa de lui dire pourquoi et cela l'inquiéta, mais elle lui fit confiance. Elle envoya Josh faire une commission pour qu'ils soient seuls tous les trois.

Kate prit la main que Mack lui tendait.

– Kate, dit Mack d'une voix encore très faible et rauque, je veux que tu saches que je t'aime de tout mon cœur.

– Moi aussi, je t'aime, papa.

Le voir dans cet état avait visiblement adouci Kate. Il sourit, puis redevint grave tout en gardant la main de sa fille dans la sienne.

– Je veux te parler de Missy.

Kate eut un mouvement de recul comme si une guêpe l'avait piquée, et elle s'assombrit. Elle voulut retirer sa main, mais Mack l'en empêcha au prix d'un grand effort physique. Kate regarda autour d'elle. Nan s'approcha et passa un bras autour de ses épaules. Kate tremblait.

– Pourquoi ? fit-elle tout bas.

– Kate, ce n'était pas ta faute.

Elle figea, comme si quelqu'un avait découvert son secret.

– Qu'est-ce qui n'est pas ma faute ?

Encore une fois, Mack dut faire un effort pour parler clairement.

– Ce n'est pas ta faute si nous avons perdu Missy.

Il pleurait en disant péniblement ces mots pourtant si simples. Kate recula encore et voulut lui tourner le dos.

— Ma chérie, personne ne te tient responsable de ce qui est arrivé.

Elle se tut quelques secondes, puis elle éclata.

— Si j'avais fait plus attention dans le canot, tu n'aurais été obligé de...

Elle se haïssait, c'était clair dans sa voix. Mack l'interrompit en posant la main sur son bras.

— Ma chérie, je te répète que ce n'est pas ta faute.

Kate était secouée de sanglots, mais les mots de son père entraient quand même dans son pauvre cœur meurtri.

— J'ai toujours pensé que c'était à cause de moi. J'ai cru que toi et maman me blâmiez de ce qui était arrivé, mais je ne voulais pas que ça arrive...

— Personne n'a voulu que ça arrive, Kate. Mais c'est arrivé, et nous devons apprendre à surmonter ce qui s'est passé. Nous pouvons faire ça ensemble, tu es d'accord ?

Kate ne savait pas comment réagir. Bouleversée, en larmes, elle se dégagea de l'emprise de son père et s'enfuit de la chambre. Nan pleurait aussi. Elle eut pour son mari un regard impuissant mais encourageant, et elle courut retrouver sa fille.

Un peu plus tard, quand Mack s'éveilla, Kate était blottie contre lui dans le lit et elle dormait. Nan avait pu aider Kate à absorber une partie du choc. Voyant son mari ouvrir les yeux, elle s'approcha doucement de lui pour l'embrasser en prenant garde de ne pas réveiller leur fille.

— Je te crois, murmura-t-elle.

Il hocha la tête en souriant, tout étonné de l'importance que cet aveu avait pour lui. Il se dit que les médicaments exacerbaient sans doute ses émotions.

CR CR CR

Au cours des semaines qui suivirent, l'état de santé de Mack s'améliora beaucoup. À peine un mois après qu'il eut obtenu son congé de l'hôpital, Nan et lui appelèrent Tommy Dalton – qui venait d'être promu au rang de shérif adjoint de Joseph – pour lui demander s'il serait possible d'explorer la zone située derrière le shack. Puisque le shack avait retrouvé son état de complet délabrement, Mack se dit que le corps de Missy était peut-être encore dans la grotte. Ce ne serait certes pas facile pour lui d'expliquer aux autorités comment diable il pouvait savoir où se trouvaient les restes de sa fille, mais il était confiant que son ami lui accorderait le bénéfice du doute, sans égard aux événements.

Tommy se montra en effet fort compréhensif. Même après avoir entendu le récit du week-end de Mack – qu'il attribua aux rêves et aux cauchemars d'un père encore en deuil de sa fille – il accepta de retourner sur les lieux du crime. De toute façon, ça tombait bien : il devait remettre à Mack les effets personnels qui avaient été trouvés dans les décombres de la Jeep de Willie et ça lui donnait l'occasion de passer un moment avec lui. Ainsi, en un lumineux et froid samedi matin de novembre, Willie conduisit Mack et Nan jusqu'à Joseph à bord de son nouveau VUS usagé. Avec Tommy, ils entrèrent dans le parc d'État.

Tommy fut étonné de voir que Mack ne s'arrêtait pas au shack mais se rendait jusqu'à un arbre à la bouche du sentier. Tel qu'il l'avait prédit pendant le trajet, un arc de cercle rouge était tracé à la base du tronc. Mack boitait encore un peu, mais il guida les autres dans une

randonnée de deux heures en forêt. Nan ne dit rien, mais il était clair qu'elle affrontait à chaque pas ses démons intérieurs. À intervalles, ils trouvaient des arcs de cercle rouges sur des troncs d'arbres et sur des pierres. Quand s'ouvrit devant eux un grand champ rocheux, Tommy se persuada non pas tant de la véracité du récit de Mack, mais du fait qu'ils suivaient une piste soigneusement balisée – une piste qu'aurait fort bien pu avoir jalonnée le tueur de Missy. Mack entra sans hésiter dans le labyrinthe de pierres et de parois rocheuses.

Sans l'intervention de Papa, il n'aurait sans doute jamais retrouvé l'entrée de la grotte. Mais voilà qu'au sommet d'un amas de pierres il en aperçut une où un arc de cercle rouge était parfaitement visible. Quand il se rendit compte de ce que Papa avait fait, il faillit s'esclaffer.

C'est donc ainsi qu'ils trouvèrent la grotte. Lorsque Tommy comprit qu'ils étaient en train d'en dégager l'entrée, il leur donna l'ordre d'arrêter. Comprenant que c'était important, Mack accepta un peu malgré lui de refermer la grotte afin de protéger ce qui se trouvait à l'intérieur. Il leur faudrait d'abord retourner à Joseph où Tommy préviendrait les spécialistes judiciaires et les autorités. Sur le chemin du retour, Tommy se montra plus ouvert à ce que Mack racontait et il en profita pour guider son ami sur la meilleure façon de répondre aux interrogatoires qu'on ne manquerait pas de lui faire subir. Certes, Mack avait un excellent alibi, mais cela n'empêcherait pas les autorités d'avoir de sérieux doutes.

Le lendemain, les spécialistes fondirent sur la grotte comme des oiseaux de proie. Ils y trouvèrent les restes de Missy et les emportèrent, avec aussi tout ce qu'ils purent trouver d'autre. Quelques semaines leur suffirent à accumuler suffisamment de preuves pour retracer et arrêter le Tueur de demoiselles. En se basant sur les jalons qu'il avait posés lui-même afin de retracer sans peine la grotte de Missy, la police put localiser et retrouver les dépouilles des autres petites filles qu'il avait tuées.

POSTFACE

Voilà donc ce récit, du moins tel qu'il m'a été raconté. Je suis sûr que plusieurs se demanderont si tout a vraiment eu lieu tel que Mack s'en est souvenu, ou si l'accident et la morphine lui ont un peu tordu l'esprit. Rassurez-vous : Mack mène encore une vie très productive et affirme que cette histoire est en tous points véridique. Les transformations nombreuses et profondes qu'il a subies en sont pour lui une preuve suffisante. Le Grand Chagrin a disparu et Mack est presque chaque jour habité par un bonheur immense.

La question que je me pose en écrivant ces lignes est de savoir de quelle façon mettre le point final à ce récit. La meilleure solution consiste sans doute à vous dire à quel point il m'a affecté. Ainsi que je le signalais dans la préface, l'aventure de Mack m'a métamorphosé. Je pense qu'elle a touché en profondeur et transformé d'une manière significative tous les aspects de ma vie, particulièrement dans mes relations avec les autres. Même si, par certains côtés, ce récit n'était pas véridique, il n'en serait pas moins vrai – si vous voyez ce que je veux dire. Mais vous seriez bien inspirés de faire appel à Sarayu pour résoudre cette énigme...

Et Mack ? Eh bien, c'est un homme en constante évolution, comme nous tous, à cette différence près qu'il accueille volontiers le changement auquel nous, nous résistons. J'ai noté que son amour est plus grand que celui de la plupart des gens, qu'il accorde rapidement son pardon et qu'il demande encore plus vite à être pardonné. Ses transformations bouleversent beaucoup ses relations, ce qui n'est pas toujours facile. Mais j'avoue ne jamais avoir côtoyé un adulte aussi simple et aussi heureux. Plus exactement, Mack est aujourd'hui l'enfant confiant et émerveillé qu'il n'avait jamais pu être auparavant. Les côtés les plus sombres de la vie font pour lui partie d'une tapisserie riche d'infinis détails, magnifiquement tissée par d'invisibles et aimantes mains.

Tandis que j'écris ceci, Mack témoigne au procès du Tueur de demoiselles. Il aurait voulu rencontrer l'accusé, mais il n'en a pas encore obtenu la permission. Mais il est bien décidé à lui rendre visite, même longtemps après que le verdict aura été rendu.

Si vous avez un jour la chance de connaître Mack, vous verrez qu'il aspire au déclenchement d'une autre révolution, une révolution d'amour et de bonté, une révolution centrée sur Jésus, sur ce qu'il a fait pour nous et continue de faire en chaque être qui rêve d'une réconciliation et d'un port d'attache. Pareille révolution ne renversera rien, mais les bouleversements qu'elle entraînera seront imprévisibles. Ce sera la révolution tranquille et quotidienne de la mort, du secours, de l'amour et du rire, de la simple tendresse et de bontés discrètes, car *si une seule chose a de l'importance, alors tout a de l'importance.* Et un jour, quand tout aura été révélé, nous tomberons à genoux et nous reconnaîtrons en vertu du pouvoir de Sarayu que Jésus règne sur tout le créé pour la plus grande gloire de Papa.

Dernière chose : je suis certain que Mack et Nan y retournent de temps à autre, je veux dire, au shack, pour y être seuls. Je ne serais pas surpris que Mack se rende au bout du vieux quai, qu'il se déchausse, puis que… enfin, vous voyez ? qu'il pose les pieds à la surface de l'eau pour voir si…

– WILLIE

La terre regorge de paradis,
Et Dieu embrase ses buissons,
Mais seul celui qui voit retire ses chaussures ;
Les autres s'assoient aux alentours pour cueillir des mûres.

– ELIZABETH BARRETT BROWNING

REMERCIEMENTS

À trois de mes amis, j'ai offert une pierre, un bloc taillé dans la paroi de la caverne de mon expérience. Avec une attentive bonté, ces trois amis, Wayne Jacobsen, Brad Cummings et Bobby Downes, m'ont aidé à tailler cette pierre jusqu'à ce que se révèle la merveille qu'elle renfermait.

Wayne fut le premier à lire ce récit; il a tout fait pour m'encourager à le publier. Son enthousiasme a incité les deux autres à raffiner l'histoire et à l'apprêter pour un auditoire plus vaste, sous forme de livre d'abord et, si possible, au cinéma. Wayne et Brad ont assumé la part du lion de ce travail, soit trois refontes majeures, pour en arriver à la version finale; ils l'ont enrichie de leur notion personnelle des desseins de Dieu; ils se sont assurés que le texte rendait fidèlement compte de la souffrance et de la guérison de Mack. Ils ont apporté leur dynamisme, leur créativité et leur talent à mon récit; le texte que vous avez entre les mains doit beaucoup de ses qualités à leurs dons et à leur dévouement. Bobby nous a fait bénéficier de son expérience du cinéma pour resserrer l'intrigue et en souligner les aspects dramatiques. Vous

pouvez rendre visite à Wayne à www.lifestream.org, à Brad à www.thegodjourney.com et à Bobby à www.christiancinema. com. Je vous suis particulièrement attaché !

Plusieurs personnes ont généreusement participé à ce projet en prenant le temps de l'aplanir, d'y graver un motif, d'émettre une opinion, de formuler un encouragement ou une objection, chaque fois en enrichissant l'histoire et son dénouement d'un fragment de leur propre vie. Je nommerai entre autres Marisa Ghiglieri et Dave Aldrich qui ont collaboré à la conception graphique, ainsi que Kate Lapin et, surtout, Julie Williams, assistantes de production. Plusieurs amis m'ont offert une partie de leur emploi du temps pour examiner et fouiller le texte, et pour m'aider à le réviser, surtout dans ses premières moutures : Sue, en Australie, le brillant Jim Hawley à Taïwan et plus particulièrement mon cousin Dale Bruneski, au Canada.

Un grand nombre de personnes m'ont fait bénéficier de leurs connaissances, de leur point de vue, de leur présence et de leurs encouragements. Je remercie Larry Gillis à Hawaï ; mon copain Dan Polk du district de Columbia ; MaryKay et Rick Larson, Michael et Renee Harris, Julie et Tom Rushton, et la famille Gunderson à Boring, en Oregon ; je remercie aussi les gens du quadrant sud du district de Columbia ; mon grand ami Dave Sargent de Portland, les individus et les familles membres de la collectivité de North-East Portland, et les Closner/Foster/Weston/Dunbar d'Estacada.

J'exprime ma profonde gratitude au clan Warren (qui compte maintenant une centaine d'individus) dont les membres ont aidé Kim à m'extirper des ténèbres, ainsi qu'à mes parents et à toute la branche canadienne de ma famille, soit les Young, les Sparrow, les Bruneski, et les autres. Tante Ruby, je t'aime ; je sais que ces derniers temps n'ont pas été faciles pour toi. Les mots sont impuissants à dire tout l'amour que j'éprouve pour Kim, pour mes enfants, pour nos extraordinaires belles-filles, Courtney et Michelle, et pour les premiers petits-enfants qu'elles nous ont donnés.

Un certain nombre de personnages décédés ont stimulé mon écriture : Jacques Ellul, George McDonald, Tozer, Lewis, Gibran, les Inklings et Søren Kierkegaard. Mais je suis également redevable à des auteurs et à des conférenciers tels que Ravi Zacherias, Anne LaMott, Wayne Jacobsen, Marilynne Robinson, Donald Miller et Maya Angelou, pour n'en nommer que quelques-uns. J'ai aussi trouvé une inspiration dans mes préférences musicales éclectiques, notamment U2, Dylan, Moby, Paul Colman, Mark Knopfler, James Taylor, Bebo Norman, Matt Wertz (voilà quelqu'un de très spécial), Nichole Nordeman, Amos Lee, Kirk Franklin, David Wilcox, Sarah McLachlan, Jackson Browne, les Indigo Girls, les Dixie Chicks, Larry Norman et beaucoup, beaucoup de Bruce Cockburn.

Merci, Anna Rice, d'avoir aimé cette histoire et de l'avoir imprégnée de vos dons musicaux. Vous nous avez (vous m'avez) offert un incroyable cadeau.

Nous avons tous nos chagrins, nos rêves détruits, nos cœurs brisés ; chacun de nous a ses deuils particuliers, un shack qui lui est propre. Je prie pour que vous puissiez trouver là la grâce que j'y ai trouvée moi-même, et pour que la présence permanente de Papa, de Jésus et de Sarayu comble votre vide intérieur d'une joie indicible et glorieuse.

La genèse de ce récit

W. Paul Young

Au début de 2005, nous vivions dans un logement loué de Wildcat Mountain Road, à Eagle Creek, en Oregon. En 2004 nous avions presque tout perdu : la maison où nous habitions depuis dix-neuf ans, nos véhicules automobiles, et presque tous nos autres biens. La saison avait été terrible. En fait, vue avec un certain recul et sauf pour ma famille et mes amis, ma vie ressemblait à une suite de déraillements. Une enfance marquée par la violence sexuelle, l'abandon et les terreurs nocturnes ; une adolescence de toxicomanie et de dissimulations ; un âge adulte alourdi de mensonges, d'un besoin compulsif de perfection, d'un envahissant sentiment de honte ; le désir de suicide alternant avec le désir de fuite ; le tout sous des apparences de conformité, de spiritualité et d'équilibre. Mon déraillement de l'année 1994 a été le pire de tous ; il a eu des conséquences dévastatrices. Je n'y aurais pas survécu n'eût été de la grâce divine, de la fureur de ma femme, Kim, et de l'affection de quelques-uns de mes amis. Dieu a dû démanteler et rebâtir ma vie en partant de zéro.

C'est ainsi que, au début de 2005, j'ai entendu Dieu me chuchoter à l'oreille : « Paul, cette année est celle de ton cinquantième anniversaire. C'est le début de ton jubilé, une année de remise en état, de réconciliation, où toutes choses doivent redevenir ce qu'elles étaient censées être. » À ce point de ma vie, je ne savais rien faire d'autre que mettre péniblement un pied devant l'autre, faire un pas à la fois, en sachant parfaitement que je n'avançais que par la grâce de Dieu.

Je parcourais chaque jour un trajet de vingt-cinq minutes jusqu'à Gresham où je montais à bord du Max (train du service de transport urbain) qui me conduisait en quarante-cinq minutes au centre-ville de Portland où je travaillais dans une entreprise de cyberconférence. Notre budget était si limité que nous avons dû déménager encore une fois en août, dans une maison louée de Gresham, en partie pour économiser l'essence. Je m'étais dit que la partie de ma navette quotidienne passée à bord du Max me permettrait d'entreprendre le projet que Kim me poussait à écrire depuis une dizaine d'années. Comme elle le disait : « Ta façon de réfléchir est assez inhabituelle ; ce serait bien que tu couches quelques-unes de tes réflexions sur le papier pour le bénéfice des enfants. » La vérité est qu'avant 2005, je n'étais absolument pas prêt à me mesurer à cette tâche spirituellement, émotionnellement ou de quelque autre façon.

Je ne pensais pas du tout écrire un livre, et l'idée de le publier ne m'est même pas venue à l'esprit durant le premier jet. Je n'avais jamais commis que des textes d'affaires, et aussi quelques poèmes, quelques chansons, les bulletins annuels d'informations familiales et les notes que j'utilisais dans mes conférences. J'avais réservé mes expériences de création littéraire à mes seuls amis et à ma famille, le plus souvent sous forme de cadeaux lors d'occasions spéciales. Mais un livre ? Pas question. J'avais donc décidé d'écrire quelques pages, de concevoir une couverture amusante à l'aide de Photoshop, d'ajouter une reliure spirale et d'offrir le tout à mes enfants à Noël.

Je n'avais aucun plan précis. D'ailleurs, au tout début, je ne suis parvenu qu'à pondre une sorte de dictionnaire d'idées : A pour Astronomie, Art, Aristote, Anarchie, Adultère, Absolu, Antinomianisme – bref, tout ce qui commençait par la lettre A et sur quoi je pouvais formuler une opinion. Je vous entends rire d'ici. Mais en fait, avec le recul, cette formule était assez amusante. Je m'étais mis dans la tête de rédiger un texte systématiquement structuré dont mes enfants pourraient être fiers.

Puisque j'écrivais pour mes enfants, je ne me sentais pas tenu aux règles de rédaction habituelles. Du reste, je ne connaissais pas ces règles et elles me laissaient indifférent. En toute franchise, je n'y avais jamais pensé.

L'idée du dictionnaire n'a pas duré. C'était d'un ennui mortel. Je me suis dit qu'une bonne histoire ferait bien mieux l'affaire, mais je n'en avais aucune. J'ai donc commencé avec la matière que je possédais déjà, soit mes conversations avec Dieu qui englobaient parfois ma famille et mes amis. Pendant environ trois mois, j'ai noté ces conversations, et c'est alors que quelque chose d'extraordinaire a commencé à se produire. Toute l'organisation du texte se démantela pour faire peu à peu place à un récit vivant. Il m'arrivait même de m'éveiller en pleine nuit pour noter des bouts de dialogue. Ces conversations étaient pour moi très réelles : je les exhumais de ma vie, surtout de mes expériences des quinze dernières années.

En mai 2005, j'avais rempli de mon écriture plusieurs tablettes de papier jaune de format légal et j'avais accumulé une montagne de notes éparses : marges de journaux, fragments de serviettes de papier, endos de coupons de caisse, etc. Un beau samedi matin, appréhendant que le vent les disperse, je me suis mis à transcrire mes notes à l'ordinateur. Ce jour-là, j'ai décidé que le meilleur cadre à ces dialogues avec Dieu serait un récit. Je n'avais toujours aucune idée du récit en question, mais l'idée me paraissait excellente. Je me suis donc mis à inventer des personnages et des situations dans le but d'y intégrer les dialogues et de les mettre en évidence. Qui avait de telles conversations avec Dieu, et pourquoi ?

Je voulais écrire pour mes enfants une histoire amusante qui les aide à mieux comprendre leur père et le Dieu qu'il aime tant. J'ai même eu l'idée de faire de Willie (moi-même) le prête-plume de Mack. Et c'est ainsi qu'on pouvait lire sur ma première page de titre : par Mackenzie Allen Phillips, avec la collaboration de W. Paul Young. J'ai trouvé ça brillant, et je me suis dit que ça amuserait les enfants.

Tout cela pour dire que Mack n'est pas une vraie personne. Mes enfants devineraient qu'il est pour une bonne part une représentation de moi, que Nan ressemble beaucoup à Kim, que Missy et Kate et les autres personnages sont calqués sur les membres de notre famille et nos amis. C'était parfait… jusqu'à ce que la première version à feuilles mobiles du livre se mette à circuler (mes amis le prêtèrent à leurs amis, et leurs amis à leurs amis, et ainsi de suite), et que j'apprenne que des gens songeaient sérieusement à se procurer un billet d'avion pour venir rendre visite à Mack – ce qui m'aurait un peu mis dans l'embarras. Nous avons donc retranché le nom de Mack comme coauteur du texte, et la participation du prête-plume est devenue un élément du récit. Cela m'occasionne encore quelques problèmes, mais ceux-ci ne sont pas aussi compliqués que les ennuis qu'aurait engendrés l'ancienne formule.

Ce récit est-il véridique ? C'est un texte de fiction. Une histoire inventée. Cela dit, j'ajouterai que l'intensité de la souffrance émotionnelle qui déchire le cœur et l'âme de Mack est bien réelle. J'ai un shack, un lieu où je me réfugie quand je cherche une guérison. J'ai mon Grand Chagrin. Tout cela est vrai. Et les conversations avec Dieu sont parfaitement authentiques. Si Mack vit des expériences qui me sont étrangères (la mort de ma nièce au lendemain de son cinquième anniversaire fut un accident tragique, mais ce n'était pas un meurtre), j'ai connu pour ma part des souffrances, des humiliations et des désespoirs d'une profondeur dont Mack n'a jamais connu la portée. Et certaines de mes connaissances ont subi dans leur vie les épreuves qui frappent Mack dans cette histoire.

Alors, ce récit est-il véridique ? La souffrance, la perte, le deuil, les événements, les conversations, les questions, la colère, le manque, les secrets, les mensonges, le pardon – tout cela est vrai, tout cela est authentique. L'intrigue est fictive, mais Dieu y surgit dans une grande vérité, il y est attendu et à la fois inattendu, étonnant, et absolument réel.

J'ai terminé le premier jet à la mi-août 2005, aux environs de notre déménagement à Gresham. Ayant besoin d'aide pour mettre le manuscrit au propre, je l'ai adressé à quelques amis. Leur réaction m'étonna. Ce petit récit abattait leurs défenses et les touchait au plus profond. Soudain, des gens que je croyais connaître m'ouvraient leur cœur et avaient avec moi des conversations que jamais je n'aurais crues possible. Résultat, je me suis dit que je devrais sans doute imprimer quelques exemplaires de plus pour les offrir à mes amis. Malheureusement, même si j'occupais trois emplois à la fois, nous n'avions pas assez d'argent pour payer l'impression. À Noël, je n'avais même pas préparé les exemplaires de mes enfants.

Divisons cette histoire en trois parties. Vous venez de lire la Première partie. La Deuxième partie commence quelques jours après Noël 2005, quand l'envie me prit d'envoyer mon manuscrit par courrier électronique à un homme dont j'avais fait la connaissance en 2003 et avec qui j'avais passé presque tout un après-midi. Wayne Jacobsen et moi étions restés en contact par courriel depuis ce jour, et il était le seul auteur que je connaisse qui pratique un genre similaire à celui de mon histoire. Son ouvrage le plus récent, *So You Don't Want to Go to Church Anymore* (Ainsi, tu ne veux plus fréquenter l'église?), publié quelques mois auparavant, m'avait séduit. Je le lui dis et ajoutai cette remarque: «À propos, voici un manuscrit auquel je travaille…» Je ne m'attendais pas à ce que Wayne ait le temps ou l'envie de le lire, et ça m'allait. Il me semblait plutôt que j'obéissais à ce que l'Esprit me demandait de faire. Je ne fus donc ni surpris ni déçu quand il me répondit qu'il recevait des tonnes de manuscrits et qu'il n'avait pas le temps de les lire tous. Il en lirait une vingtaine de pages, mais sans doute pas la suite si le récit ne le captivait pas.

Comme je ne m'attendais pas, dans les circonstances, à ce qu'il m'en donne d'autres nouvelles, je fus très étonné quand il me téléphona le lundi suivant. Non seulement m'apprit-il que «les pages ne s'imprimaient pas aussi vite qu'il pouvait les lire», mais il ajouta ne pas avoir lu depuis des années un texte dont il pouvait dire: «Il faut que j'envoie ça à cinq ou six personnes que je connais.» Je lui donnai la permission d'envoyer mon texte à qui il voulait. C'était déjà fait, me dit-il, et deux de ces exemplaires étaient allés à des producteurs de cinéma. J'en restai coi. J'eus beau m'efforcer de mesurer mon exaltation, je m'enthousiasmai quand même.

Deux mois plus tard, j'étais chez Wayne en compagnie de Brad Cummings et de Bobby Downes, et nous discutions de la possibilité d'adapter mon récit au cinéma afin d'atteindre les pauvres âmes affamées qui ignoraient ce Dieu que nous, nous connaissions. Cela voulait dire publier d'abord le livre et susciter ainsi un intérêt pour le film éventuel. Pendant deux jours, nous avons retravaillé le texte et écrit un premier découpage. Wayne nous a fait profiter de son expérience et de son expertise d'auteur, Brad et Bobby de leurs talents pour la scénarisation, la mise en marché et la production média.

Il s'est produit quelque chose de très particulier autour de cette table de travail pendant nos discussions, nos rires, nos pleurs et nos prières. Chacun s'est dit enchanté et étonné de constater que je ne me comportais pas le moins du monde comme un véritable auteur. J'avais écrit ce texte pour l'offrir en cadeau, je ne m'en estimais pas le propriétaire. Je voulais que l'histoire soit la meilleure possible et j'étais ouvert à toutes les suggestions. Puisque le découpage du récit avait mis en lumière les passages du texte qui gagneraient à être retravaillés, je suis rentré en Oregon avec une liste de changements à faire. Mais il y a plus. Je suis revenu à la maison riche de trois nouveaux frères. Bobby était archi-occupé, mais il s'est toujours montré disponible et généreux de ses conseils, comme de son aide sur le plan graphique. Brad et Wayne sont devenus de grands amis, et ils m'ont aidé à faire de cette histoire un texte remarquable et très spécial.

Au cours des seize mois qui ont suivi, nous avons écrit puis récrit des chapitres entiers, rejeté environ quarante pour cent des répliques, enrichi l'intrigue, et reformulé les dialogues pour en éliminer les aspects théologiques plus incertains et éviter ainsi les éventuels malentendus. Cette collaboration, la fusion de trois cœurs et de trois voix, a représenté pour chacun de nous une expérience inoubliable. L'ouverture à l'autre, la volonté passionnée d'aboutir à un meilleur livre, le refus de nous en tenir à nos idées personnelles, tout cela nous a procuré une liberté créatrice impossible dans d'autres circonstances. Notre travail est né de notre amitié grandissante, et notre amitié s'est enrichie de notre travail en commun.

À chaque étape, le plus apte de nous trois à la mener à bien se détachait des autres tout naturellement compte tenu de son savoir-faire ou de son rôle au sein du projet. Non seulement avons-nous commencé à nous fier à notre sagesse collective, mais nous avons aussi fouillé le point de vue de chacun et accueilli nos forces respectives. Nous avons découvert qu'il n'était pas nécessaire de décider de chaque détail avant que ne s'enclenche le processus créateur. Nous pouvions prendre des décisions au fur et à mesure. Cela n'aurait en aucun cas été possible si un seul d'entre nous avait été assoiffé de pouvoir et de gloire, fût-ce minimement.

Au-delà de cette amitié créatrice, il y a eu ceci : nous savions tous que nous étions trois musiciens dans un orchestre dont aucun de nous n'était le chef. L'Esprit et la personne de Jésus nous ont accompagnés à chaque instant. Nous étions d'accord sur l'identité du vrai protagoniste de ce livre et des liens auxquels il donnait lieu. À vrai dire, nous ne nous considérions pas assez intelligents pour procéder autrement que dans un état de dépendance impuissante. Le résultat de nos efforts est que ce récit est en train de devenir non seulement notre cadeau à l'espèce humaine, mais une roue sans fin où il est clair que ce cadeau est né de l'affection entre des amis membres d'une même grande famille. Petit à petit, d'autres personnes ont commencé à rejoindre nos rangs, des gens qui ne s'inquiètent pas d'avoir une tribune, des gens que n'intéressent ni le rendement, ni l'argent, ni la renommée, des gens qui aspirent seulement à fréquenter et à faire partie de quelque chose que Dieu semble vouloir bénir.

Il n'y a entre nous trois aucun contrat, aucune lettre d'intention, aucun document juridique. La vie du même Jésus nous habite ; nous savons que nous sommes égaux dans cette entreprise, et que nous en viendrons à bout le sourire aux lèvres parce que nous aurons veillé aux intérêts de chacun d'entre nous. Nous ne sommes pas naïfs. Nous avons tous les trois été trahis par des gens qui prétendaient être nos frères. Mais au bout du compte, Dieu veille sur nous et nous protège. Ses desseins – dont nous ne discernons que d'infimes parcelles – sont impénétrables.

Nous avons d'abord cherché un éditeur, en vain. Chaque éditeur avait ses raisons pour refuser notre texte ou exigeait que nous lui apportions des changements majeurs qui, selon nous, l'auraient affaibli. Brad et Wayne déploraient depuis un certain temps une grave lacune dans l'industrie de l'édition. Quelques éditeurs s'intéressent aux marchés religieux, mais leurs livres consistent souvent en réponses toutes faites ou en discours creux ; tandis que d'autres, visant un public laïc, évitent les ouvrages qui parlent de spiritualité de façon trop positive. Il semble manquer un juste milieu immense, qui répondrait aux besoins spirituels des lecteurs avec intégrité et intelligence, au risque d'offenser les gros joueurs. Nous nous sommes dit que quelque chose de nouveau pourrait sans doute occuper ce créneau, et en mai 2007, Windblown Media voyait le jour, et la version originale de ce récit y était

publiée. Ainsi prend fin la Deuxième partie de mon histoire. Nous allons maintenant voir ce que tout cela signifie pour nous, collectivement et individuellement.

Dans la Troisième partie, vous jouez tous un rôle. Nous prions qu'au fil de cette lecture, Dieu vous touchera au plus profond et qu'il ouvrira les portes de votre prison afin que vous puissiez percevoir de son amour les nuances et les tonalités les plus riches et les plus vivantes. Ce livre est un cadeau pour vous. En tant que mots tracés sur la page, il n'a aucun pouvoir, mais ne vous étonnez pas si quelque chose a lieu en vous à mesure que vous lirez ces lignes. Jésus est ainsi fait…

La publication de ce livre s'est traduite par une sorte de phénomène éditorial. Des personnes de notre connaissance ont commandé les premiers exemplaires, puis, moins d'une semaine plus tard, elles en rachetaient une douzaine, et parfois même une caisse entière, pour les offrir à leurs amis. Ces amis se sont à leur tour procuré des exemplaires pour les offrir à leurs amis, et ainsi de suite. Quatre mois après la sortie du livre, sans même qu'il ne soit distribué en librairie et sans aucune campagne de promotion nationale, un seul et unique site Web en avait vendu plus de 12 000 exemplaires. C'est ainsi qu'il a pu tomber entre les mains de personnes extraordinaires qui nous ont aidés à en parfaire la distribution. Trois des éditeurs qui avaient refusé le manuscrit nous ont offert de le publier. Nous avons refusé.

Des éditeurs étrangers nous ont contactés dans le but d'acquérir les droits de traduction en espagnol, en français, en allemand, en coréen, en chinois, et en afrikaans. Nous avons reçu des appels de libraires et de distributeurs intéressés. En septembre 2007, nous avons étendu notre réseau de distribution et vu que se répétait le phénomène précédent :

un client achète un exemplaire ou deux, puis il en rachète plusieurs pour les offrir en cadeau.

Nous rêvons de vendre un nombre suffisant d'exemplaires de ce livre pour justifier la production d'un film qui séduirait les spectateurs du monde entier. Ce film proposerait une vision authentique de la nature et de la personnalité de Dieu à une humanité qui aspire, au plus profond de son cœur, à un Dieu comme celui-là. Bien entendu, rien de tout cela ne nous intéresse si Dieu n'en fait pas partie.

Nous recevons chaque jour des témoignages de la façon dont ce livre a transformé des vies et ouvert la porte à des conversations qui avaient jusque-là été maladroites ou impossibles. Le processus de guérison qu'il a engendré ne saurait être que l'œuvre d'un Être plus grand que nous tous – pour sa plus grande gloire.

La Troisième partie vous concerne donc beaucoup plus qu'elle ne nous concerne. Nous ignorons jusqu'où elle ira et nous nous contentons de la regarder se déployer en poursuivant le plus merveilleux périple de notre vie.

Table des matières

Ce livre peut apporter à notre génération ce que *Le voyage du pèlerin* de John Bunyan a donné à la sienne. Il est à ce point magnifique !

Eugene Peterson

D'aucuns disent que le best-seller inattendu de Young — qui s'est maintenu pendant 10 semaines sur la liste des 50 meilleurs vendeurs de *USA Today* — fait valoir une notion renversante de la rédemption : accessible à tous et gratuite comme les consommations d'un bar ouvert.

USA Today

[...] que les aspects théologiques du livre soient anticonformistes est un détail qui n'intéresse pas forcément les lecteurs. Les lecteurs se passionnent pour l'histoire et parce que cette histoire les rejoint profondément.

Lynn Garrett, *Publishers Weekly*